KB118677

# 여행자의 글쓰기

베테랑 여행작가의 비밀노트

travel writing

여행자의
글쓰기

정숙영 지음

예담

## 당신도 여행의 순간에 전율해본 적이 있다면

이 책을 보고 있는 당신이 누구인지 나는 모른다. 어떤 성별인지, 어떤 연령대인지, 어디 사는지, 직업은 뭔지, 이 책을 어디서 어떤 식으로 손에 넣었는지, 샀는지 빌렸는지 아니면 선물 받았는지, 그것도 아니면 누군가로부터 강매당했는지. 어쩌다 이렇게 꽤나 협소하고 마이너한 주제의 책을 펼치게 됐는지, 천리안 따위는커녕 내 책상 밑에 뭐가 놓여 있는지도 잘 안 보이는 나로서는 그 사연을 전혀 알 도리가 없다.

그리하여 나는 몇 가지 보기를 들어보려 한다. 혹시 본인이 해당하는 항목이 몇 개나 되는지 한번 꼽아보길 바란다.

□ 여행 좋아하는 사람
□ 남들이 써놓은 여행 기록을 읽는 것도 좋아하는 사람

□ 평생 여행만 하고 살 수 있으면 바랄 게 없을 것 같은 사람

□ 여행히면서 돈 버는 직업에 동경이나 호기심을 느껴본 사람

□ 그중에서도 여행을 글과 사진으로 풀어내는 '여행작가'에 관심을 가져본 적 있는
  사람

□ 언젠가 여행의 순간, 밀려드는 기쁨과 감동을 주체할 수 없어 길바닥에 주저앉아
  마구 무언가를 적어 내려가본 적 있는 사람

□ 그것을 누군가에게 보여주고, 감상을 공유해본 사람

□ 여행과는 또 다른 '여행 글쓰기' 고유의 매력과 재미를 아는 사람

□ 한번쯤은 장래 희망에 '여행작가'를 적어본 사람

□ 그런데 이놈의 '여행작가'라는 게 도대체 어떻게 되는 건지 알 수가 없어 많이 궁
  금했던 사람

□ 여행작가에게 '여행작가는 어떻게 되는 건가요?'라고 문의 메일을 보내본 사람

□ 답장이 없길래 속으로 욕해본 사람

□ 사실은 출판사에 보내려고 무언가를 계속 끄적이고 있는 사람

□ 어쨌든 여행작가라는 게 괜찮아 보이긴 하는데 과연 생활이 가능한 직업인지, 이
  게 혹시 공기만 마시고 사는 직업은 아닐지 궁금한 사람

□ 전문 작가까지는 필요 없으니까 지난 여행의 소중하고 아름다운 경험을 책으로
  펴내는 정도만이라도 해보고 싶은데 도대체 방법을 모르겠는 사람

□ 그러다 여행작가의 세계에 발가락 하나 정도 담그는 건 나쁘지 않다고 생각하는
  사람

□ …… 발가락 두 개도 괜찮은 사람

□ 여행 블로그를 운영 중인데, 남들은 파워 블로거로 명성도 누리고 여행작가로 데
  뷔도 하던데 어찌하여 내 블로그에는 광고성 댓글만 줄줄이 달리는 건지 모르겠

는 사람

□ 될 수 있는지는 둘째 문제로 치고, 여행작가라는 게 내 적성에 잘 맞고 내가 잘 해나갈 수 있는 일인지 궁금한 사람

□ 머릿속에 재미있는 여행 책에 대한 아이디어가 막 떠오르는데, 이게 책으로 나올 수 있을지, 나온다고 해도 잘 팔릴지 감이 오지 않는 사람

□ 여행작가로 10년쯤 살아온 사람의 삶은 어떠하고, 머릿속에는 뭐가 들어앉았나 궁금한 사람

자, 이 중에 본인에게 해당하는 게 몇 개나 되는지? 있기는 있는지? 만일 단 한 가지라도 해당하는 게 있다면, 그런 당신을 위해 세상에 존재하는 하나의 세계를 소개하고자 한다. 어떻게 되는지 알기 힘들고 실제로도 루트가 모호한 세계. 안정성이나 높은 수입과는 아무 인연도 없지만, 그럼에도 불구하고 이 세계가 천직 내지는 운명일 수밖에 없는 축복 반 저주 반의 떠돌이 문필文筆 노동자 팔자의 세계. 적어도 한 번 들어오면 이 밖을 나가 다른 무엇이 되는 것은 생각하기 힘든 매력 만점의 세계.

여행작가의 세계로, 지금부터 여러분을 초대한다.

# contents

travel writing

## 3. 실전! 여행 글쓰기

## 4. 여행작가의 첫걸음

travel writing

# 1. 여행작가의

## 탄생

# 나는 어쩌다 10년 넘게
## 여행 글을 쓰고 있는가

무슨 얘기로 시작하는 것이 가장 좋을까. 사례를 들기 위해서는 디테일을 잘 알고 있어야 좋은 법인데, 내가 속속들이 알고 있는 여행작가의 스토리란 나의 것일 수밖에 없다. 그래서 써본다.

내 이야기의 시작은 2002년부터다.

### 엉망진창 첫 여행에서 행복한 나를 발견하다

2002년 나는 스물여덟 살이었고, 연초에 직장에서 잘린 뒤 반백수로 아르바이트를 전전하고 있었다. 하고 싶은 건 많았지만 할 수 있는 것은 별로 없는 노 퓨처no future 20대였다.

그해 여름, 나는 그때까지 전혀 생각지도 못했던 일을 하나 저질렀다. 친한 언니가 독일로 장기 연수를 떠난다는 말에 '나도 언니 따라서 유럽 갈 거야!'라고 호언장담을 날려버리고, 진짜로 여행을 떠난 것이다. 그 이전까지 나로 비추어 볼 때 정말 의외의 일이었다.

내가 대학을 다니던 90년대 중후반은 어학연수와 배낭여행이 건국 이래 처음으로 성황을 이루던 시기였다. 많은 친구나 선후배 들이 캐나다, 미국으로 어학연수를 가거나 방학을 이용해 유럽이나 호주로 배낭여행을 떠났다.

그 와중에, 나는, 아무 데도, 안 갔다. 필리핀에서 몇 달간 아르바이트를 하며 어학연수 할 기회가 있었는데, 안 갔다. 남자 친구가 가지 말라고 애원한 게 첫째, 여권을 만드는 게 그렇게도 귀찮았던 것이 둘째다. 저런 핑계 아래 흐르고 있던 건 다름 아닌 무관심과 두려움이었다. 딱히 여행을 싫어한 건 아니었다. 아니, 여행을 좋아하는지 어떤지 판단할 만큼 변변한 여행 경험이 없었다는 게 맞을 거다.

그런 내가, 여권 하나 못 만들던 내가, 여행에 별 관심도 없던 내가, 그토록 뜬금없이 '나 갈게!'라고 외치고, 정말 떠난 거다.

화끈한 전환점이 필요하긴 했다. 회사 생활이 적성에 맞지 않는다는 건 진작 알았지만 뾰족한 수는 없었고, 다른 무언가를 해보기에는 이렇다 할 돌파구가 보이지 않았다. 사방이 꽉 막히고 답답한 상황이 오면 사람들은 흔히 여행을 택한다. 나도 그런 마음이었다. 인생이 바뀌는 것까지는 바라지도 않을 테니 머리라도 깨끗하게 비울 수 있다면 고마울 것 같았다.

2002년 8월 초, 나는 그렇게 여행을 떠났다. 한 달 남짓의 유럽 여행이었다. 그 여행의 사연은《노플랜 사차원 유럽여행》이라는 책에 고스란히 들어있으므로 자세한 얘기는 생략하겠다. 벌금 물고, 예약 꼬이고, 도둑맞고, 폐 끼치고, 진짜 가지가지 하다 온 여행이었다.

그런데, 그런데 말이다.

나는 이 엉망진창 예측불허 사고뭉치 여행 내내, 몹시도 행복했다. 내가 태어나지도 자라지도 않은 땅에서 피어오르는 전혀 새로운 공기가 너무도 반가웠다. 모든 생소한 것들이 두려움이 아닌 신선함으로 다가왔다. 정말이지 이렇게 낯설고 재밌는 건 난생처음이었다. 지금까지 해본 그 어떤 것보다 재미있었다. 평생 이 짓만 하고 살 수 있다면 바랄 게 없을 것 같았다. 왠지 나는 여행자가 되기 위해 태어난 사람 같았다. 음악과 미술과 역사를 좋아하는 것, 외국어에 관심이 많은 것, 가리는 음식이 거의 없는 것, 타고난 체력이 좋은 것, 심지어는 다리가 굵은 것조차 죄다 여행자가 되기 위해 준비된 것만 같았다. 이런 면이 아무짝에 쓸데없을지라도, 여행자가 되기 부적합한 나의 다른 모든 면을 극복해서라도, 나는 여행을 하고 싶었다. 나는 여행자로 살고 싶었다. 막연히 '그러고 싶다'가 아닌, 평생 가져갈 꿈을 찾은 것이었다.

고작 한 달 열흘의 여행이었지만, 그 여행 이전의 나와 이후의 나는 전혀 다른 사람이었다. 이 맛을 알아버렸기에, 나는 다시는 예전처럼 살 수 없었다.

### 어떻게든 여행자로 살고 싶어서

여행 막바지가 되자 오만 가지 생각이 나를 괴롭혀댔다. '여행'이라는 꿈을 찾았지만, 상황이나 시기는 썩 좋지 못했다. 서른이 코앞으로, 생계와 미래를 생각하지 않고 모험에 투신하기에 쉬운 나이는 아니었다. 집이 부자인 것도 아니고, 내가 돈을 잘 버는 사람도 아니거니와

■ 2002년 여행 사진들. 집에서 막 쓰던 자동카메라에 필름 열 통 들고 가서 주로 관광객용 증명
사진을 찍고 다녔다. 여행에서 돌아온 후 현상도 안 하고 처박아두었다가 2006년 《노플랜 사차원
유럽여행》의 출간을 준비하며 겨우 인화한 것.

모아놓은 돈도 없었다.

고민 끝에 나는 이렇게 결론을 냈다. 아예 여행을 직업으로 갖거나, 여행 다닐 시간을 충분히 낼 수 있도록 자유도 높은 직업을 가져야 한다고. 그것이 내가 평생 여행과 더불어 살아가는 가장 현실적인 방법이라고. 그러나 그 직업이 무엇인지 내 짧은 소견 안에서는 감이 잡히지 않았다. 어쨌든 되는 대로, 집히는 대로, 닥치는 대로 도전해볼 생각이었다.

그렇게 집으로 돌아왔다. 일자리를 찾기 위해 취업 사이트를 뒤지던 중, '경력 및 나이 불문'이라는 소규모 여행사의 구인 정보가 눈에 띄었다. 줄곧 회사원이었던 내게 '여행을 직업으로 갖는 것'의 현실적인 대안은 어쩌면 여행사 취직일지도 몰랐다. 나는 5초 정도 망설이다 이력서를 보냈고, 합격했다.

몇 달간 여행사를 다녔다. 한마디로, 내 길이 아니었다. 무언가를 규칙적으로 꾸준히 하는 것에 참 소질이 없으니, 회사 생활이란 내게 가장 어려운 일 중 하나다. 새우튀김을 아무리 좋아한들 갑각류 알레르기가 있다면 그저 맛 좋은 독극물일 뿐인데, 그때 내게 여행사가 딱 그랬다. 여행이라는 바삭한 껍데기에 끌려 와작 씹어보았더니 속살은 온통 알레르기 유발 물질이었던 것.

'여행을 직업으로 갖는 것'의 1차 도전은 실패했지만, 다행히 다른 기회 하나가 금세 찾아왔다. 장르 소설계에 있던 지인의 권유로 로맨스 소설을 쓰기 시작했는데, 이것이 출간까지 이어진 것이다. 예전부터 글쓰기는 꽤 좋아했고, 잘 쓴다는 얘기도 종종 들어왔다. 내가 만일 '자유도 높은 직업'을 갖게 된다면 글쓰기 관련 일이 아닐까 어렴풋이 생각하고 있었는데, 기회가 온 것이었다. 그러나 이 또한 만만치는 않았다. 책의 반응이 영 신통치 않았던 것. '여행을 다닐 수 있을 정도로 자유도 높은 직업'의 경지에 이르려면 20년은 밥도 먹지 말고 습작만 해야 될 것 같았다. 보통이라면 실망해야 하는 상황이고, 실제로도 많이 실망했다. 그런데 어처구니없게도 마음 한구석에서는 발칙한 희망의 싹 하나가 보일 듯 말 듯 올라오고 있었다.

뭐가 어찌됐든, 내가 책을 낸 건 사실이었다. 문장과 이야기를 만들어 써냈고, 개발새발 써놓은 글을 번듯한 '책'으로 만들기 위해 깎고 조이고 기름 쳤고, 독자들의 평가를 날것 그대로 마주치는 서늘한 경험을 겪어냈다. 내가 해낼 수 있을 거라고 생각해본 적 없던 일을 어떻게든 해냈다.

그렇다면, 혹시, 여행 글을 쓰는 직업으로 진화할 수도 있지 않을까? 여행하는 직업을 갖거나 자유도 높은 직업을 가져야 한다고 생각했는데, 여행 글을 쓰는 사람이 되면 두 가지 조건이 정말 완벽하게 충족된다. 이것이 내가 평생 여행자로 살아가는 가장 확실하고 실현 가능한 방법이 아닐까?

나는 주변에 '여행작가가 되고 싶다'고 얘기하고 다니기 시작했다. 물론 여행작가가 구체적으로 어떤 건지, 어떻게 되는 건지, 전혀 알지 못했다. 다만 되고 싶었다. 그리고 어처구니없지만 될 수 있을 것 같았다.

### 매일매일 꼬박꼬박, 어쩌다 보니 파워 블로거

로맨스 소설에 재능이 없다는 사실을 깨달은 뒤로도 나는 단행본 교열이나 잡지 객원기자 등을 하며 프리랜서 생활을 이어나갔다. 프리랜서는 생각했던 것보다 훨씬 고단하고 가난했지만, 포기할 수 없는 것 하나가 있었다. 시간의 자유였다.

나는 이 자유를 놓치지 않고 유럽 여행을 한 번 더 다녀왔다. 2003년 봄의 일이었다. 3주간의 유럽 여행을 준비하던 학교 선배가 혼자 가기 심심하고 겁난다며 나를 꾀었고, 나는 기꺼이 그 꾐에 넘어가 함께 여행을 했다.

두 번의 여행을 하고 나니 기록이 꽤 쌓였다. 우선 일기장이 있었다. 평소에는 잘 쓰지도 않던 일기를 여행 중에는 그렇게도 열심히 썼다. 기쁨, 황홀, 짜증, 황당함, 외로움…… 그 모든 순간에 일기장이 함께 했다. 글자로 적지 않았던 기억들도 어디 하나 잊힌 곳 없이 남아 있다. 이런 생생한 기억과 기록들이 바깥세상으로 나갈 기회를 찾지 못하고 내 안에서만 맴돌다 어느새 자기들끼리 정렬되고 편집되어 그럴싸한 이야기를 꾸미고 있었다.

어딘가 풀어놓을 데가 필요했다. 누구에게도 간섭받지 않고 내 멋대로 편하게 쓸 수 있는 공간, 그래도 기왕이면 많은 사람들이 오고갈 수 있는 공간, 그렇지만 무관심에 버려진다 해도 크게 상처받지 않을 만한 공간. 나는 오랫동안 이곳저곳 기웃거리며 공간을 찾았고, 2003년 말 딱 그런 곳이 내 눈앞에 나타났다. 네이버에서 블로그 서비스를 시작한 것이다.

그리하여 나는 2003년 말부터 2004년 중반까지 약 6개월 동안 네이버 블로그에 유럽 여행기를 올렸다. 아픈 날, 바쁜 날, 숙취가 심한 날 정도를 제외하고는 꼬박꼬박 포스팅을 했다. 무언가를 규칙적으로 꾸준히 하는 것에 참 소질이 없는 내가 자발적으로, 이토록 규칙적으로 꾸준히 해본 건 태어나 처음이었다.

블로그에 쓴 내 여행기는 생각 이상으로 흥했다. 개설 사흘 만에 네이버 블로그 메인 페이지 '눈에 띄는 블로그'로 소개되었고, 방문객이며 링크 수가 하루가 다르게 늘다가 마지막 여행기까지 올렸을 때는 히트 수가 10만을 훌쩍 넘겼다. 네이버 메인 화면에도 여러 차례 올랐다. 여행 카페 등에 입소문도 많이 탔다. 신문이나 잡지 등에서 인터뷰도 종종 했다. 여행사에서 후원하겠다며 접촉해오기도 했다. 그러니까 이른바 '파워 블로거'가 된 것이다. 그때는 블로그라는 매체의 위상이 지금처럼 대단치 않았고 사회적으로도 '파워 블로거'에 권위나 의미를 두는 분위기가 아니었기 때문에 딱히 변한 건 없었다. 그저 내 아이디를 네이버에 검색해보면서 즐거워하고, 가끔씩 언론에 인터뷰를 하며 우쭐하는 것. 그 정도가 블로그가 내게 가져다준 외면적 변화였다.

그러나 내면에서 일어난 변화는 단호하고 확실했다. 블로그에 여행기를 올리며 나는 이전에 몰랐던 하나를 알아버리고 말았다. '여행 글쓰기' 자체의 재미를 말이다. 나는 지난 여행에 대한 글을 쓰면서 내 기억 속 그곳들을 고스란히 다시 밟고, 다시 맛보고, 다시 체험했다. 내 손끝을 통해 한 번 더 여행을 떠나는 셈이었다. 사람들이 내 여행 이야기를 봐주고, 함께 여행 이야기를 하고, 그 과정에서 미력하나마 다른 사람을 도울 수도 있다는 것. 이 모두가 재미있고 기뻤다. 내 비록 스스로 세계를 창조하여 풀어낼 능력은 좋지 못하나 내가 경험한 세계를 재미있고 구성지게 늘어놓을 능력은 있는 것 같았다.

그때까지 불투명한 액체 상태였던 무언가가 단단하고 날카롭게 굳어 번득이기 시작했다. 어렴풋이 '되고 싶다'고 생각했던 나의 꿈 하나가 '꼭 되어야겠다'로 날을 벼렸다.

그랬다. 나는 꼭 여행작가가 되기로 마음먹었다.

## 맨땅에 헤딩하다

블로그에서 유명세를 얻으며 나는 은근히 한 가지를 기대하기 시작
했다. 바로 여행기의 출판이었다. 온라인을 통해 인기를 얻은 콘텐츠
들이 책 출간으로 이어지는 것을 PC통신 시절부터 여러 차례 지켜봤
고, 어느 인기 블로거의 책 작업에 교열자로 참여한 적도 있었다. 나는
블로그에 올렸던 여행기를 원고 형태로 정리하며 출판사의 접촉을 기
다렸지만, 연락은 오지 않았다.

한참 뒤에 들은 얘긴데, 당시 내 블로그를 지켜보고 있던 출판사가
몇 곳 있었다고 한다. 그러나 다들 이게 제대로 된 책이 될 수 있을까
하는 의심에 그냥 지켜만 봤다고 한다. 그도 그럴 것이, 내 유럽 여행
기는 제대로 된 사진도 없었고, 글도 여행기의 '정석'에서 크게 벗어나
있었다. 여행 글이라는 건 원래 착하고 둥글둥글하고 감성적이며 행복
에 젖어 있기 마련이건만 내 글은 거칠고 모난데다 시종일관 툴툴거
리는 문체에 쌍욕도 아무렇지 않게 박혀 있으니 주저할 만도 했다.

한동안 막연하게 기다리다가, 나는 마음을 고쳐먹고 내 쪽에서 덤벼
보기로 했다. 어느 출판사가 좋을까 생각하다 머릿속에 딱 한 회사가
떠올랐다. 내가 유럽 여행을 갈 때 들고 갔던 가이드북을 만든 회사.
국내에서 가장 큰 출판사 중 한 곳이었다. 기왕 책을 낸다면 큰 회사에
서 만들어보고 싶었다. 달리 아는 곳도 없었다. 뭐가 어떻게 됐든 일단
그 회사에 부딪쳐보는 게 답이라고 생각했다.

회사 홈페이지에서 찾아낸 대표번호에 무작정 전화를 걸어 '여행 책 담당자 바꿔달라'고 했다. 사실 이런 식으로 담당 편집자와 접촉할 수 있을 거라고 기대하지 않았는데, 의외로 바로 연결되었다. 몇 번의 메일과 통화가 오간 뒤 드디어 담당 편집자 분과 만나게 되었다. 첫 만남에서 그분은 글이 거칠고, 내용이 너무 길고, 사진이 없어서 책으로 만들기에 다소 난감하다는 얘기를 밑밥으로 깔았다. 그러나 이야기 자체에는 매력이 없지 않으므로 글을 전체적으로 수정하고 만화나 일러스트를 곁들이면 어떻게 될 수 있을 것 같기도 하다며 희망적인 방향을 제시해주었다. 나는 그날 집에 돌아가자마자 지적받은 부분을 모두 고치고 추천 일러스트레이터 및 만화가의 리스트를 만들었다. 가슴이 마구 두근거렸다.

그 후로 그 편집자 분과 두어 번 더 만났고, 메일은 그보다 더 자주 오갔다. 서로 원고에 대한 아이디어를 나누며 책을 조금씩 구체화시켰다. 나는 최종 샘플 원고를 만들어 출판사에 넘겼고, 편집자는 내가 넘긴 샘플을 바탕으로 최종 기획안을 만들어 기획회의에 올리겠다고 했다. 샘플을 넘긴 뒤에도 한참 연락이 없기에 내 쪽에서 메일을 보내자 콘셉트가 잘 잡히지 않아 기획안 만들기에 애를 먹고 있다는 답장이 한 번 왔다.

그리고 연락이 끊겼다.

자세한 사정은 모르지만, 이유는 명확하고 단순하다. 내 여행기가 그 회사 또는 편집자가 보기에는 부족했던 거다. 내용이 함량 미달로 보였을 수도 있고, 시장 경쟁력이 없어 보였을 수도 있고, 공교롭게 비슷한 아이템이 겹쳤을 수도 있으며, 또는 그냥 내가 맘에 안 들었을 수도 있다. 솔직히 짚이는 데가 너무 많긴 하다. 게다가 기획안이 거절당하거나 출간 진행이 엎어지는 건 몹시 흔한 일이다. 그러나 당시에 그런 사실을 알 리 없었으므로 나는 크게 실망했다. 머리 꼭대기까지 올라갔던 자신감이 발바닥 아래로 숨어들었다. 블로그에서는 잘나갔을지 몰라도 책이 될 수 있는 아이템은 못 되는 거라는 결론을 내리고 나는 출판사 알아보기를 중단했다.

지금은 그때 그 출판사에 아무 유감도 없다. 다만 이거 하나만은 꼭 말하고 싶다. 수많은 창작자 및 기획자, 창업자의 투고나 제안을 받는 모든 '갑' 분들께 하고 싶은 이야기다. 제발 안 되면 안 된다고 딱 부러지게 말해달라. 거절하는 게 미안해서 질질 끄는 마음 모르는 거 아닌데, 딱 부러지게 거절하는 것보다 연락 안 주고 흐지부지하는 게 백배는 더 미안한 거라는 건 좀 아셨으면 좋겠다.

### 아마추어에서 프로로, 여행기자가 되다

2004년은 내가 서른 살이 된 해이자 성인이 된 이래 최악의 해였다. 되는 일이 하나도 없었다. 변변한 일거리도 없고, 어쩌다 들어온 일거리는 돈을 떼였다. 여행은 고사하고 더 이상 프리랜서 생활을 유지하기 힘들 정도로 상황이 좋지 않았다.

그해가 저물어가던 늦가을 무렵, 나는 취직을 하기로 결심했다. 회사 생활은 여전히 징그럽게 싫었지만, 따질 때가 아니었다. 여행작가의 꿈은 아쉽지만 잠시 접어둘 생각이었다. 다행히 취직 활동을 시작한 지 얼마 안 되어 두어 군데서 이야기가 들어왔다. 확 끌리지는 않았지만 그래도 정붙여볼 만한 곳들이었다. 중매결혼을 한다면 딱 이런 기분일 듯했다.

그렇게 실속 없는 연애와 짝사랑으로 지친 정숙영 씨는 중매로 참한 혼처를 만나 시집가기로 마음을 정했다. 그런데 여기서 뜻하지 않은 사건이 생겼다. 정숙영 씨가 갑자기 평소에 외모와 스타일만 보고 동경하던 나쁜 남자한테 냅다 고백을 했고, 이 남자가 정숙영 씨의 손을 잡더니 날름 보쌈해서 도망을 친 거다. 이런 막장 드라마에나 등장할 것 같은, 실제 내 연애사에서는 한 번도 등장하지 않았던 일이 내 직업을 두고는 활짝 펼쳐지고 말았다.

〈딴지일보〉가 막 문을 열었을 때부터 나는 상당한 열성 독자였다. 시니컬하면서도 정곡을 콕콕 찌르는 위트. 우스운 문체지만 담겨 있는 지식이나 정보의 질과 양, 내공의 깊이는 우습게 볼 것이 아니었다. 그래서 〈딴지일보〉에 여행 섹션 '노매드'가 있는 것도 알고 있었고, 즐겨 읽기도 했다. 〈딴지일보〉답게 위트와 내공이 느껴지면서도 〈딴지일보〉답지 않게 모난 데 없이 읽기 편한 글들이 매력적이었다. 이곳에서, 하필 내가 앞이 보이지 않는 날들에 지쳐 취직이나 하자고 마음먹은 그 시점에, 기자 공채 공고를 낸 것이었다.

나는 고민이고 자시고 할 것 없이 바로 지원 서류를 넣었다. 손해 볼 게 아무것도 없었다. 취직할 생각은 애초에 하고 있던 거고, 떨어지면 원래 가기로 했던 일자리로 가면 됐다. 물론 붙는 게 제일 좋겠지만. 본격적으로 여행 글쓰기를 하면서 월급도 받을 수 있으니 어쩌면 최고의 기회겠지만. 사실 바라는 건 그거였지만. 그러나 기대는 하지 않기로 했다. 관련 경력 없는 서른 살짜리 신입사원이란 대한민국 취업 정서에서 썩 매력적이지 않으니까.

서류 통과 얘기를 들었을 때는 그다지 놀라지 않았다. 예전에 구직활동 할 때도 서류는 잘 붙었다. 내가 글쓰기에 가장 빛나는 재능을 보이던 분야가 바로 자기소개서였다. 면접 및 실기를 보러 갔다. 30여 명이 모여 있었다. 직원에게 넌지시 물어보니 한 명 내지 두 명을 뽑는다고 했다. 간단한 기사 작성 테스트를 하고 면접을 봤다. 영어 면접을 멋지게 망쳤다. 술을 잔뜩 얻어먹고 집에 왔다. 왠지 감은 좋았지만 근거가 없으므로 큰 기대는 하지 않았다.

그리고 나는 붙었다.

회사 측에서는 다음 주력 지역으로 유럽을 선정해놓고 있었는데, 마침 내 블로그에 유럽 콘텐츠가 있었고, 블로그를 통해서 본 문체도 회사와 그럭저럭 잘 맞았기 때문이었다고 했다. 즉, 블로그가 한몫한 것이었다.

그리하여 약 1년 반 동안의 여행기자 생활이 시작되었다. 대한민국의 많은 직장이 그러하듯 박봉에 일은 많고 종종 위태위태했다. 좋아서 쓰는 글과 직업적으로 쓰는 글은 스트레스의 차원이 달랐다. 게다가 입사 1년을 넘기자 내 특유의 고질병인 '회사 못 다니기 병'이 도져 회사에서 눈총도 많이 받았다.

그러나 배운 것, 얻은 것은 훨씬 많았다. 주간 업데이트를 맞추기 위해 한 주에 한두 꼭지 이상은 반드시 써야 했는데, 덕분에 글이 많이 늘었다. 취재 방법과 요령, 사진의 기본은 그 회사에서 다 배웠다. 한마디로, 아마추어로 들어가 프로가 되어 나온 거다. 그런 이유로 나는 내 커리어의 시작점을, 여행기자를 시작한 2004년 11월인지 12월인지로 잡고 있다.

## 나의 초심이 담긴 첫 가이드북 분투기

입사하고 얼마 되지 않아 나는 회사에서 도쿄 가이드북 출간을 준비하고 있다는 사실을 알게 되었다. 당시 유행하던 1박 3일 밤도깨비 여행을 공략하는 심플한 가이드북이 될 거라고 했다. 상근 기자 중에 한 명이 쓰게 될 것이라고 했다. 그런가 보다 했다.

입사 한 달쯤 됐던 어느 날, 나는 회의 자리에서 깜짝 놀랄 만한 얘기를 듣고 말았다. 세상에, 그 도쿄 가이드북을, 나보고 쓰라는 거였다. 입사한 지 얼마 되지도 않은 나보고 말이다. 회사 입장에서는 가장 타당한 선택이었다. 일단 상근 기자 중에 장기로 자리를 비울 수 있는 사람은 나밖에 없었다. 입사 전 책을 만들어본 경력도 있다. 심지어 일본 드라마며 J-POP, 만화 등등 일본 대중문화 전반에 '덕후 끼'가 출중했다. 회사 입장에서는 꿩 대신 쓰기에 충분한 닭이었던 거다.

사실 황당함보다는 기대가 더 컸다. 도쿄라는 도시를 길게 여행해보는 것, 그리고 여행 가이드북을 만들어본다는 것, 모두 시켜만 준다면 꼭 해보고 싶은 일들이었다. 나는 서점으로 달려가 당시 출간된 모든 도쿄 가이드북을 싹 쓸어왔다. 아무리 어려운 것도 한 백 번쯤 읽으면 뜻을 절로 알게 된다더니, 가이드북도 몇 번씩 돌려 읽으니까 대충 구조가 파악되는 것 같았다. 목차는 지역별로, 꼭 들어가야 할 정보는 교통·음식점·쇼핑·관광지 등등. 출판사에서 사진이 많이 들어간 잡지 스타일로 만들겠다고 했으므로 기존 가이드북과는 달리 모든 지면을 잡지 특집 형태로, 그러면 정보 배치는 이런 식으로……. 원래 한 번도 안 해본 일을 밖에서 슬쩍 보기만 하면 대충 세상에서 제일 쉬워 보이기 마련이다. 그때의 나는 근거 없는 자신감에 가득 차 있었다. 왠지 도쿄 가이드북 역사상 한 획을 그을 걸작을 만들 것 같았다.

이윽고 약속된 3월이 되었고 나는 도쿄로 떠났다. 33일간의 체류였다. 가장 궁금한 도시였던 도쿄를 속속들이 들여다볼 수 있다는 것은 참으로 감사한 경험이었다. 마침 도쿄에서 유학 중인 친구가 있어 그녀와 함께 동네 술집을 전전하며 술도 잔뜩 퍼마셨다. 지금도 그렇지만, 그때도 그랬다. 취재 여행은 즐겁고 행복하다. 일로 떠난 것일지라도 여행은 엄연히 여행이니까. 문제는 언제나 다녀온 후에 발생한다.

초고를 검토한 출판사에서 이대로는 출간할 수 없다는 통보를 해왔다. 도저히 용납할 수 없는 부분이 있다고 했다. 바로 사진이었다. '사진이 듬뿍 들어간 잡지 스타일의 발랄한 가이드북'을 만들어야 하는데 내가 찍어온 사진들은 죄다 함량 미달이라는 것이었다. 조금도 반박할 수 없었다. 사실이었으니까.

나는 회사에 들어가기 전까지는 디지털카메라 전원도 못 켜는 사진 바보였다. 사진에 관심도 전혀 없었다. 그런 내가 여행기자가 됐다고 해서 하루아침에 사진을 잘 찍게 될 리 없었다. 그런 인간이 가이드북을 쓰겠다며 손바닥만 한 디지털카메라 하나 들고 도쿄로 쳐들어간 거고, 결과는 당연히 장렬한 패배였다.

결국 출판사에서 전문 포토그래퍼를 섭외하여 전면 재촬영하는 것으로 사태는 마감되었다. 그렇게 여러 사람 고생시킨 끝에 2006년 8월에 출간됐다. 책 제목은 《밤도깨비 도쿄》. 지금은 절판되었다.

이 책은 그때나 지금이나 부끄럼투성이다. 나름대로 열심히 쓴다고 썼는데 막상 책으로 보니 미숙함의 극치였다. 그런데 나의 부끄러움과는 별개로, 시장에서는 의외의 호평을 받았다. 물론 당시 도쿄 여행의

2005년 도쿄 취재 당시 찍었던 사진들. 그나마 잘 찍은 것만 고른 게 이렇다. 지금은 누가 이런 사진으로 책 내겠다고 가져오면 나부터 반대할 것 같다.

주종이었던 밤도깨비 여행을 파고들었던 콘셉트가 주효했다(그 부분은 내 아이디어가 아니긴 하다). 재미있는 게, 나는 이 책의 정보가 너무 단순하고 피상적이라서 부끄러웠는데, 독자들은 복잡하지 않아서 좋다고 했다. 다른 가이드북은 지나치게 상세하고 프로페셔널해서 공부하는 마음으로 봐야 하는데, 이건 너무 단순한 나머지 읽는 순간 한 번에 확 와 닿더라는 거다.

지금 이 글을 쓰는 순간에도 《밤도깨비 도쿄》는 내 눈에 잘 보이는 곳에 놓여 있다. 자랑스러워서가 아니다. 잊지 않기 위해서다. 선수의 시선과 여행자의 시선은 다르다는 것, 여행자가 진짜 필요로 하는 정보는 다른 지점에 있을 수 있다는 것, 초보 여행자의 '눈높이'를 잊지 않는 것, 그것이 내게는 흔하디흔하지만 언제나 진리인 '초심'이다.

## 여행을 다니고 글을 쓰는 인생이 시작되다

회사에 다닌 지 1년이 살짝 넘어가던 2005년 12월의 일이었다. 새벽까지 이어질 것이 빤한 야근을 기다리며 저녁 메뉴에 대해서 고민하던 중, 회사 번호로 나를 찾는 전화가 걸려왔다. 원고를 독촉하는 도쿄 가이드북 출판사일 거라고 생각했다.

아니었다. 아니, 출판사는 출판사였다. 그런데 모르는 출판사였다. 전화기 건너 상냥한 목소리의 여자 분은 완전히 기대를 접어놓았던 뜻밖의 얘기를 들려주고 계셨다. 블로그에 올렸던 여행기를 출간해보지 않겠냐는 거였다. 진짜 뜻밖이었다. 1년 남짓 여행 글을 직업적으로 쓰면서 내린 내 나름의 결론이 바로 '내 유럽 여행기는 책이 되기 힘든 물건'이었기 때문이다. 그런데, 내준다는 거다. 마다할 이유란 조금도 없었다. 나는 바로 원고를 보냈다.

진행은 매끄럽고 빨랐다. 제목 때문에 내가 어깃장을 몇 번 놓은 것을 빼고는 갈등이나 문제가 거의 없었다. 이미 한 차례 다듬어진 원고가 있었기 때문이기도 하지만, 출판사 측에서 이 원고의 단점으로 지적된 부분을 군이 수정하려 하지 않았던 이유가 크다. 대범하기가 당황스러울 정도였다. 당시 기획자·편집자들과 오갔던 피드백을 대화 형식으로 정리해본다.

나 : 원고 분량이 너무 많은데, 두 권으로 내야 하지 않을까요?

출판사 : 한 권으로 가요. 빡빡하게 편집할게요. 원고를 대폭 줄이긴 하겠지만, 전체 흐름하고 상관없는 에피소드만 정리하고 대부분 살릴 거예요.

나 : 문장 많이 수정해야겠죠? 비속어나 유행어가 너무 많잖아요.

출판사 : 너무 심한 것만 아니면 살려서 가려고요. 그런 입담과 위트 때문에 좋아했던 블로그 독자들이 많았으니까요. 그 점이 죽는다면 바른말로 고치는 게 큰 의미가 없다고 생각해요.

나 : 사진은 어떻게 하죠? 일단 2002년에 찍은 것은 사실상 못 쓰는 사진이고, 2003년 사진은 같이 갔던 선배한테 받아야 하는데 바쁜지 안 주네요. 기다리다가는 마감 늦을 것 같아요.

출판사 : 그냥 사진 없이 만들어봅시다. 어쩌면 그게 차별점이 될지도 몰라요. 상상력을 자극하는 여행기가 되지 않을까요?

나 : ……정말 이래도 되는 걸까요?

출판사 : 저희는 이 텍스트가 가진 힘과 매력을 믿습니다. 잘될 거예요. 걱정 마세요.

살면서 들어본 가장 따뜻하고 힘 나는 말 중 하나였다.

책은 2006년 5월 《노플랜 사차원 유럽여행》이라는 제목을 달고 세상에 선을 보였다. 그해 출판계에 파란을 일으키며 초대형 베스트셀러로 등극했다……는 건 거짓말이지만, 세간의 주목을 받으며 예상보다 훨씬 잘 팔렸다. 얼마 전 출판사에서 받은 인세 보고서를 보며 출간한 지 10년 가까이 된 책이 아직도 팔리고 있다는 사실에 조금 놀랐다. 모 인터넷 서점에는 아직도 유럽여행 추천도서로 올라가 있기도 하다. 여행 초보의 감정과 흥분을 100퍼센트 살려낸 최고의 여행기라는 찬사도 들어봤고, 유치하고 수준 미달인 쓰레기라는 혹평도 들어봤다. 나의 여행기는 착하고 매끄러운 글이나 좋은 사진, 특별한 여행 같은 여행서의 '정답'과 한참 먼 모양새인데다 여러모로 미숙하기 짝이 없었으므로, 혹평이 존재하는 것 자체는 당연하다고 생각한다. 물론 당시에는 상처 좀 받긴 했지만. 원래 어떤 결과물에서든 '반응'이란 명과 암이 뒤섞여 엎치락뒤치락하는 형태로 나타난다. 그러한 '반응'은 나라는 사람이 존재하고 무엇을 하고 있는지 세상에 알리는 역할을 한다.

나는 그 책을 통해 '여행 글 쓰는 사람 정숙영'으로서 세상에 얼굴을 들이밀었다. 그리고 회사를 그만두었다. 이 타이밍에 이렇게 말하면 책이 너무너무 잘돼서 회사 따위 때려치운 것처럼 보이겠지만 그런 건 아니었고, 회사 사정과 나의 장기 여행에 대한 욕망이 적당히 맞물린 결과였다.

회사를 그만두고 여행 준비를 하던 중, 나는 그동안 인연을 맺었던 두 곳의 출판사와 새로운 계약을 맺었다. 《밤도깨비 도쿄》를 진행했던 회사에서 론칭하는 새 가이드북 시리즈의 필자로 섭외를 받았고, 《노플랜…》을 냈던 출판사에서 다음 여행기를 계약해주셨다. 회사를 그만두고도 한참 동안 나를 '기자님'이라고 부르던《밤도깨비 도쿄》출판사에서는 새 가이드북의 초고를 털 즈음부터는 나를 '작가님'이라고 부르기 시작했고,《노플랜…》에는 여행기자 겸 로맨스 소설가로 소개되었던 내가 두 번째 유럽 여행기인《무대책 낙천주의자의 무규칙 유럽여행》에는 여행작가로 소개되었다.

그 후로 책이 계속 쌓이고 이름이 조금 알려지자 각종 출판사 및 외부 기고, 강의, 방송 등에 대한 연락이 자연스럽게 왔고, 때로는 스스로 아이템을 기획하여 출판사를 찾아다니기도 했다. 전업 여행작가로 살면서 최소 1년의 삼분지 일 정도는 취재를 위해 한국 밖을 떠돌고, 나머지 시간은 마감 때문에 작업실에 처박혀 햇빛 구경도 제대로 못한다. 확실히 먹고 살기 쉬운 직업이 아니라서 번역을 비롯한 몇몇 부업도 겸한다.

지금까지 한 10년, 그렇게 쭉 살고 있다.

# 도대체 여행작가란
## 무엇인가

길고 지루한 내 얘기를 늘어놓았으니, 두 번째 장에서는 다짜고짜 이 책의 독자들이 가장 많이 궁금해할 얘기를 다뤄보려한다. 수많은 사람들이 메일과 쪽지에서 물어온 바로 그 이야기.

여행작가는 어떻게 되나요?

그러나 그 전에 하나만 좀 짚고 넘어가야 할 것이 있다. 도대체 '여행작가'가 무엇인가다.

나는 혼자서 머리를 잔뜩 굴리다가 일반적인 정의는 어떤지 알아보기 위해 네이버를 뒤져보았다. 깊지는 않아도 대체로 쓸 만한 지식이 필요할 때 노력 대비 가장 그럴듯한 결과를 보여주는 도구로 대한민국 내에서는 네이버만 한 게 없다고 생각하는데, 실제로 상당히 괜찮은 정의를 찾았다. 네이버 국어사전에 '여행작가'는 실려 있지 않고

'트래블라이터Travel Writer'로 찾아야 정의가 하나 나온다(참고로 '여행작가'의 검색값으로는 '여행작가는 어떻게 되나요?'라는 질문만 쏟아졌다).

여행을 한 후의 소감이나 여행지를 소개하는 글 따위를 전문적으로 쓰는 사람.

내 생각에 네이버 사전의 정의는 정답에 가깝다. 명쾌하다. 저 한 문장으로 '여행작가'의 절반은 설명 가능할 것 같다. 그 얘기는 더 이야기해야 하는 절반이 남았다는 뜻이기도 하다. 이 분야에 대해 명확하게 내려진 학술적 정의 같은 건 현재까지 없으며, 지금부터 할 얘기들은 어디까지나 내 경험의 한계 내에서 내린, '내 생각'이다.

### '실제로' 다녀온 '여행'을 중심으로 이야기한다

'여행작가'의 가장 밑바닥 정의는 '여행에 대한 이야기를 남에게 들려주는 사람'일 것이다. 네이버 국어사전 정의에는 '글 따위'라고 되어 있는데, 맞는 말이지만 어감은 썩 좋지 못하므로 '이야기'라고 고쳐 부르도록 하겠다. 여행작가란 여행에 대한 이야기를 전문적으로 하는 사람이다. 세상만사 모든 이야깃거리 중에서 여행을 골라내어 사람들에게 들려주는 사람이다. 건조하고 재미없으며 산업 냄새나게 말해보자면 '여행 콘텐츠를 만드는 사람'이다.

여행과 관련이 있다면 '이야기'는 어떤 종류라도 좋다. 여행에 꼭 필요한 정보, 쌈박한 노하우, 새로운 여행지 안내, 잘 알려지지 않은 여행 방법 소개, 여행 중 스펙터클한 과정이나 재미있는 에피소드, 눈과 마음에 비쳤던 아름다운 풍경, 그곳에서 만난 좋은 사람들, 가슴 뭉클한 감상이나 심상, 여행을 통해 배우는 학교 공부나 역사·문화·예술,

여행하면서 깨달은 인생이나 돈벌이의 노하우 등등. 정말 무엇이리도 상관없다. 대부분은 작가 본인이 여행을 한 주체가 되지만, 기가 막힌 여행을 하고 온 타인의 이야기를 작가의 시선을 입혀서 들려주는 작업도 좋다. 정말 '여행 이야기'라면 그 무엇이라도 괜찮다. '여행'이라는 이름 아래 문학과 비문학이 사이좋게 동거하고 있는 분야이기도 하다.

단, 다음 두 가지 조건은 지켜야 한다.

첫째. 실제의 여행이어야 하고, 논픽션이어야 한다. 거짓의 여행, 지어낸 여행이어서는 안 된다. 여행에 '창작'이 끼어드는 순간 그건 여행 이야기가 아니다. 긴 이야기 중간에 픽션을 양념처럼 끼워 넣는 것은 가능하지만, 그 이야기가 들어간 전체의 맥락은 반드시 논픽션이어야 한다. 여행 가서 외계인 꿈을 꾼 얘기는 한 번쯤 할 수 있다. 그러나 그 외계인이 나타나 지구 멸망의 계시를 알려주었다며 이후 내용을 온통 그걸로 도배한다면 그것은 여행 이야기가 아니고 그렇다고 소설도 아니며 그냥 망한 얘기다.

다만 이런 경우가 있긴 하다. 내가 좋아하는 책 중에 《우리는 몰바니아로 간다》가 있다. 유명 가이드북 시리즈 〈론리 플래닛〉의 형식을 빌려 동유럽의 가상 국가 몰바니아의 가이드북을 만든 것인데, 누가 봐도 여행 가이드북의 형식이지만 몰바니아라는 나라 자체가 창작의 산물이므로 책 내용도 처음부터 끝까지 픽션이다. 이걸 '여행 이야기가 아니야!'라고 딱 부러지게 말할 수는 없지만, 만약 이런 작업만 하는 작가가 있다면 그 사람을 '여행작가'로 부르는 것은 어렵지 않을까 한다.

둘째. '여행'이 중심 테마여야 한다. 적어도 이야기 안에 '여행'이라

는 관점이 반드시 들어 있어야 한다. 여행에서 배운 경제 지식을 쓰는
건 상관없지만 여행보다 경제 지식이 주가 된다면 그건 경제 이야기
다. 유럽의 박물관을 순례하고 그에 관련한 에피소드와 감상을 늘어놓
는 것은 순도 100퍼센트의 여행 이야기다. 다른 여행자들을 위해 박물
관에 대한 지식이나 관람 정보를 자세히 기술하는 것 또한 여행 이야
기가 맞다. 그러나 오로지 박물관에 대한 역사와 소장품에 대한 지식
을 말하는 건 여행 이야기보다는 교양·학술·문화 등등으로 분류되어
야 마땅하다.

이는 작품 또는 결과물 하나에만 해당하는 얘기는 아니라, 그 작가
의 활동 내역과 작품 세계 전반에 두루 미치는 것이기도 하다. 여행작
가를 하면서 다른 직업을 가져도 되고, 여행작가가 부업이어도 상관없
다. 여행 콘텐츠 외에 다른 작품 활동을 할 수도 있다. 교양서나 문화
칼럼을 쓸 수 있고, 소설 또한 못 쓸 이유는 없다. 다만 본진本陣이자 전
문 분야는 어디까지나 '여행 이야기'여야 한다. 여행 이야기를 직업적
으로 하는 사람, 그 사람이 하는 여러 저술 활동 가운데서 여행 이야기
가 핵심적인 위치를 차지하고 있는 사람이 바로 여행작가다.

### 글도 쓰고 사진도 찍고 때로는 그림도 그린다

'여행작가'는 주로 여행에 관련한 글을 쓰는 사람들을 가리킨다. 여
행을 말하는 여러 방식 중 글쓰기를 기본 도구로 택한 사람이다. 김밥
은 김과 밥으로 만든다는 것만큼이나 당연해 보이는 얘기지만, 사실
그렇게 당연한 것만은 아니다. '작가'라는 단어는 넓은 의미로 모든 종
류의 창작자를 가리키고, 본격적인 글쓰기가 끼어들지 않고도 여행을

이야기할 수 있는 방법은 꽤 많으니까. 다큐멘터리 영화나 방송 영상도 있을 거고, 만화도 훌륭한 도구가 될 수 있다. 그러나 이들은 주로 감독·PD·비디오저널리스트·만화가 등 직능을 나타내는 명칭으로 불리고, 여행을 전문적으로 다루는 경우 또한 많지 않다. 여행을 주 종목으로 다루는 포토그래퍼들은 본인이 어느 쪽에 좀 더 정체성의 비중을 두느냐에 따라 여행작가와 여행사진가 중에 골라서 쓰는데, 책을 여러 권 냈거나 글의 비중이 높은 작가 말고는 대부분 '여행사진가'를 택하는 경향이 강하다. 그리하여 우리나라에서 현재 널리 쓰이는 '여행작가'란 영어의 '트래블라이터'에 대응하는, '여행 글을 쓰는 사람'이라는 좁은 의미에 해당한다고 봐도 무방하다(나는 앞으로 좀 더 다양한 분야의 작가들이 지금보다 더 다양한 방식으로 여행을 표현하고 이야기하며 스스로를 '여행작가'라고 칭하기를 바라고 있다).

국내 여행작가들은 일반적으로 글쓰기 외에도 여행에 관련한 시각적 이미지를 함께 다룬다. 시각적 이미지에는 여러 종류가 있으나, 가장 많이 쓰는 것은 단연 사진이다. 사진에 특별한 재능이 있거나 사진으로 자신의 여행을 전달하려는 특별한 의도가 있는 사람만 찍는 게 아니라, 여행 콘텐츠를 만드는 사람이라면 당연히 다 찍는다.

한때 나는 오로지 글만 쓰는 여행작가를 희망한 적이 있었다. 사진에는 관심도 재주도 없었다. 게다가 첫 여행기 책이 사진 한 장 없이 나왔는데도 반응이 꽤 괜찮았다. 그러나 현실은 내 희망과 많이 다른 모습이었다. 첫 여행기를 내고 기고를 요청했던 몇몇 잡지에서 '사진이 없다'는 얘기를 듣고는 난색을 표하며 슬며시 요청을 거두었다. 책에 대해서도 사진이 없어서 좋았다는 평도 있었지만, 사진이 없어서 아쉬웠다는 의견도 만만치 않았다. 출판사에서도 '다음 책에는 사진이 꼭 있었으면 좋겠다'라는 의견을 전해왔다. 비슷한 일이 몇 번 반복된 뒤 나는 결국 카메라를 손에 쥐었다.

내가 앞에서 '국내 여행작가'라고 콕 못을 박은 이유는, 외국에는 사진 없는 여행서도 제법 많고 글 쓰는 작가와 포토그래퍼의 영역도 명확히 나뉘어 있다는 소문을 들었기 때문이다. 그러나 남의 나라 사정이 어떻든 우리나라 사정은 다르다. 사진이 들어간 여행 콘텐츠와 그렇지 않은 것의 선호도 차이가 비교할 수 없는 수준이며, 시장이 워낙 작아 사진과 글쓰기를 각각의 사람이 했을 때 둘 다 만족할 만한 수익을 거두기 쉽지 않다. 사진 한 장 없이 여행의 모든 감정과 인생의 맛, 깊은 사색을 보여주는 훌륭한 여행기가 국내에도 없지는 않지만, 대부분 글로 일가를 이룬 문호들의 작품이다.

사실 여행을 기록하는 작업에서 사진만큼 효율적이고 확실한 도구도 없긴 하다. '여행 가서 남는 건 사진뿐'이라는 말이 괜히 나온 게 아니다. 여행지의 이미지를 감동스럽게 전달하기 위해, 여행지의 공간을 뚜렷하고 확실하게 보여줘야 할 순간에는 썩 좋지 못한 사진일지라도 글보다 유리하고 우월할 때가 많다. 건축물의 모습, 거리의 풍경, 산과 들과 바다의 생김새 등을 객관적으로 나타내야 할 때도 공들여 쓴 글 여러 줄보다 발로 찍은 사진 한 장이 훨씬 효과적인 경우를 나는 종종 본다. 저자가 직접 찍은 사진은 아무리 못 찍었어도 그날, 그 시간, 그 감정을 가장 생생하게 담기 마련이다. 공개 자료사진이나 스톡사진(광고나 출판 등 상업적 이용 목적으로 판매하는 사진)도 종종 쓰이기는 하나, 아주 세세한 디테일이나 직접 발굴한 정보에 쓰이는 사진은 저자가 직접 찍는 게 정답이다.

사진 다음으로는 일러스트가 많이 쓰인다. 사진 다음이라고 해봐야 사진이 한 90퍼센트를 차지하는데 약 6퍼센트쯤으로 2등 하는 거다. 그만큼 이 업계에서는 희소한 재능이라 제대로 쓰기만 한다면 큰 힘을 발휘한다. 여행의 감수성을 잘 살려주는 일러스트를 활용한 여행서들은 언제나 좋은 반응을 얻는 편이고, 신문·잡지를 비롯한 여타 매체에서도 인기가 높다(사실 모든 그림은 매체에 얹어지면 장르가 무엇이든 죄다 일러스트로 불리기 때문에 9퍼센트로 봐도 무방할 것 같다).

1퍼센트에 해당할 만한 재능으로는 캘리그라피, 편집디자인 등이 있다. 현재까지 이쪽은 출판사를 비롯한 매체사에서 담당하는 영역으로 작가가 직접 손대는 경우는 아주 소수에 지나지 않는다. 그러나 앞으로 여행 출판에서 전자책의 비중이 커지게 되면 작가들이 1인 출판사로 자신의 콘텐츠를 스스로 편집하고 디자인하는 케이스가 훨씬 늘어날 것이다. 그때를 대비하여 어도비의 인디자인과 포토샵과 같은 간단한 편집과 그래픽 툴을 어느 정도 익혀둘 것을 권하고 싶다.

### 여행 콘텐츠를 실을 수 있는 모든 곳에서 활동한다

여행에 대한 이야기를 사진이나 그림을 곁들인 글로 풀어내는 일을 전문적으로 하는 사람. 지금까지 얘기한 여행작가의 정의이다. 여행작가가 뭘 하는 사람인지는 이것으로 충분할 것 같다. 그렇다면 '글과 사진, 또는 그림으로 구현한 여행 이야기'는 어디에 발표하는 걸까? 설마 내 일기장이나 이웃 공개로 닫아놓은 블로그에 끄적거리는 사람들을 두고 작가라고 하지는 않을 텐데 말이다.

■ 메콩강의 노을. 나는 이 노을을 두고 '마법 같았다. 강렬한 붉은빛과 보랏빛, 푸른빛이 하늘을
감싸고 그 아래로는 하늘빛에 물든 강물이 세 가지 빛깔을 혼합하며 출렁인다'라는 표현을 쓴 적
있다. 문장과 사진, 어느 것이 더 와 닿는지 판단은 독자에게 맡긴다.

모든 작가·창작자·문필가·저술가는 자신의 결과물을 발표하고 유통하는 '필드'가 있기 마련이다. 방송작가라면 TV나 라디오가 될 것이고, 소설가라면 책이나 문예지, 사진가는 책과 전시회, 잡지 등이 될 것이다.

여행작가의 '필드' 내지는 '노는 물'은 어딜까? 뻔한 얘기겠지만, 정답은 이거다. 글과 사진으로 된 여행 콘텐츠를 실을 수 있는 모든 곳. 대중 전파력이 있고, 필자에게 어느 식으로든 대가를 지불하며, 여행 콘텐츠를 필요로 하는 곳. 이 정도의 조건을 갖춘다면 그 어느 곳이든 여행작가의 무대가 될 수 있다.

'콘텐츠에 대가를 지불한다'는 것은 몹시 중요한 사항이다. 물론 대가를 못 주거나 안 받는 경우는 얼마든지 있다. 뜻있는 곳에 재능 기부를 하거나, 안면으로 퉁치거나, 여러 가지 이유로 자발적으로 원고료 없이 기고하는 일 등등. 그러나 작가란 글값을 받는 게 원칙이다. 군이 돈이 아니더라도 책 한 권이든 호텔 1박이든 하다못해 파 한 단, 양말 한 짝이라도 받아야 한다. 그것이 '작가'라는 명칭 안에 들어 있는 '직업적' 내지는 '프로페셔널'의 뉘앙스를 충족시키는 유일하고도 절대적인 길이다.

여행작가의 가장 대표적인 무대는 책이다. 감동과 열정의 기행문, 뛰어난 필력의 여행 수필, 가슴까지 시원해지는 여행 사진, 어느 지역에 대한 깨알 같은 여행 정보, 대중들에게는 낯선 여행 방법에 대한 기록이나 소개 등등 글과 사진으로 구현할 수 있는 모든 여행 이야기는 책으로 만들 수 있다. 작가가 주인공이 되어 자신의 모든 역량을 담아낼 수 있는 매체가 바로 책이다. 권위 있는 공모전이나 신춘문예 따위가 없는 이 바닥에서 가장 확실한 데뷔 루트가 되어주는 것도 책이고, 잡지나 방송 등 다른 필드에서 활발히 활동하던 작가들이 자신의 작업을 중간 결산하기 위한 결과물로 선택하는 것도 책이다. 여행에 대한 감성적·이성적 도움이 필요할 때 사람들이 가장 먼저 찾는 것도 책이다. 여행작가를 일컬어 '여행 책 쓰는 사람'이라는 세간의 무신경한 결론은 그렇게까지 틀린 소리는 아니다. 물론 완전히 딱 맞는 소리도 아니지만.

다음으로는 신문·잡지·사보·기내지·인터넷신문·웹진 등의 정기 간행물을 들 수 있다. '인쇄 매체'라고 하려다가 인터넷 쪽에서도 인쇄 매체와 비슷한 기능을 하는 정기 간행물들이 있다는 것을 깨닫고 냅다 정정했다. 이러한 매체들이 외부 필자들에게 할애하는 일정 지면, '칼럼' 또한 여행작가의 영역이다. 이 또한 사진과 글로 구현하며 주어진 분량 안에서 여행 애기할 수 있다면 내용은 무엇이든 가능하다. 다만 정기 간행물의 성격이 주로 그 시점에서 가장 신선한 '뉴스'를 다루기 때문에 여행 칼럼 또한 여행지에 대한 생생한 리포트나 알려지지 않은 여행지 소개 등 저널리즘의 성격을 띨 때가 많다.

현역 여행작가들 중에는 정기 간행물을 주 무대로 활동하시는 분들이 적지 않다. 앞서 '여행 책 쓰는 사람'이라는 인식이 완전 딱 맞는 소리가 아니라는 게, 매체 쪽에서 주로 활동하시는 작가 분들 중에 책은 아주 간간이 내거나 아예 저서 없이 활동하시는 분들도 있기 때문이다. 책을 내지 않으면 여행작가가 아니라 '여행칼럼니스트'가 아니냐고 하는 사람들이 있을지 모르겠다. 실제로 이쪽 작가들은 '여행칼럼니스트'라는 이름을 더 즐겨 쓰기도 한다. 세밀하게 구분하자면 여행칼럼니스트가 여행작가의 세부 개념일 수 있으나 그다지 의미 없는 구분 같다. 책을 중심으로 활동하든 각종 간행물을 중심으로 활동하든, 여행 이야기를 글과 이미지로 구현하는 사람들은 여행작가로 칭해도 무방하다. 다만 주 작업 내용 및 필드, 그에 따른 정체성이 무엇이냐에 따라 응용할 수 있는 명칭이 다양한 거다. 칼럼니스트라거나, 수필가라거나, 리뷰어라거나.

정리하사년 책과 각종 정기 간행물, 이 두 가지 고전적인 매체가 현재까지는 여행작가의 가장 큰 필드라 할 수 있다. 이 외에도 방송 출연이나 강연도 무시 못할 비중을 차지하는데, 이는 여행작가의 필드라기보다 모든 분야의 프로페셔널들이 전문성을 인정받고 나면 진출하게 되는 경지이다.

앞으로 여행작가의 필드는 어떻게 될까? 글쎄. 쉽게 예측하기는 힘들다. 인터넷과 모바일이 지금보다는 훨씬 중요한 필드가 될 거라는 뻔하고도 당연한 생각을 하고 있다. 매체의 경계와 범위는 몹시 빠른 속도로 사라지고, 고전적인 종이 매체가 세상에 날리는 굿바이 소리는 나날이 커져만 간다. 그 자리는 블로그, SNS, 콘텐츠 큐레이션 서비스, 포털 사이트의 오픈캐스트와 같은 이전에 없던 것들이 대신한다.

최근에는 온라인 여행사나 각종 오픈마켓, 소셜커머스 등에서 여행 콘텐츠를 제공하는 경우가 제법 많다. 내 눈에는 지금 페이스북에 올라온 어느 신용카드 회사의 '지금 당장 떠나고 싶은 여행지'나 어느 모바일 큐레이션 서비스에 올라온 '벨기에의 줄 서는 맛집!', 어떤 포털 사이트의 전문 작가 코너 등등이 허투루 보이지 않는다. 앞으로는 좀 더 공격적인 콘텐츠 오픈마켓이 나타나지 않을까 싶은데, 어떤 그림이 될지는 잘 모르겠다.

어쩌면 여행작가라는 개념 자체가 완전히 변하고 있는 게 아닌가 싶기도 하다. 예전에는 선별된 소수가 고전적 매체를 통해 콘텐츠를 선보였다면, 지금은 의지를 가진 사람이라면 누구나 오픈된 환경에서 콘텐츠를 선보이고 대중에게 자유롭게 평가받으며 다양한 방식으로 대가를 받는다. 그러나 직업처럼 번듯한 타이틀을 얻기 위해서는 책과 매체 기고라는 도돌이표를 찍어야 한다. 아직까지는 그렇다. 어떻게 될지 두고 볼 일이다. 세상은 언제나 내가 생각한 것보다 더 화끈하고 빠르게 변하니까.

### 대한민국에서 여행작가로 살아가는 3가지 방법

여행에 관한 글을 쓰고 사진, 일러스트 등을 곁들여 책을 비롯한 다양한 매체에 발표하는 것을 전문적·직업적으로 하는 사람. 여기서 '전문적'이나 '직업적'을 글자 그대로 받아들일 수도 있지만, 좀 더 느슨하고 폭넓게 해석해도 무방하다. 즉 '전문적'이란 여행 콘텐츠의 전문가라는 의미보다는 저술 활동의 중심 분야가 여행이라는 의미로 봐도 되고, '직업적'은 콘텐츠를 제공한 대가를 받는 것, 즉 취미가 아닌 프로페셔널이라는 뜻으로 해석해도 문제없다.

자, 여행작가는 이런 사람이다. 그리고 이런 정의를 만족시키며 여행작가로 살아가는 방법이 한 세 가지쯤 있는 것 같다.

첫 번째는 여행작가의 정체성으로 살아간다. 여행업 및 여행 콘텐츠 관련 업종의 다양한 직업과 프리랜서 작가의 경계를 느슨하게 넘나들며 다양한 종류의 여행 콘텐츠도 만들고, 그 와중에 책도 내면서 자신의 직업 정체성 한구석에 '여행작가'를 박아 넣는 것이다. 여행 글쓰기를 본격적인 직업으로 갖고 싶지만 안정적인 수입과 신분을 포기하지 못하는 사람에게 권한다. 여행 잡지나 여행사 등에 공채로 입사하는 것이 최고의 지름길. 가장 현명하고 현실적인 방법이라 할 수 있다(여행 콘텐츠 관련 업종은 212페이지에 자세히).

두 번째는 여행작가의 타이틀로 살아간다. 돈은 다른 직업에서 번다. 군이 여행 콘텐츠 관련 업종이 아니라도 상관없다. 수입이 좋고 사회적 명망이 높은 직업이면 좋고, 수입은 엄청 좋지만 시간은 남아도는 자유직이라면 최고다. 평소에는 자기 분야에서 열심히 일하면서 가끔씩 여행 관련 저술 활동을 하는 것이다. 저술 활동을 통해 수입이 생기기는 할 테니 직업성이 아예 없는 것은 아니지만, 군이 여기서 돈을 벌 생각은 없다. 이런 이들에게 여행작가 활동은 자랑스러운 타이틀이자 소중한 자기표현의 수단이다.

마지막은 여행작가라는 직업으로 살아간다. 누추하고 불규칙한 수입에, 안정성이라고는 약에 쓰려 해도 찾아볼 수 없으며 1년에 절반 정도는 마감 스트레스 속에 살아야 하는, 늘 부업을 염두에 두어야 하고 때로는 부업으로 번 돈까지 투자해서 결과물을 만들어야 하는 몹쓸 직업. 그러나 내가 사랑하는 곳을 향해 내가 원하는 방식으로 마음껏 떠날 수 있고, 내 의지와 열정이 가득 담긴 결과물을 자주 만나볼 수 있는 직업. 이 직업을 내 천직으로 택하고 살아가는 방법이다.

여행작가를 전업으로 삼는 것은 일종의 치료책 같은 거다. 내가 태어나 살고 있지 않은 땅에서 더 숨쉬기 편안한, 그러나 그 땅을 완전히 떠날 수는 없는 청개구리들이 일상과 천벌 같은 유혹 사이에서 위태롭게나마 균형을 잡게 해주는 지팡이. 두 발을 모두 땅에 붙일 수 없어 한 발로 땅을 딛고 선, 떠돌이 본능을 지닌 외발잡이들의 그 한 발을 받쳐주는 신발. 특히 글쓰기와 사진 찍기를 좋아하고, 남들에게 내 여행 얘기를 들려주는 일이 그렇게도 좋은 청개구리와 외발잡이를 위해 세상이 마련해준 단 하나의 대피소 같은 직업. 이런 직업이 있다면, 그게 바로 여행작가다.

지금 이 책을 읽고 있는 독자는 어떤 선택을 할지 잘 모르겠다. 참고로 나의 선택은 언제나 같다. 1번이 현명한 줄도 잘 알고, 2번이 멋지다는 것도 알지만, 나는 바보라서 결국은 3번 버튼을 누르고 만다. 아마 인생에 리와인드 버튼을 몇 번을 누른대도 어느 지점에서는 반드시 3번을 누를 것 같다.

여행으로 만들어낼 수 있는 콘텐츠는 세상의 넓이와 여행의 방법, 여행자의 욕망만큼이나 다양하고, 그에 따라 작가들도 주력 분야나 선호하는 것에 따라 천차만별의 모습을 보인다. 챙 넓은 모자에 12층 석탑만 한 배낭을 짊어지고 오지를 누비는 여행작가가 있는가 하면, 깔끔한 정장 차림에 슈트케이스를 끌고 특급 호텔과 크루즈를 오가는 여행작가도 있다.

여행작가의 유형에 대해 내 멋대로 분류해보는데, 신빙성은 대략 혈액형별 성격 유형보다 조금 높을 것이다. 한 작가가 한 유형에만 해당하는 것은 아니고, 활동 방법이나 경력에 따라 두세 유형 정도가 섞이는 것이 보통이다. 지금 이 책을 읽고 있는 독자가 꿈꾸는 여행작가는 어떤 유형에 가까운지 궁금하다. 나는 스스로를 2번과 6번에 가까운 작가라고 판단하고 있으며, 가장 동경하는 유형은 1번이다.

①**멋진 개척자형**: 세계 구석구석을 두 발로 거침없이 누비며 아직 여행자의 발걸음이 많이 닿지 않은 땅이나 사람들이 흔히 생각하지 못하는 여행 방법, 고정관념을 깨는 여행 스타일 등을 개척하고 그것을 글과 사진으로 남긴다. 이런 작가들이 쓴 글은 비록 거칠고 서투른 문장일지라도 그 속에

있는 새로운 세계에 대한 흥분과 애정이 독자의 가슴을 두근거리게 만든
다. 여행 콘텐츠를 만드는 목적보다 여행에 인생을 건 여행가들이 자신의
여행을 널리 알리기 위해 책을 출간하는 경우가 많으나, 새로운 여행지나
여행 방법 등을 '정보'로서 알리는 것을 주 종목으로 하는 작가들도 있다.

②**입담 좋은 이야기꾼형** : 스토리텔링에서 장기를 발휘하는 타입으로, 여행
에서 겪은 다양한 에피소드나 여행 과정 등을 감칠맛 나게 들려준다. 이런
작가들의 여행기를 읽다 보면 마치 함께 여행을 하는 듯한 느낌, 한 편의
소설이나 영화 같은 재미를 얻을 수 있다. 다소 평범하거나 잘 알려진 곳
을 다룰지라도 독특한 관점과 재미있는 표현을 섞기 때문에 기존의 정보
나 이야기와는 또 다른 맛이 느껴진다.

③**감수성 뛰어난 예술가형** : 문학성이 뛰어난 아름다운 문장이나 가슴 두근
거리는 사진, 재미있는 일러스트 등으로 여행 콘텐츠를 예술의 경지로 끌
어올리는 작가들이다. '어떻게 이런 표현을 쓸 수 있지?', '어떻게 이렇게 아
름다운 사진을 찍을 수 있지?' 등 동경과 부러움을 불러일으킨다. 이런 재
능을 가진 작가들이 개척자형과 결합하면 진짜 레전드급 작품을 탄생시키
곤 한다.

④**해박한 여행 박사형** : 여행지에 얽혀 있는 문화와 역사, 현안, 여행 정보
등 여행에 대해 모르는 것이 없는 여행계의 지식인이라 할 수 있다. 특정
분야의 전문가가 여행 콘텐츠에 뛰어들 때 주로 이 유형의 작가가 된다.
특정 지역을 오랜 기간 여러 차례 여행하며 여행 정보뿐 아니라 현지의
풍물과 역사적 맥락까지 꿰는 '선수'들 또한 이런 부류라 할 수 있다.

⑤**친절한 조언자형** : 여행자들에게 필요한 다양한 정보를 수집하여 깨알같
이 알려주는 유형의 작가들이다. 일반적으로 잘 알려진 정보는 물론 여행

자들이 미처 생각하지 못하는 정말 사소하지만 도움이 되는 팁을 꼼꼼히 챙겨 꾹꾹 눌러 담아 전한다. 어느 나라가 물이 저렴한지, 미술관을 반값에 들어가려면 몇 시에 가야 하는지, 레스토랑에서 빵값을 받는지 안 받는지 등등 왠지 '득템'한 것 같은 정보들을 쏟아내는 작가들이다.

⑥ **번뜩이는 기획자형** : 지금 여행자들이 어떤 정보를 원하는지, 어떤 여행 지가 앞으로 각광받을지, 어떤 식으로 정보를 엮어내면 사람들에게 도움 이 되면서 잘 팔릴지 등등을 고민하고 기획하는 데 중점을 둔다. 여행작가 계의 마케터 또는 상품기획자라 할 수 있다. 주로 가이드북이나 여행 기획 물에서 활동한다. 자생력을 갖기 쉬운 타입이다.

⑦ **세련된 트렌드 세터형** : 여행자들에게 가장 핫하고 각광받는 최신 정보 를 포착해 전달한다. 요즘 뜨는 여행 스폿은 어디인지, 어떤 레스토랑이 현지인들에게 인기가 높은지, 최근 유행하는 브랜드는 어떤 것인지, 그 나 라의 유행과 풍물은 어떠한지 가장 생생하게 전달한다.

# 어떤 여행 글을
## 쓸 것인가

여행에 관한 이야기를 쓰는 사람들을 모두 여행작가라고 통칭하지만, 사실 '여행 이야기' 안에는 꽤 이질적인 두 가지가 섞여 있다. 문학의 한 갈래인 에세이, 그리고 굳이 분류명을 뒤집어씌우자면 비문학 중에서도 설명문에 가장 가까울 여행 정보가 그것이다.

문학과 비문학의 경계는 생각보다 뚜렷해서, 두 언덕에 모두 다리를 걸치고 있는 작가는 아주 소수에 지나지 않는다. 또한 장르 아래서도 하위 분야가 있고, 작가의 개성과 취향, 가치관에 따라 주로 한 분야를 파는 경우가 많다. 문학과 비문학은 각자의 뚜렷한 목적과 역할이 있으므로 여행기를 읽으며 '왜 이렇게 정보가 없지?'라거나 가이드북을 읽으며 '왜 이렇게 글이 재미없고 뻣뻣해?'라고 하는 일은 적어도 이 책 독자들 중에는 없기를 바랄 뿐이다.

## 내가 느낀 여행을 기록하는 글, 여행 에세이

여행을 하며 겪은 에피소드, 또는 감상을 일정한 형식 없이 자유롭게 적어 내려간 글이다. 쉽게 말해서 '여행기'다. 일반적으로 에세이란 좀 묵직하고 철학적인 중수필을 뜻하는 단어지만 출판계 안팎에서의 '여행 에세이'는 모든 여행 논픽션 문학 전반에 붙는 장르명이다. 정해진 형식은 없다. 저자가 여행 속에서 직접 경험하고 느낀 것을 글과 사진, 그림 등으로 자유롭게 풀어나가면 된다. 저자의 주관으로 쓰는 글이므로 아주 특별한 경우가 아니면 1인칭으로 진행된다.

여행에서 보고 듣고 경험하고 느낀 모든 것이 주제와 소재가 될 수 있다. 어느 것에 중점을 둘지, 어떤 식으로 풀어 나갈지 모두 저자 마음이다. 자기가 좋아했던 것, 재밌게 느꼈던 것을 자기가 잘하는 방식으로 풀어나간다. 문학성이 뛰어난 문장을 쓰는 사람이라면 여행의 감수성을 듬뿍 살린 미문美文으로 쓰고, 유머 감각이나 위트에 자신이 있다면 독특한 시선이나 재미있는 에피소드를 중심으로 쓰면 된다. 지식이 출중한 사람이라면 여행 순간순간에서 자신의 지식과 관련된 이야기들을 발견해낼 수 있을 것이다. 또한 위와 같은 재주는 없을지라도 여행 자체가 특별하거나 감동적이었다면 그것을 가감 없이 풀어놓는 것만으로도 충분히 좋은 여행기가 될 수 있다.

그야말로 자유롭게 쓰는 글이므로 저자나 여행 방식, 여행지에 따라 형식은 무한할 수 있으나 가장 보편적으로 쓰이는 형식은 다음과 같이 나눠볼 수 있다. 마늘쪽 쪼개지듯 딱딱 나뉘는 것은 아니며 서로 느슨하게 섞여 있는 경우도 얼마든지 있다.

우선 문장 형식에 따라 나눌 수 있다.

①**산문 형식**: 줄글로 쓰는 것. 대부분의 여행기는 이런 문장으로 쓰인다. 매우 보편적이고 당연한 형식이라 언급할 부분도 없지만, 굳이 운문 형식과 비교하자면 산문 형식은 스토리나 글맛을 전달하는 여행기에 더 적합하다.

②**운문 형식**: 시詩처럼 쓰지만 100퍼센트 운문은 아니고, 산문에 시의 요소를 도입하는 것이라고 보면 된다. 시처럼 행갈이나 연 나누기를 하고, 운율을 넣기도 하며, 극도로 비유적이거나 이미지로만 되어 있는 표현을 쓰기도 한다. 짧은 문장으로 체험적인 진리나 철학적 감수성을 보여주는 '아포리즘aphorism'도 운문 형식 여행기에서 즐겨 쓰인다. 산문 형식보다 드물지만, 여행기의 명저들 중에는 운문으로 쓰인 것이 은근히 많다. 사진, 일러스트 등 이미지가 주가 되는 여행기에 잘 어울린다.

구성 방식에 따라서도 다음과 같이 나눌 수 있다.

①**순행식 구성**

여행을 기록하는 가장 일반적인 방식. 여행이 언제 어떻게 시작되었고, 중간중간 어디를 어떻게 가고 어떤 일이 있었으며, 다시 어디로 이동했다가 어떻게 마무리됐는지 차례차례 적어나간다. 즉, 여행이 전개된 시간 순서대로 기록하는 방법이다. 모르긴 몰라도 지금 당신이 블로그나 페이스북에 올리고 있는 지난 여행의 기록도 거의 99퍼센트가 순행적 구성일 것이다.

단순하고 기본적이지만 여행 경험의 생생한 느낌을 전하기에는 가장 좋다. 독자 또한 쉽게 감정이입하여 함께 여행을 하는 듯한 느낌을 받을 수 있다. 한비야, 김남희, 빌 브라이슨 등 스타 여행작가들의 베스트셀러 여행기를 생각하면 된다.

### ② 병렬식 구성

각각 독립된 완결 구조를 가진 단편 이야기들을 일정한 주제로 모으는 방식. 짧은 분량으로 집중력 있게 이야기를 끌어나갈 수 있으므로 여러 번의 여행 경험이나 다양하고 산발적인 여행 장소를 엮어 한 가지 주제를 이야기할 때 좋다.

예를 들어 알랭 드 보통의 《여행의 기술》은 '여행과 예술'이라는 주제로 여러 곳의 여행 이야기를 책 한 권으로 묶었다. 김훈의 《자전거 여행》은 저자가 자전거로 돌아본 국내 곳곳의 아름다운 풍경과 사계절의 '계절 맛', 여행 중의 에피소드 등을 칼럼으로 연재하고 책으로 엮어서 냈다. 정여울의 《내가 사랑한 유럽 Top10》은 '사랑을 부르는 유럽', '한 달쯤 살고 싶은 유럽' 등의 주제에 따라 추천하는 여행지를 열 개씩 엮고 각 여행지에 알맞은 짧은 수필을 쓴 것이다.

즉 '병렬식 구성'이란 각각의 여행 이야기가 독립적으로 완결된 수필이며, 이런 이야기들이 묶여 책이 되었을 때의 구성 방식을 말한다. 각각의 이야기들은 일정 주제를 공유하긴 하지만 시기와 맥락의 연관성은 없거나 몹시 느슨하다. 이야기 하나의 분량은 보통 원고지 40매 내외, A4로 5~6장 정도. '무릇 수필이라면 닥치고 원고지 40매'라는 식으로 딱 부러지게 정해진 것은 아니다. 더 짧을 수도 있고 길 수도 있다. 그러나 기승전결을 갖춘 하나의 이야기를 가장 읽기 좋고 쓰기 좋은 분량으로 마무리하려면 원고지 20~50매가 적절하다고 생각한다.

### 뒤에 오는 여행자를 위한 길잡이, 여행 정보

여행을 떠날 사람을 위한 각종 정보를 담은 글이다. 어느 지역에는 어떤 볼거리가 있고, 그 볼거리를 즐기기 위한 방법은 무엇이며, 어떻게 가는지, 또 먹을 것은 무엇이 있고, 잠은 어디서 잘지, 또는 어떤 코스로 다니면 잘 다녔다고 소문날지, 최근 가장 각광받는 쇼핑 아이템은 어떤 것인지, 여행 중 꼭 필요하거나 예비 여행자들이 궁금해하는 정보나 팁 등을 글과 사진으로 구현한다. 여행 에세이가 글 쓰는 사람의 여행을 보여주기 위한 글이라면, 여행 정보는 타인의 여행을 돕기 위해 쓰는 글이다. 글의 갈래를 굳이 따지자면 설명문에 해당하겠지만 내 생전 '여행 설명문'이라는 장르는 들어본 적이 없긴 하다. 이러한 글이 책으로 구현되면 '여행 정보서' 또는 '여행 실용서'로 불리게 된다.

여행자에게 도움이 된다면 무엇이든 정보라고 부를 수 있다. 여행 스폿, 쇼핑 팁, 추천 코스, 맛집, 하다못해 불친절한 민박집 아줌마 험담까지. 이러한 여행 정보들을 모으고 정제하여 책의 형태로 만들면, 크게 보아 다음 중 하나가 된다.

#### ① 여행자의 교과서, 가이드북

여행 과정에 실질적인 도움을 주는 정보로 구성된 실전용 책이다. 볼거리, 레스토랑, 숙소, 이벤트, 교통편, 화폐, 티켓, 쇼핑 정보, 추천 루트, 각종 여행 팁 등을 종합 선물 세트처럼 담아놓는다. 여행의 교과서이자 여행 정보서의 기본이다.

가이드북은 보통 지역 단위로 만든다. 여행 갈 때 '유럽 간다', '미국 간다', '방콕 간다'는 식으로 말하는 것을 생각하면 금세 이해할 수 있을 것이다. 가이드북에서 빼놓을 수 없는 필수 요소는 바로 지도. 본문에서 다룬 지역에 글과 사진으로 표현된 정보들이 촘촘히 표시된 실측 지도가 반드시 필요하다. 에세이나 기획물에도 지도가 들어갈 수 있으나 보통은 개략의 지형과 위치만 표시된 일러스트 지도를 쓴다. 여행지의 관광안내소나 숙소에서도 지도를 얻을 수 있기는 하지만 책에서 소개한 스폿의 위치를 정확히 표시한 지도는 오로지 그 책을 만든 작가와 출판사에서만 만들 수 있다.

과거에는 건조한 문체로 쓰고 최대한 저렴하게 즐길 수 있는 저비용 정보를 담는 것이 가이드북의 원칙인 것처럼 여겨지기도 했으나 요즘은 여행 패턴이 많이 바뀜에 따라 가이드북 스타일도 다양해지고 있다. 직장인 등 예산에 여유 있는 여행자들을 위한 스타일리시한 가이드북, 에세이의 요소를 도입하여 정보와 읽는 맛이라는 두 마리의 토끼를 잡은 가이드북 등이 최근 큰 인기를 끌고 있다.

**②세심한 여행자들을 위한 맞춤 안내서, 기획물**

가이드북이 아닌 모든 종류의 여행 정보서를 이 부류라고 말할 수 있다. 사실 출판계에서 여행 정보 서적의 하위 장르로 딱히 이름을 가지고 있는 것은 가이드북 정도이고 나머지는 뭉뚱그려서 '정보서' 정도로 불린다. 여행 정보를 다양한 테마와 방식으로 조합하여 여행에 참고하거나 즐거운 대리 만족을 준다. 세상에 존재하는 모든 여행의

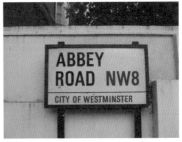

■ 내 이름을 달고 처음으로 출간된 가이드북은 런던을 다뤘다. 지금도 유럽에서 가장 애정이 가는 도시를 꼽으라면 런던이 단연 첫째다.

욕구와 스타일만큼 다양한 테마와 콘셉트의 기획물은 얼마든지 가능하다.

| 다양한 주제별 기획물 예시 | |
| --- | --- |
| **특정 타깃을 위한 여행 제안** | 직장인을 위한 여행, 엄마와 아기가 함께 떠나는 여행, 부모님을 위한 효도여행 등 특정 타깃의 욕구를 파악하여 그에 필요한 정보를 제공하고 여행지를 소개한다. |
| **테마 북** | 쇼핑, 음식, 골프, 휴양, 힐링, 경관, 문화유산 등 테마를 설정하고 그에 해당하는 여행지를 소개하거나 해당 테마에 대한 심층 정보를 다룬다. |
| **베스트 셀렉션** | 유럽, 미국, 중국, 남미 등 넓은 지역에서 가장 좋은 곳, 꼭 가야 할 곳을 선별하여 알려주는 책. '꼭 가야 할 50곳', '베스트 100' 식의 제목이 붙는 경우가 많다. |
| **루트 · 일정 소개** | 여행의 일정 및 루트의 샘플을 제시한다. |
| **여행법 소개** | 버스, 기차, 열차 패스, 크루즈, 패키지여행 등 여행의 이동수단이나 특별한 여행 방법을 소개하고 여행별 팁을 알려준다. |

# 여행작가의 적성과
## 필요 능력

어느 직업이나 분야든 요구되는 적성과 능력이 있다. 의사라면 명석한 두뇌에 섬세한 손재주, 냉정한 판단력을 지녔지만 내 환자에게는 따뜻한 가슴의 소유자가 적합할 것이다. 파일럿이라면 차분함과 대범함, 능숙한 기계 조작 능력이 필요할 것이고, 최소한 고소공포증은 없어야 할 것이다.

여행작가라는 직업에도 필요한 적성과 능력이 있다. 다른 일을 하면서 여행 글을 한번쯤 써보고 싶은 사람이라면 이런 적성이며 스킬은 다 쓸데없는 얘기다. 그냥 쓰면 된다. 그러나 인생의 한 시절 동안, 어쩌면 평생을 여행작가라는 직업에 투신하고 싶은 사람에게는 꽤 도움이 되는 정보가 될 수도 있다.

## 학력 및 학벌 ☆ (한마디로 : 필요 없다!)

이른바 '스펙'이라고 부르는 것 중 여행작가가 되는 데 가장 쓸데없는 것을 묻는다면 단연 학력과 학벌을 꼽겠다. 적어도 당신이 책을 내려 하거나 어딘가에 기고하려 하는데 '어느 대학 나오셨나요?' 묻거나 '그런 학력으로는 안 됩니다'라고 하는 곳은 단언컨대, 없다.

단, 여행 전문지 기자나 출판사 편집자, 여행사 콘텐츠 담당자 등 회사 경력을 시작으로 커리어를 쌓고 싶다면 학력이 필요한 것은 현실이다. 4년제 대학 졸업 또는 여행 및 문필 관련 전공으로 2~3년제 졸업 정도가 최저로 알고 있다. 그러나 다른 능력이 출중하며 관련 경력을 어느 정도 쌓았다면 학력 기준에 미치지 못하더라도 진입이 가능하다. 주요 일간지나 방송국에 입사하기 위해서는 언론고시도 봐야 하고 고학력 및 학벌도 필요하지만, 최종 목적지가 '여행작가'인 사람이 굳이 메이저 언론인이 되려고 아등바등할 필요는 없다. 오히려 여행 전문지 쪽으로 가닥을 잡고 블로그를 열심히 운영하며 글쓰기와 사진 관련 포트폴리오를 충실히 만드는 쪽이 적어도 여행작가의 꿈에는 훨씬 가깝다고 말하고 싶다.

대학 전공도 여행작가의 세계로 진입하는 데 아무 영향을 끼치지 않는다. 다만 전공마다 조금씩 다른 이점이 있을 수는 있다. 국어국문학과나 문예창작과를 나오면 글쓰기 훈련이 좀 더 되어 있을 것이고, 출판사에 몸담은 지인들이 있을 테니 책 내기가 수월할 수 있다. 정보서 글쓰기는 기사문과 유사한 점이 많으니 신문방송학과를 나오면 그 점에서 유리할 것이고, 덤으로 기자 친구가 많을 테니 기고 자리를 얻기 좋을 것 같다. 관광학과를 나오면 여행 업계의 흐름과 각종 용어에 익숙할 것이고, 여행사 다니는 친구가 많아 취재 지원에 좋을 수도 있다. 각종 어문학 전공자라면 해당 언어권에 대한 우위를 점할 수 있을 것이고, 사진학과나 미술 전공자라면 비주얼 부분에서 탁월함을 보일 수 있을 것이다.

그러나 뒤집어서 생각해보면 저러한 재능이나 인간관계를 갖추고 있다면 공대를 나왔든 음대에서 파이프오르간을 전공했든 아무 상관이 없다는 얘기도 된다.

**젊음 ★★** (한마디로 : 감각과 체력이 살아있다면 나이는 숫자일 뿐)

경력이 많은 여행자들이 입을 모아서 하는 말이 있다. 한 살이라도 어릴 때 여행을 떠나라고. 아직 타고난 체력의 잔고가 충분하고, 뇌와 심장이 고정관념에 찌들기 전에 넓은 세상에 자신을 풀어놓으라고. 나도 이 말에 크게 동의한다. 나는 후회라는 감정이 너무도 싫어서 과거의 어지간한 판단 착오는 대충 다 합리화하고 넘어가버리는 스타일인데, 그럼에도 불구하고 미친 듯이 후회하는 게 딱 하나 있다.

좀 더 일찍 여행을 하지 않은 것.

여행작가도 젊을 때 하는 게 최선일까? 확실히 젊어야 하는 건 있다. 바로 감각과 체력이다. 무뎌진 감각과 쇠약해진 체력은 곤란하다. 새로운 풍경과 낯선 공기 앞에 어린아이처럼 설렐 수 있어야 하고, 현재의 트렌드를 거부감 없이 받아들일 수 있어야 한다. '세상 다 똑같지 뭐……'라거나 '아유, 요즘 애들은 우리나라든 남의 나라든 적응이 안 돼'는 정말 곤란하다. 여기서 말하는 '젊은 감각'의 기준은 20대 중반에서 30대 초중반 정도이다. 물론 체력이야 어릴수록 좋다. 하루 종일

■ 히말라야 트레킹도 무릎이 성할 때 할 수 있다.

뛰어도 지치지 않는 다섯 살 정도가 가장 이상적이 아닐까 생각해보
지만 성인에게 그걸 바랄 순 없으므로 그냥 어리면 어릴수록 좋은 것
으로 해두겠다.

　감각과 체력, 이 두 가지를 젊게 유지할 수 있다면 실제 신체 나이
는 전혀 중요하지 않다. 이 분야에 '만 30세 이하 지원 가능' 같은 연령
제한이 있는 것도 아니고, 편집장과 미팅을 하며 '저보다 나이 많은 필
자는 곤란해요' 같은 소리를 들을 일도 없다. 나이 든 사람 특유의 성
숙하고 깊은 시선과 경험에서 우러난 지혜, 이른바 '내공'을 보여줄 수
있다면 오히려 환영받을 일이다. 개인적으로는 여행 경험 및 독서량,
사회 경험이 어느 정도 수준에 이른 나이에 더 잘할 수 있는 일이라고
생각한다.

## 영어 ★★★ (한마디로 : 능률적인 작업을 위한 스킬)

이 부분은 현직 작가들 사이에서도 다소 의견이 갈릴 것 같다. 단정 지을 수는 없지만, 국내여행 전문 작가 또는 배낭여행 에세이나 사진 중심으로 활동하는 작가라면 단호하게 '영어 따위 못해도 돼!'라고 할 수 있을 것 같고, 해외여행 정보서 특히 가이드북 쓰는 분들은 '무슨 소리야, 영어는 필수야!'라고 할 것이다. 다 맞다. 자신이 어떤 필드에서 어떤 식으로 일하느냐에 따라 영어의 필요성은 크게 갈린다.

해외 배낭여행 에세이와 유럽·일본·동남아의 여행 정보서를 쓰고 때로는 칼럼도 쓰는 내 입장에 비춰보면, 영어는 필수 스킬이다. 여행 중 서바이벌, 취재 및 인터뷰, 취재 협조를 위한 현지 담당자와의 커뮤니케이션, 정보 보강을 위한 자료 찾기 등 해외 취재의 모든 영역에는 영어가 거의 반드시 끼어들기 때문. 즉, 영어란 여행작가 생활을 좀 더 노련하고 프로페셔널하게 하기 위한 도구라 할 수 있다.

필수라고 해서 엄청난 영어 실력이 필요한 건 아니다. 물론 원어민 내지는 전공자 수준으로 잘한다면 좋다. 일하기 무지 편할 거다. 그러나 자격까지는 아니다. 혹시 여기서 토익이니 텝스 점수 생각하면서 기죽는 사람 있다면, 그냥 지워버려라. 필요 없다(단, 여행지 기자나 여행사 취업을 노리는 사람이라면 지우지 마라. 필요하다).

그렇다면 어느 정도가 최저선일까? 일단 실전 여행 영어는 문제없어야 한다. 입국 심사에 대답하거나 길을 물어보는 정도의 여행 회화를 큰 어려움 없이 해내고, 에어비앤비airbnb.co.kr 이용 시 집주인에게 '나 너희 집 앞에 몇 월 며칠 몇 시까지 갈 거야!' 메시지를 쓸 수 있고, 취재를 하러 간 곳이 촬영 금지일 때 담당자와 통화 또는 이메일로 촬

■ 뮌헨의 호프브로이 하우스에서 같은 테이블에 앉은 아저씨가 어마어마한 이야기를 가지고 있는 사람일지도 모르는데, 영어를 못해서 말을 걸지 못한다면 다 소용없는 일이다.

영 허가를 받아낼 수 있을 정도면 충분하다. 문법이나 발음은 칼같이 정확하지 않아도 된다. 어쨌든 중요한 건 소통이니까. 오히려 영어 아주 잘하는 실력자들이 비영어권 국가에서 '재네는 무슨 영어를 저렇게 해?'라며 멘붕하는 것도 종종 봤다.

영어가 안 된다고 해서 아예 여행작가가 될 수 없는 건 아니다. 오로지 결과물로 평가하는 세계이므로, 영어를 못해서 결과물에 심각한 하자가 생긴 것이 아니라면 어깃장을 놓는 사람은 없을 것이다. 단지, 본인이 괴롭다. 결과물을 만들어내는 과정 곳곳에 놓인 영어의 돌부리에 일일이 자빠져 무릎이 깨질 테니까.

체험과 감성을 풀어내는 데 집중하는 여행 에세이스트들은 정보서 작가들에 비해 영어의 압박에서 비교적 자유로울 것 같지만 사실은 썩 그렇지도 않다. 여행 과정에서 어느 정도 영어가 필요한 건 누구나 마찬가지고 현지인들이나 여행자들과의 소통을 통해 좋은 소재가 나오는 경우가 적지 않으니까.

그러나 영어 못한다고 아예 포기할 필요는 없다. '일을 능률적으로 하는 여행작가'가 결코 '좋은 여행작가'와 동일한 의미는 아니다. 세상을 마음껏 누비고, 자신의 길을 개척하고, 세상의 모든 좋고 나쁜 풍경과 풍물을 조우하고, 그 가운데 만나는 사람들과 가슴으로 소통하고, 가슴 뛰는 여행을 사진과 글로 풀어서 멋진 칼럼이나 에세이를 만들어내는 사람이라면 충분히 좋은 여행작가라고 할 수 있다. 자신감과 소통에 대한 의지, 그리고 열린 마음을 지닌 '좋은 여행자'는 좋은 여행작가가 될 기본 소양을 충분히 가졌다고 봐도 무방하다. 또 이런 태도의 여행자라면 언젠가 소통이 가능한 영어 실력을 갖출 가능성이 아주 높기도 하다.

### 제2외국어 ★★★ (한마디로 : 할 줄 알면 좋다!)

이쯤에서 이런 질문 하나 나올 것 같다.

"저는 영어는 하나도 못하는데, 어릴 때부터 애니메이션을 좋아해서 일본어는 수준급으로 합니다. 일본어 잘하는 건 여행작가가 되는 데 별 상관없나요?"

아니다! 상관있다! 제2외국어도 필수 스펙까지는 아니지만, 스스로의 경쟁력을 올리고 취재와 집필을 매끄럽게 만들어주는 수단으로는 더할 나위 없이 좋다. 정보서든 에세이든 자신의 전문 지역이 있으면 상당히 좋은데, 그런 면에서 제2외국어 구사 능력은 최고의 가치를 발한다. 그중 어떤 언어가 여행작가에게 더 유리한지 묻는다면, 대답은 잠시 고민을 해봐야 될 것 같다. 솔직히 딱 짚어 '이거 배우세요!' 하고 싶지는 않다. 국제 정세가 언제나 예상치 못하는 방향으로 변하고 있기도 하거니와, 여행자에게 언어란 일부러 공부해서 얻는 스펙이나 능력이기보다는 어느 문화권이나 국가에 대한 지속적인 관심과 애정, 생활이나 여행을 통해 얻는 결과물이자 그곳을 좀 더 가깝게 이해하는 도구에 가깝기 때문이다.

그러니까 이런 거다. 중국어, 스페인어, 힌디어 학원을 끊기 전에 먼저 중국을, 스페인이나 남미를, 인도를 여행하는 거다. 기왕이면 두어 달이라도 그곳에서 살아보는 것이 좋다. 그렇게 살듯이 여행하다 보면 길바닥에 널려 있는 언어를 나도 모르게 줍는 순간들이 생긴다. 간판에서, 영수증에서, 메뉴판에서, 노점상 아주머니의 외침에서, 명사만 영어이고 전치사·동사·형용사는 죄다 현지어인 호텔 주인장의 괴상한 어법에서, 미친 듯이 빙빙 돌아가면서 영어로 항의하면 듣는 척도 안 하는 택시 기사 아저씨와 싸우면서, 여행자는 정말로 절실한 현지어 한마디 한마디를 줍게 된다. 마음속에 그 나라 또는 언어권에 대한 진짜 애정과 관심이 싹트고 난 뒤에, 그렇게 주운 한마디씩의 언어를 밑천 삼아 본격적인 공부를 하는 것. 내가 가장 권하고 싶은 방법이다.

특정 언어를 잘하는 것도 좋지만, 그만큼 중요한 게 언어에 대한 관심과 자신감이 아닐까. 그 나라의 땅을 밟는 순간 사방에서 공격해오는 낯선 언어에 대해 두려움 없이 유들유들하게 맞서면서 오히려 흥미와 호기심을 느끼는 것. 빨리 배우고 싶어서 자꾸만 말해보고, 자꾸만 읽어보고, 자꾸만 물어보는 것. 이런 태도가 재능이다. 지금 당장은

0개 국어일지라도, 공식적인 성적표로 증명되는 외국어 능력은 무능으로 남을지라도 아무 상관없다. 10개 국어든 20개 국어든 마음을 활짝 열고, 들리고 보는 것을 다 주워 담고, 그것을 자신에게 필요한 정도로 구사할 수 있는 능력. 그것이 진짜 여행작가에게 필요한 최고의 어학 재능이다.

### 잡학다식 ★★★★ (한마디로 : 아는 만큼 보인다. 정말이다)

가이드북을 쓸 때마다 나는 이런 생각을 한다. 내가 고등학교 때 이 정도로 공부를 했으면 지금쯤 매우 훌륭한 사람이 됐을 거라고. 가이드북은 무슨 볼거리가 있고 어떤 집이 맛있으며 기념품은 뭘 사면 잘 샀다고 소문낼 수 있는 정도만 쓰면 되는 게 아니다. 예전에 런던 가이드북을 쓸 때는 런던의 축구팀과 구장의 위치와 역사, 심지어 경기 예매 시스템까지 공부해야 했다. 나는 축구란 무릇 성인 남자 스물두 명이 반바지 입고 잔디밭 위에서 얼룩 공 하나를 이리 찼다가 저리 차는 스포츠라고만 생각하는 사람이란 말이다!

여행작가는 알아야 할 것이 많다. 왜냐고? 아는 만큼 보이니까. 이제는 너무 흔하고 식상해서 별 감흥도 안 느껴지는 말인 거 잘 안다. 그러나 여행작가를 희망하고 있는 사람이라면 이 명언 앞에 없는 감흥도 쥐어 짜내보라. 진리 중의 진리니까.

세상 모든 것은 아는 만큼 들리고, 보이고, 느껴진다. 여행작가란 비일상의 생소한 공간에 대해 기록하고 전하는 일이다. 많은 걸 듣고 보고 느껴야 한다. 그러려면 많이 알아야 한다. 아는 만큼 내 눈에 보이고, 보인 만큼 남에게 들려줄 수 있다. 전문가나 학자급의 깊은 지식까지는

■ 삿포로 눈축제에 가서 만난 하츠네 미쿠 눈조각. 일본 여행서를 쓰고 싶다면 누군지 알아보는 정도의 덕력은 갖추는 것이 좋다.

필요 없지만, 두루두루 다양한 분야에 조예를 갖추는 게 좋다.

도대체 얼마나 다양한 분야여야 하는지는 나도 감을 못 잡겠다. 그렇지만 적어도 내가 다루려고 하는 지역에 대한 기본적인 역사와 문화, 예술, 현 정치 상황, 국가 시스템, 풍속 정도는 상식으로 알고 있어야 한다. 특히 가이드북을 쓰려면 그 나라 및 지역에서 '정보'가 될 수 있는 모든 것에 대한 기본적인 지식과 안목을 가지고 있는 편이 좋다. 에세이도 다르지 않다. 무언가를 보았을 때 인용할 수 있는 시 구절이나 고전 한 문단이 있는 것과 없는 것은 차이가 크다.

잡학다식의 원천은 다양할 것이다. 호기심이 많다거나, 집안 분위기가 지적이라거나, 머리가 좋고 다방면에 관심이 많다거나 등등. 그러나 그 어떤 원천에서 기인하든 잡학다식에 이르는 정도正道는 하나다. 바로 독서. 분야를 가리지 않는 다독이야말로 다양한 분야에 지식을 쌓는 최고의 방법이다. 독서는 글쓰기에도 지대한 영향을 미친다. 내 몸이 어제 내가 먹은 것으로 되어 있듯, 내 글 또한 지금까지 내가 읽어온 것으로 되어 있다. 나는 '글을 먹고 글을 싼다'라고 품위 없이 표현하기도 한다.

책 외에도 정보와 교양, 취향이 될 수 있는 것은 무엇이든 다 섭렵하라. 영화도 많이 보고, TV 인기 프로그램은 대충 다 챙겨보자. 고전 예술부터 최근의 하위문화까지, 스포츠, 아웃도어 액티비티, 패션, 나이트라이프, 음식, 건축, 역사, 밀리터리, 오타쿠 문화 등등. 세상에서 많은 사람들이 좋아하고 동경하는 건 조금씩 다 찔러보기를 권한다. 옛말에 백 가지 재주 가진 놈이 땟거리가 없다고 했는데, 요새는 여행작가 하면 된다. 딱히 땟거리가 변변한 직업은 아니긴 하지만.

### 문장력 ★★★★★ (한마디로 : 기본 중의 기본)

'밥을 할 때는 쌀이 꼭 필요하다'는 말만큼이나 두말하면 잔소리인 능력이다. 글 작업이 주종인 작가들은 말할 필요도 없고, 사진이나 일러스트 작가들도 책을 내거나 매체에 기고를 하려면 글쓰기 작업이 반드시 수반되어야 한다. 그냥, 기본이다.

당연한 얘기겠지만, 글은 잘 쓰면 잘 쓸수록 좋다. 다만 어떤 식으로 잘 쓰는지는 상관없다. 가슴 촉촉하게 만드는 미문이든, 눈과 입에 착착 붙는 맛깔스러운 글발이든, 냉철하고 깔끔하며 논리적이든, 눈앞에 영화 필름이 흘러가게 만들 정도로 묘사가 뛰어나든, 시크하고 트렌디하든 정말 다 좋다. 어떤 식의 글쓰기가 더 유리하거나 불리하지는 않다.

여행 정보의 글쓰기는 에세이의 글쓰기보다 '문학성' 면에서 너그럽다. 아예 불필요하다고 보는 사람들도 있다. 정보 글쓰기에 화려한 수사와 개인적 주관을 넣었더니 정색하고 화내는 편집자도 보았다. 그래서 항간에는 정보서 작가들은 필력이 떨어진다는 오해도 있는데, 직접 써보면 생각이 달라질 것이다. 정해진 분량 안에 필요한 모든 정보를 객관적인 태도로 간결하고 효율적으로 전달하는 것이 쉽고 우스워 보인다면, 아마도 그런 글쓰기를 난 한 번도 안 해본 사람일 거라고 단언할 수 있다. 다만 문학적 글쓰기가 타고난 재능에 크게 좌우된다면, 여행 정보류의 실용적인 글쓰기는 훈련에 의해 다듬어질 수 있는 구석이 많다.《고종석의 문장》을 읽으며 크게 동의했던 부분이 있다. '글의 재주 또한 태어날 때부터 어느 정도 정해지고 특히 시의 재능은 타고나야 하는 게 맞다. 다만 산문의 재능은 쓰면 쓸수록 늘기 때문에 나이 들수록 글이 좋아지는 경우가 많다'는 것이다. 즉, 많이 쓰고 많이 고쳐본 사람이 결국은 잘 쓴다는 얘기다.

소수의 경우지만 글은 잘 못쓰더라도 아주 특별한 재능을 가졌다면, 이를테면 사진을 너무너무 잘 찍거나 일러스트를 너무너무 훌륭하게 그려낸다면, 혹은 아이템이 너무 근사하고 매력적이라면, 그때는 편집자나 윤문작가님이 강림하시어 원고의 문장을 재개발 수준으로 다듬어주기도 한다. 그러나 그들이 해주는 일은 문법적으로 엉망인 문장을 다듬거나 정리되지 않은 메모를 문장으로 만들어주는 정도일 뿐, 핵심적인 '여행 이야기'는 어디까지나 작가의 몫이다.

그리고 진짜 중요한 사실. 글은 손이나 머리로 쓰는 게 아니라 궁둥이로 쓰는 거다. 이건 모든 글쟁이들이 공감하는 얘기다. 책 한 권을 써내든 원고지 40매 분량의 칼럼을 써내든 내가 쓰고 싶고 써야 할 것을 다 쓸 때까지 포기하지 않고 의자에 엉덩이 붙이고 앉아 끝까지 써내는 근성. 이게 문장력 이상으로 중요하다.

**사진을 비롯한 시각적 재능 ★★★★★** (한마디로 : 옵션이 아니라 필수)

사진 및 시각적 재능은 한국에서 여행작가로 활동하기 위한 필수 요소다. 여행 콘텐츠에서 비주얼의 중요성은 글과 거의 대등하다고 봐도 틀리지 않다.

특히 사진은 필수 중의 필수다. 에세이든 정보서든 기획서든 칼럼이든 사진이 좋은 콘텐츠가 유리하다. 또한 사진 DB는 잘 구축해놓으면 평생 써먹을 중요한 재산이 될 수 있으니 잘 찍으면 잘 찍을수록 좋다. 여행작가 중에는 사진전을 열 정도로 좋은 사진을 찍는 분들이 심심치 않게 많고, 여행사진가로 시작하여 글을 쓰게 된 분들도 있다.

출판사나 기획사 중에 작가의 사진 실력을 중요하게 여기지 않는 곳도 있긴 하다. 페이지 전체를 채우는 풀 컷이나 풍경 사진은 스톡사진을 쓰거나 전문 포토그래퍼를 고용하는 식으로 작업하기도 한다. 그러나 그런 회사라도 사진을 잘 찍는 작가는 당연히 우대받는다.

여행작가로 진입하고 꾸준히 작업을 하기 위한 사진 실력은 어느 정도면 될까? 사실 내가 이 얘기를 하기는 좀 민망하다. 이미 이야기했듯이 나는 디지털카메라 전원도 켜지 못하는 사진 바보인 채 기자 생활을 시작했고, 사진 한 장 없는 여행기도 책으로 펴낸 적이 있으며, 불과 4~5년 전까지만 해도 사진을 정말 못 찍었다. 심지어 지금도 썩 잘 찍는다고는 할 수 없다. 그런 수준으로 10년씩 여행작가 생활을 잘도 하고 있으니, '사진 못 찍으면 이 바닥에 발도 못 들인다'라고 단호하게 말할 수 없다.

그래도 지금은 사진으로 민폐 끼치지 않는 수준 정도는 된다고 자평하고 있다. 책을 만들거나 기고를 할 때 담당자들이 사진을 받아 들고 '흠, 이 정도면 쓸 만은 하군'이라는 정도. 나는 내가 이만큼이라도 하는 게 기특하다. 빵점에서 최대 80점까지 올린 셈이니까. 성적 향상의 원인을 물으신다면 '국영수를 중심으로 예습 복습을 철저히……'라는 구태의연한 대답을 들려드릴 수밖에 없다(사진에서 무엇이 국영수이고 예습 복습인지, 자세한 얘기는 237페이지부터).

나는 스스로 사진을 찍는 길을 택했지만, 정말 사진에 자신이 없다면 서로 신뢰할 수 있고 협업이 가능하며 수익을 나눌 만한 포토그래퍼 파트너를 찾는 것도 하나의 방법이다. 한 사람은 사진을 찍고 한 사람은 글을 쓰는 식으로 분업을 하고 있는 작가 팀들이 실제로 몇몇 있다.

사진 외에도 여행 콘텐츠를 만들기 위해서 필요한 시각 예술적 재능은 꽤 많다. '여행 이야기'를 원고로 만들기 위해 필요한 것이라면 앞서 언급한 사진과 일러스트 정도겠지만, '원고'를 책이나 디지털 콘텐츠 등으로 가공하는 과정에서는 훨씬 더 많은 미술적 재능이 쓰인다. 사진 보정 및 편집, 각종 편집 디자인, 캘리그라피 등이 대표적이다.

물론 책이나 신문, 잡지 등에서는 대부분의 미술적 영역을 전문 디자이너가 맡아준다. 사진 보정 정도만 해서 원고를 넘기면 나머지 내지 편집이니 표지 제작 등등의 가공은 모두 매체의 몫이다. 적어도 인쇄 매체가 대세인 지금까지는 그랬다. 그러나 디지털 쪽은 좀 사정이 다르다. 인쇄 매체와 비슷한 '기고' 형식일 경우 매체 쪽에서 가공을 해주지만, 오픈 플랫폼인 경우에는 저자가 콘텐츠를 직접 가공하여 완성해야 한다. 전자책, 블로그, 페이스북 등을 생각해보면 이해가 쉬울 것이다. 따라서 지금부터 여행 콘텐츠를 만들기 시작하는 사람이라면 사진 보정 및 간단한 이미지 편집은 필수 스킬이라고 본다.

### 경제력과 경제관념 ★★★★★ (한마디로 : 벌이는 적고 씀씀이는 크다)

다소 민감하지만 그래도 꼭 해야 할 얘기 같다. 어쩌면 여행작가를 희망하는 독자들이 가장 궁금해하는 부분이 아닐까. 과연 여행작가를 전업으로 택했을 때 밥은 먹고살 수 있을지, 혹시 남모르게 떼돈을 벌고 있는 건 아닌지, 아니면 모든 벌이를 오로지 여행에 올인하며 정작 일상에서는 손가락을 반찬 삼아 공기만 마시고 살아가는 건지.

확실하게 말할 수 있는 건 하나 있다. 많은 돈은 벌지 못한다. 모든 자영업이 그러하듯 '대박'의 가능성이야 존재하고 있지만, 평균적으로 버는 것만 따지자면 평생 집 사기는 요원할 거 같다. 다만 좀 부지런히 일하고 아껴 쓰며 큰 욕심을 내지 않는다면 집세와 공과금을 내고 끼니를 때우면서 여행을 떠날 정도는 유지가 된다. 종합소득세 신고를 해보면 토해낼 때도 많다.

여기서 만족하지 못한다면, 즉 안락한 노후를 설계하고 싶거나, 돈이 드는 취미생활을 하고 싶거나, 고급스러운 소지품을 원하거나, 친구들과의 술자리에서 한 번쯤 크게 쏠 돈이 더 필요하다면, 반드시 부업을 가져야 한다. 그보다 좀 더 어엿한 돈벌이를 갖고 싶다면 겸업을 하거나 연관 직종에 취업을 하는 편이 낫다. 그리고 매력적인 직업과 돈벌이가 좋은 직업이 같은 의미라고 생각한다면 빨리 이 길을 포기하거나 돈 잘 버는 다른 직업을 가지고, 여행 글쓰기는 자아실현의 방안으로 하는 것을 권한다.

모든 자유직업이 그러하듯 이 직업도 벌이의 개인 편차가 크다. 연수입이 억대에 이르는 작가가 있는가 하면 책 한 권의 초판 인세가 수입의 전부인 작가도 있다. 그러나 평균치를 내본다면 앞서 말한 '집세와 공과금 그리고 여행 비용 블라블라' 하는 소박하고 조촐한 수입 선이 산출되며, 심지어 엄청나게 불규칙하기까지 하다. 현실적으로 전업여행작가보다는 다른 직업과 겸업하거나 여행작가와 유관 직업 사이를 오가는 사람들이 더 많은데, 그 이유가 대부분 경제적인 것에 있다고 해도 크게 틀리지는 않을 것이다.

게다가 벌이는 청빈하고 소박한데 비해, 비용은 참 많이 든다. 여행작가에 대한 가장 해묵은 오해 중 하나가 '남의 돈으로 여행 다니는 사람들'인데, 이거 아니다. 자세한 얘기는 다시 하겠지만, 원칙적으로는 자기 비용을 투자해서 여행 다닌다. 그래서 나는 내 직업을 일컬어 종종 '효율 나쁜 자영업'이라고 말하곤 한다. 투자 금액은 많이 들어가는데 이윤을 뽑아내기는 꽤 힘들기 때문이다.

그러므로 이 직업에 전업으로 투신하고자 하는 사람이라면 꼭 명심하길 바란다. 우선 이 직업으로 생활비를 벌지 않아도 될 정도의 여유를 갖고 시작하는 것이 좋다. 약 2년 정도는 수입이 없이 버틸 수 있어야 할지도 모른다. 누군가를 전적으로 부양해야 하는 상황이라면 아쉽지만 이 일을 직업으로 택하는 걸 전혀 권할 수 없다.

튼실한 경제관념도 필수다. 불규칙한 수입으로 생활을 유지하기 위해서다. 돈을 흔적 없이 써버리는 자잘한 낭비벽이나 내일은 없는 것처럼 마구 써버리다가 카드 고지서를 받고 지구 종말을 느끼는 쾌락적 소비는 몹시 곤란하다. 화려한 독신생활은 자취의 구질구질함을 담보로 성립된다. 세상에서 가장 자유로워 보이는 직업 중 최상위 클래스라 할 수 있는 여행작가의 생활은 알뜰하고 부자유한 경제관념 하에서 유지가 가능하다. 세상일이 다 그렇긴 하다.

### 체력과 건강 ★★★★★★★★★★ (한마디로 : 필수이자 기본)

앞에 소개한 능력들을 집 밥으로 한번 비유해보면 어떨까? 문장력과 사진 실력은 각각 밥과 김치, 잡학다식 및 독서는 국이나 찌개, 경제관념은 된장이나 간장쯤 될 거다. 영어는 필수까지는 아니지만 중요도가 꽤 높으므로 고기반찬쯤으로, 제2외국어는 특수한 경우에 아주 큰 힘을 발휘하는 젓갈이나 잡채 정도로 해두자. 학력이나 학벌은 치즈든 와사비든 케첩이든 있어도 없어도 그만인 것 아무거나 갖다 붙여도 된다.

그렇다면 체력은 뭐라 해야 할까? 상? 그릇? 또는 마트? 그 무엇이라도 좋으니 밥상을 구성하는 아주 기초적이고 필수적인 것. 여행작가에게 체력은 그런 의미이다.

일단 여행 자체가 체력 잡아먹는 귀신이다. 하루에 10시간씩 걷는 일은 흔하고, 수십 시간 버스나 기차를 타고 움직일 때도 있으며, 스케줄 때문에 끼니 거르거나 잠 설치는 일도 다반사다. 그런데 여행작가는 이걸 직업적으로 한다. 더 많이 걷고, 버스나 기차도 더 많이 타고, 잠도 더 많이 설친다. 짐은 좀 무거운가. 사진까지 찍으려면 하루도 무거운 장비 가방을 떼놓을 수가 없다.

필요 정보를 캐치해내는 센스. 여행의 순간순간을 해석하는 감수성. 중요하다. 몹시 중요하다. 그러나 이러한 정신적인 요소 또한 육체의 힘이 남아 있을 때 제빛을 발한다. 건강한 육체에 건강한 정신이 깃든다는 말은 조금도 거짓이 아니다. 내 몸이 피로에 찌들어 있는데 그 어떤 것을 보고 들은들 좋게 보이고 좋게 들리겠느냔 말이다.

원고를 쓰는 과정도 생각보다 많은 체력을 필요로 한다. 언뜻 편해 보일지 모르겠지만 진정 몸이 축나는 것은 바로 이때다. 글쓰기를 비롯하여 각종 창작을 업으로 삼고 있는 사람들은 대부분 비슷한 병을 앓고 있는데, '그분이 오시면 밤이고 낮이고 몇 시간이든 작업을 멈추지 못하는 병'이라거나 '그분이 오시든 안 오시든 일단 원고는 펼쳐놓고 컴퓨터 앞에 죽어라 앉아 있는 병', 그리고 '내내 아무 생각도 안 나다가 마감 전날 갑자기 그분이 오셔서 밤을 새는 병' 등이 대표적이다. 그렇다 보니 자기 관리가 철저한 사람이 아닌 이상 생활이 불규칙한 것은 당연한 노릇이다. 또한 여행 좋아하고 글쓰며 사진 찍기 좋아하는 사람 치고 술과 사람을 좋아하지 않는 사람 드물다. 게다가 그놈의 마감. 세상의 모든 지옥을 다 모아놓은 듯한 그 이름, 마감. 엄청난 체력을 타고난 사람이라도 이 정도면 죄다 탕진하는 데 10년 안 걸리지 싶다.

그래서 강조한다. 여행작가를 꿈꾼다면 운동을 하자. 하루 세끼 좋은 걸로 꼬박꼬박 잘 먹고, 부족할 거 같으면 비타민 같은 것도 좀 챙겨 먹길 바란다. 어떻게든 체력을 기르고 잘 유지해야 한다. 힘주어 말하지만, 여행작가 일의 절반 이상은 육체노동이다. 그리고 나머지 반도 몸의 힘이 없으면 되지 않는 일이다. 체력은 국력인 동시에 여행자의 힘이며 글쟁이의 힘이다.

# 여행작가의 일거리와
## 밥벌이

앞서 여행작가의 벌이에 대해 간단하게 언급했다. 그 조촐한 밥벌이가 과연 어디서 비롯되는지, 그 구석구석을 알아보기로 한다. 이는 여행작가라는 직업이 어떤 일을 할 수 있는지 그 직무의 범위를 펼쳐 보는 것이기도 하다. 이 모든 일을 다 꾸준히 하는 작가는 아주 극소수이고, 대부분은 중심 필드를 둔 상태에서 다른 일로 부수입을 얻는다. 우리나라의 시장 규모나 형편으로 봤을 때 돈을 제대로 버는 좋은 직업이 되기는 다소 요원하다는 것은 미리 말해둔다.

### 책 출간

여행 에세이나 가이드북, 기획물 등을 출간하여 인세를 받거나 매절 원고료를 받는다. 전업 여행작가들의 수입, 특히 내 수입 중 큰 부분을 차지한다. 인세는 책 정가의 일정 퍼센트에 판매량을 곱하여 받는 방식이고, 매절은 판매량에 상관없이 미리 약속한 원고료를 받는 방식이다. 매절보다는 인세가 일반적이며 신인은 책 정가의 6~8퍼센트, 책을 두세 권 이상 출간한 중견 작가의 경우 8~10퍼센트 선에서 계약하게 된다. 정산 방식은 월, 분기, 반기, 연 단위, 쇄 단위 등 출판사마다 모두 다르다(인세와 매절에 대한 자세한 얘기는 222페이지). 책 인세가 여행 작가의 밥벌이에 어떤 식으로 기여하는지, 그러니까, 과연 여행 책만 써서 먹고살 수 있을지 살펴보겠다.

'집세와 공과금을 내고 끼니를 때우면서 여행을 떠날 정도'를 유지하기 위해서는 어느 정도 벌어야 할지 기준부터 세워보자. 사람마다 모두 다르겠으나, 아마 1년에 3천만 원 정도면 크게 모자라지는 않을 것 같다.

그럼 책을 써서 연간 3천만 원을 벌기 위해서는 어떻게 해야 할지, 각종 숫자들을 한번 소환해보도록 하겠다. 최근 여행 책 가격은 13,000~25,000원 선인데 이중 가장 일반적이며 예로 들기 좋은 형태, 즉 300~400페이지 정도를 1인 저자로 작업하는 책으로 범위를 좁히면 정가는 15,000~17,000원 정도. 인세는 10퍼센트, 세금은 일단 생각하지 않기로 한다.

연간 3천만 원을 벌기 위해서는 15,000원짜리 책을 1년에 2만 부 정도 팔면 된다는 결론이 나온다. 두 권을 작업할 수 있다면 각각 1만 부씩만 팔아도 된다는 자비로운 결과도 산출된다. 그럼 세 권을 작업하면 각각 6666,666666……권을 팔면 된다는 얘긴데, 사실 이 계산은 저 무한대로 늘어지는 소수점 뒷자리만큼이나 의미 없는 얘기다. 왜냐고? 불가능하니까. 여행서는 아이템 발굴이며 취재, 원고 작업 과정이 오래 걸리고 출판사의 제작 기간 또한 상당히 길다. 한 작가가 1년에 한 권씩 꾸준히 내면 진짜 많이 내는 거다.

그렇다면 남은 방법은 1년에 2만 부를 파는 건데, 가능할까? 솔직히 말하면 몹시 어렵다. 현재 한국 여행서 시장에서 연간 2만 부면 상당한 베스트셀러다. 여행서 신간이 1년에도 수백 종씩 쏟아지는데, 그중에 2만 부 파는 타이틀은 모르긴 몰라도 열 손가락 안에 꼽힐 것이다. 여행서 분야에서 보통 1만 부 정도 팔면 베스트 축이고, 5~8천부 정도 팔리면 선방한 것으로 본다. 그리고 절반 이상의 책은 초판 2~3천부를 팔지 못하고 서점 및 대중의 기억 속에서 사라져버린다.

게다가 상황은 앞으로 더 나빠졌으면 나빠졌지 좋아질 기미는 잘 보이지 않는다. 이 시대에는 책의 경쟁 상대가 너무 많다. 책이 책하고만 경쟁해도 힘든데, TV며 게임이며 인터넷 등 사방이 강적이다. 특히 여행서는 인터넷의 공짜 여행 정보와 대결하여 족족 패하고 있는 추세이다. 이 와중에 매해 신간을 내서 매해 2만 부씩 파는 건 꿈같은 얘기다.

그러나 아직은 '좋은 꿈이었다!'며 포기할 필요는 없다. 위의 산수는 사실 틀린 식이니까. 책이 1년만 팔고 끝나는 상품이라면 매해 신간을 내서 매해 2만 부씩 팔아야겠지만, 책의 수명은 다행히 1년보다는 길다. 짧게는 2~3년, 길게는 십 수 년까지 간다. 출간 첫 해의 성적이 가장 좋고 그다음 해부터는 부쩍 줄기는 하지만, 그래도 살아남기는 한다. 출간 당시 책의 화제성과 판매 성적이 좋으면 좋을수록 수명이 길고 스테디셀러가 될 가능성이 높아진다.

또한 여행 정보서, 특히 가이드북에는 다른 종류의 서적에는 잘 발동되지 않는 특급 치트키가 하나 존재한다. 바로 업데이트다. 여행지의 물가를 비롯한 각종 정보는 하루가 다르게 바뀌기 때문에 책에도 이를 반영해야 한다. 부지런한 출판사와 일하면 1년에 한 번씩, 덜 부지런한 회사는 2~3년에 한 번씩 업데이트를 한다. 표지 같이나 내부 편집 개정, 증보도 다른 장르에 비해 자주 하는 편이다. 관리만 잘해주면 책 수명이 일반 단행본에 비해 상당히 길어진다.

정리하자. 1년에 한 권씩 책을 내고 매번 2만 부 이상 판매되는 건 현재 대한민국 시장에서 몹시 비현실적인 일이다. 다만 내가 인세를 받는 책이 다 합쳐서 연간 2만 부가량 판매되는 것은 쉽지는 않아도 가능한 일이다. 매해 신간을 내서 5~8천 부 정도 괜찮은 판매고를 기록하고, 구간 8~10종이 연간 1~2천 부씩 팔린다면 연간 2만 부를 안정적으로 팔 수 있다는 계산이 나온다.

그러기 위해서는 1년에 한 권씩 꼬박꼬박 작업하며 8~10년 정도의 경력을 쌓아야 한다. 그렇게 열심히 일해서 10년 차쯤 됐을 때 벌 수 있는 안정적인 수익이 3천만 원 언저리라는 뜻도 된다. 심지어 이는 꽤나 낙천적인 계산이기도 하다. 1년에 한 타이틀씩 작업하기도 쉽지 않고, 8~10종의 타이틀을 작업해봤자 꾸준히 팔리며 살아남는 책은 절반도 되지 않을 확률이 크다. 공저를 할 경우에는 인세 수익이 반 토막 이하로 떨어지기도 한다. 무엇보다 초판도 다 팔지 못하고 잊힐 확률이 가장 크다. 그래서 많은 여행작가들이 책을 수익 도구보다는 커리어 적립의 마일스톤이나 자기표현 도구로 생각한다. 작가들에게 가장 많이 들을 수 있는 말 중 하나가 '돈 벌려고 책 내나요?'라는 자조적인 말이다.

나는 책 중심으로 활동하며 연평균 1만 부 정도 팔고 있다. 이 얘기는 안정적인 살림을 위해서는 1만 부의 판매 수익에 해당하는 수입이 더 필요하다는 뜻도 된다. 그래서 추후 언급할 '여행작가로서의 부업'도 부지런히 하면서, 또 다른 부업인 번역을 통해 얻는 수입으로도 많은 부분을 충당하고 있다.

## 해외 출간과 전자책 출간

해외로 판권이 팔리는 일은 책 판매에 부수적으로 따라올 수도 있는 보너스라고 보면 된다. 한국 여행서는 뛰어난 콘텐츠와 만듦새 덕분에 종종 중국어권 및 동남아시아 등으로 수출된다. 해외 여행서보다는 국내 여행서, 특히 서울을 다룬 책이 외국에서 인기가 높다. 출판에이전시의 중개나 국내외 도서전을 통해 외국 출판사와 접촉한다. 계약 과정은 대부분 출판사가 알아서 한다. 저자가 직접 외국 출판사와 접촉할 수도 있으나 그렇게 부지런하고 패기 넘치는 작가는 천 명 중 반 명도 없을 거 같다.

일반적인 계약 조건은 선인세 2~3천 달러 안팎, 인세율은 7~10퍼센트 정도. 판매 정산은 연 단위가 많다. 그러나 해외 출간 수익은 출판사가 가져가는 비율이 많고(저자 : 출판사 = 5 : 5) 세금이 상당히 높아 정작 손에 남는 것은 썩 많지 않다. 또한 일본과 대만을 제외한 다른 아시아 국가들은 정산이 투명하지 못하기도 하다. '나도 외국에서 출간해봤다'는 개인적인 기념, 그리고 뜻하지 않은 용돈으로 생각하면 마음 편하고 좋다.

나는 《일주일 해외여행》을 중국과 대만에 출간한 경험이 있다. 중국에서의 책 반응을 보기 위해 중국 최대 인터넷 서점에 접속해봤다가 정말 깜짝 놀랐는데, 세상에 내 책에 댓글이 천 개나 달린 것이다. 이거 혹시 엄청난 베스트셀러가 된 게 아닌가 가슴이 잠시 설레었지만, 10만 부쯤 팔렸다는 책에 댓글 2만 개 달린 것을 보고 신속히 마음을 접었다. 대륙의 스케일은 댓글도 차원이 다르다는 것에 감탄했지만, 정작 도서 판매량은 13억이라는 인구수가 무색할 정도로 많지 않다고 한다.

전자책 출간도 아직까지 수입이 크지는 않다. 다른 분야에서는 전자책이 종이책의 매출을 앞지른 곳도 있지만, 여행서 분야는 활성화되어 있지 않다. 종이책을 내고 세컨드 버전 개념으로 내는 경우가 많으나 최근에는 전자책 전문 출판사나 개인 출판물을 전자책으로만 출간하는 경우도 늘고 있다. 전자책 단독 출간으로는 어느 정도 수익을 기대할 수도 있겠지만 종이책 세컨드 버전은 의미가 없다고 해도 좋을 정도로 수익이 미미하다.


## 매체 기고

신문, 잡지나 전문지, 사보, 기내지, 인터넷 신문, 웹진 등 다양한 정기 간행물에 여행 관련 칼럼과 사진을 기고하고 고료를 받는다. 책 출간만큼 큰 비중을 차지하는 수입원이다.

책은 판매 금액의 일정액을 분배해서 받는 방식이라면, 기고는 판매량과 상관없이 정해진 금액을 원고료로 지급받는다. 원고료 산정 방식은 매체에 따라 다른데, 전통적인 산정법으로는 원고 분량을 원고지 1매당 단가로 계산하는 방식과 매체에 게재되는 페이지 수로 계산하는 방식이 있다. 전자는 글이 주가 될 때, 후자는 사진이 많이 들어 갈 때 주로 쓴다. 원고 분량이나 페이지 수대로 준다고 해서 팔만대장 경을 쓰면 그만큼 다 주는 것은 아니고, 사전에 매체 쪽에서 분량을 정 해주고 살짝 넘치거나 모자란 분량을 단가대로 더하거나 뺀다. 원고지 10~20매의 글 또는 매체 게재 4~6페이지 선이 가장 많다. 요즘은 정 해진 액수를 제시하는 곳도 많다.

원고료는 매체마다, 필자마다 꽤 차이가 난다. 나에게 들어왔던 원 고 청탁 기준으로 글만 쓰는 경우는 1회 10~25만 원, 사진까지 포함된 원고는 20~60만 원 선이었다. 나보다 경력이 오래되거나 매체와 오랜 신뢰 관계를 유지한 필자 분들은 이보다 높은 원고료를 받는 경우도 많다.

사실 수입의 안정성만 놓고 본다면 책보다는 매체 기고 쪽이 높다. 책은 판매량에 따라 수입이 크게 좌우되지만 매체 기고는 그 어떤 '성 적'에 관계없이 미리 약속된 원고료를 지급받을 수 있으니까. 실제로 선배 작가 중에 오로지 기고만으로 상당히 높은 수입을 올리고 계신 분이 있다는 얘기도 들은 적이 있다. 적어도 주간 연재를 잡을 수 있다 면 그 계약 기간 동안의 생활비는 크게 걱정하지 않아도 된다. 고정 수 입을 올리기에는 가장 좋은 분야가 아닐까 한다.

그러나 이쪽도 책과 마찬가지로 그다지 녹록한 상황이 아니다. 신문 이나 잡지의 판매 부수는 하루가 다르게 떨어지는 중이다. 폐간도 심 심치 않게 일어난다. 상황이 워낙 어렵다 보니 매체들은 지출을 줄이 기 위해 과거에 비해 외부 기고를 대폭 줄였다. 사보 등의 기타 간행물 도 줄면 줄었지 느는 추세는 아니다. 인터넷을 중심으로 군소 매체는 상당히 많아졌지만 제대로 된 고료를 주는 곳은 드물다. 경력을 쌓고 자신의 글을 남들에게 보여주는 목적으로는 나쁘지 않지만, 유의미한 수입을 원한다면 실망할 것이다. 예전부터 이쪽에서 입지를 탄탄히 다지고 있던 베테랑 작가들이 얼마 남지 않은 일자리의 대부분을 점하고 있기 때문에 신규 진입은 예전보다 훨씬 어려워졌다. 가만히 앉아 있어도 일이 들어오는 건 아마도 세간에 큰 화제를 뿌린 베스트셀러 작가들 정도뿐이지 싶다.

그러므로 지금 여행작가로 데뷔하여 매체 기고 분야에서 안정적인 수입을 얻고 싶은 신인작가가 있다면, 예전보다 다섯 배는 부지런해야 할 것이다. 실력을 인정받고 인지도가 있다고 해서 무조건 일이 쏟아져 들어오는 것이 아닌, 미디어와의 튼튼한 네트워킹이 필요한 분야다. 한 번이라도 일거리를 받았다면 그 잡지사나 기획사의 담당자와는 지속적으로 우호적인 관계를 맺어두는 것이 좋다.

## 교육과 강연

강연은 여행작가로서 결과물을 내고 어느 정도 인지도를 쌓은 뒤 진출 가능한 2차 필드이자 부수입이다. 내 입장에서야 부수입이지만 이쪽을 주 수입원으로 하는 작가들도 있다. 일전에 여행작가들이 모이는 자리에 초대를 받아 나갔는데, 차분하고 아름다운 문장의 에세이로 유명한 어느 중견 여행작가 분께서 자기소개를 이렇게 하셨다.

"안녕하세요, 여러 권의 책을 냈지만 정작 대부분의 수입은 강연에서 나오는 아무개입니다."

이분은 그날도 그 모임이 끝나기 무섭게 지방 강연 스케줄을 위해

공항으로 달려가셨다.

강연은 글쓰기나 사진, 그림이라는 여행작가의 2차원적 필드에서 벗어난 돈벌이 중에 가장 그럴듯한 수입을 안겨주는 분야이다. 그만큼 기회도 은근히 많고 페이도 적지 않다. 내 피부로 느끼기에 요즘엔 외부 기고보다 오히려 이쪽이 더 수요가 많은 것 같다.

비단 여행 콘텐츠 분야뿐 아니라 우리나라에 존재하는 대부분의 직종과 직능이 그렇다. 어느 정도 성취를 이루면 그다음엔 교육과 강연 기능이 자동으로 탑재되고, 본업보다 오히려 이쪽에서 고정 수입을 얻는 사람도 생긴다. 주변에 있는 중견급의 평론가, 작곡가, 소설가, 영화 스태프, 재무 설계사, 논술 강사 등등에게 요즘 뭐 하냐고 물어보면 어딘가에 강의 나가고 있다는 대답이 돌아오곤 한다.

여행작가를 고정 강사로 부르는 곳은 주로 여행작가 지망생용 강좌이다. 대학·신문사·문화센터·도서관·자치단체 등에서 개설한 각종 여행 글쓰기 강좌, 최근 조금씩 늘고 있는 사설단체의 여행작가 양성 코스 등이 있다. 이런 곳에서 전임강사로 고용되어 지망생들에게 다양한 교육을 하거나, 스스로 코스를 개설하여 수강생을 받는다. 나는 이쪽에서 강의해본 경험이 없기 때문에 정확한 페이는 잘 모르지만, 예전에 모 신문사 문화센터에서 강의하던 분께 들은 바로는 그다지 높지는 않은 듯하다. 다만 일정 기간이라도 안정적인 수입원이 될 수 있다는 것은 수입 불안정의 극을 달리는 직업에서 매우 고마운 장점이다. 그러나 아직까지 이런 교육기관이 많지는 않기 때문에 고정 강사로 활동하시는 분들도 아주 소수로, 주로 높은 명성과 오랜 관록을 자랑하는 베테랑 작가 분들이다.

단발성 강연은 고정 강의보다 범위가 훨씬 넓다. 여행사를 비롯한 각종 기업체, 학교, 관공서, 도서관, 백화점, 박람회, 전시회, 수련회, 각종 회의, 카페, 전문 강연 센터, 각종 단체 등등 사람들 모아놓고 여행 얘기를 할 수 있는 곳이면 어디든 여행작가의 무대가 될 수 있다. 규칙적이지 않을 뿐 빈도는 생각보다 많고, 형식이나 종류도 다양하다. 나는 예전에 모 청소년 단체에서 주최한 국제 포럼에 초청 연사로 나와달라는 제의를 받은 적이 있었다. 내용도 흥미롭고 페이도 나쁘지 않아 오케이하려 했는데, 강연을 영어로 해야 한다는 얘기를 듣고는 바로 '죄송합니다'를 날렸다.

물론 이 분야도 인지도와 해당 경력이 많은 작가에게 좀 더 기회가 돌아가는 건 사실이다. 그러나 이제 책 한 권 낸 신인작가라도 그 책의 소재나 주제가 참신하거나 몹시 흥미진진한 여행이었거나 공익적이거나 뜻깊거나 하여간 눈에 확 띄는 장점과 매력이 있다면 얼마든지 강연 제의를 받을 수 있다. 지방에서 거주하고 있는 여행작가 분이 책을 두 권 정도 낸 뒤 그 지역 학교와 도서관을 중심으로 강연 활동을 활발히 하는 경우도 본 적 있다. 최근에는 강연 전문 매니지먼트 회사도 생겨서 작가들이 회사에 등록해놓으면 강연을 원하는 업체와 연결시키기도 한다.

강연료는 의뢰하는 단체나 강연자에 따라 천차만별이다. 내가 받았던 최소선은 2시간 강의에 20~30만 원 정도로, 주로 중고등학교나 도서관이었다. 여타 기업체나 지자체, 전시회, 박람회 등은 이보다 훨씬 높은 편이었다.

## 방송 출연

지상파TV·케이블·종합편성채널·라디오·DMB 등의 여행 관련 방송에 출연한 뒤 출연료를 받는다. 프로그램 진행자 또는 고정 패널이 되는 경우도 있으나 대부분은 단발성 출연이다. 여행 관련 토크 프로그램의 패널 형태가 가장 많고, 여행 체험 프로그램의 호스트로도 종종 섭외된다. 나는 예전에 한번 〈직업의 세계〉라는 케이블 프로그램에 나가본 적도 있다. 여름 휴가철 전후로는 TV나 케이블의 일반 토크 프로그램에서도 '휴가 컨설팅' 등의 명목으로 종종 불러주고, 신간이 나오면 라디오 출연 요청이 많아진다.

어디까지나 일반인 출연자이기 때문에 출연료는 그다지 높지 않다.

■ 가장 최근에 출연한 방송은 KBS의 모 여행프로그램으로, 그날의 주제는 라오스였다. 동남아 4개국 배낭여행기를 하나 출간한 것 외에 라오스에 대해서는 블로그 포스팅도 해본 적이 없는 내게 어떻게 라오스를 다녀온 줄 알고 섭외가 왔는지 지금도 미스터리다.

라디오와 케이블 방송이 1회 출연에 5~10만 원, 지상파TV가 10~20만 원 정도에서 시작한다. DMB나 팟캐스트 등은 이보다 적거나 아예 없을 수도 있다. 나는 홍보 및 기념적인 이벤트에 약간의 수입이 따라오는 정도로 여긴다.

최근에는 팟캐스트를 직접 운영하는 여행작가들도 솔솔 나오는 추세이다. 경제적인 이득보다는 재미와 정보 전달, 그리고 홍보를 목적으로 하는 경우가 많다. 개인직으로는 아프리카 방송이나 유튜브를 이용한 재미있는 여행 정보 전달 및 수익 창출 방법이 없을까 고민 중이다.

### 인쇄물 기획, 집필, 제작

여행사 · 지자체 · 각국 관광청 및 홍보사무소 · 홍보 대행사 · 호텔 · 잡지사 등에서 발간하는 각종 인쇄물, 그러니까 리플릿 · 팸플릿 · 소책자 · 일반 책자 등의 내용을 집필한다. 각 단체에서 나눠주는 무료 가이드북이나 여행지 소개서, 여름 휴가철에 잡지 부록으로 딸려 나오는 여행 특집물 등을 생각하면 된다. 인쇄물 제작 실무가 가능한 작가들은 아예 기획부터 집필, 제작까지 전 과정을 맡아서 진행하기도 한다. 단발성으로 끝날 때가 많지만, 실력을 인정받고 확실한 신뢰를 쌓는다면 고정적으로 일감을 얻을 수도 있다.

이러한 인쇄물은 대부분 비매품이라 매절 원고료를 받게 된다. 원고료의 정해진 시세나 산정 방식은 없고, 발주처나 경우마다 모두 다르다. 다만 한 가지 공통점이 있다면, 꽤 후하다는 것. 작업 분량과 소요 시간을 따져보면 책을 내거나 기고를 하는 것보다 훨씬 고소득인 경우가 많다. 일부 살림살이 넉넉한 지자체나 기업체의 경우는 '부르는 게 값'이라고 할 정도로 주기도 한다.

그렇기 때문에 이쪽 분야의 일을 하려면 그 어떤 분야보다 높은 인지도나 믿음직스러운 경력이 필요하며, 아울러 해당 회사나 단체에 튼튼한 인맥을 지니고 있어야 한다. 이쪽 분야의 섭외야말로 '괜찮은 작가 알면 소개 좀 해줘' 내지는 '선배가 한번 해보지 않으실래요?' 식의 인맥과 안면으로 이뤄지는 경우가 많기 때문. 원래 쌓아둔 인맥이 없다면 꽤 적극적인 영업이 필요하다.

## 디지털 콘텐츠 판매

웹 사이트나 모바일 등 여행 콘텐츠를 필요로 하는 모든 곳에 콘텐츠를 제공한다. 아직까지는 부수입에 가깝지만, 앞으로 여행작가들의 메인 필드가 되지 않을까 조심스럽게 예측하고 있다.

포털 사이트, 여행사 웹 페이지, 각종 회사의 SNS, 큐레이션 서비스 등등 여행 콘텐츠를 필요로 하는 곳은 다양하다 못해 잡다하다. 지금까지 내가 해본 일만 열거해봐도 호텔 리뷰, 맛집 소개 및 리뷰, 여행기 연재, 칼럼 기고, 블로그 및 SNS용 콘텐츠 제작 등으로 하나의 맥락을 집어내기 힘들 정도로 다양하다. 페이도 정해진 산정 방식이 없고 그때그때 '이 정도면 되겠다'는 선으로 타협하곤 한다. 즉, 이 분야는 아직 체계도, 정해진 룰도 없다. 어떤 곳에서 여행 콘텐츠를 필요로 할지도 정해진 것이 없는 미개척지다. 그러므로 수많은 가능성을 품고 있는 곳이기도 하다. 이곳에 여행 콘텐츠가 필요하다고 생각한다면, 한번 부딪쳐볼 만한 것이다.

내가 요즘 관심 있게 지켜보고 있는 것은 스톡사진 오픈마켓을 통한 사진 판매이다. 책을 만들기 위한 여행이든 개인적으로 떠난 여행이든 하루에도 수십 기가의 메모리카드를 꽉꽉 채우도록 사진을 찍게되는데, 그러다 보면 책이나 기고에 쓰이지 않고 하드디스크 자리만 차지하는 사진들이 꽤 많다. 이런 사진들을 해외 스톡사진 오픈마켓에 판매하는 것이다. 그중 미국 사이트인 셔터스톡Shutterstock.com, 빅스톡bigstockphoto.com과 일본 사이트인 픽스타Pixta.jp를 유심히 지켜보는 중이다. 가장 인기 있는 셔터스톡에 시험 삼아 작가 등록을 해봤는데, 사진은 둘째 치고 내 신분증조차 받아주지 않고 있다. '결혼으로 성이 바뀐 경우에는 별도의 증명서를 보내라'는 에러 메시지가 자꾸 뜨길래 '나는 싱글이고 한국 사람이라 평생 성이 바뀌어본 적 없다'라고 항의 메일을 보냈는데 답이 없다.

## 여행 상품 컨설팅, 기획, 인솔

여행사와 연계하여 여행 상품 기획에 참여하고 때로는 여행자들의 가이드 겸 멘토로 함께 여행을 떠난다. 참가자들은 작가들이 기획하거나 인솔하는 여행을 통해 참신한 코스의 여행을 즐기며 생생한 정보도 얻고, 작가들은 이를 통해 수수료 또는 수익 분배를 받는다. 높은 인지도와 튼튼한 팬덤을 가지고 있는 작가나 여행사에 튼튼한 네트워크를 가지고 있는 작가만이 가능한 수익 모델이다. 여행작가들이 직접 여행사 또는 여행 컨설팅 회사를 차리는 경우, 여행 콘텐츠와 함께 여행 상품을 파는 미디어 겸 여행사도 소수지만 존재한다.

이 분야에서는 여행사진가들의 활약이 특히 눈에 띈다. 사진에 관심 있는 여행자를 모아 함께 여행을 떠나 즐기며 시간과 장소에 따른 사진 찍기의 노하우와 팁을 전수하는 식이다. 개인적으로는 이런 여행을 직접 기획하고 수익을 얻는 쪽보다 멘티로 한번 따라가고 싶다.

travel writing

2. 여행작가가
.......................................
길을 떠날 때

# 여행작가의
## 여행 비용

여행작가는 여행을 다니는 직업이다. 그리고 여행에는 돈이 든다. 그것도 꽤 많이.

"여행 비용은 어디서 나와요?"

이 직업을 가진 이래 두 번째로 많이 받았던 질문이다. 내가 이 일을 하면서 가장 많이 받았던 오해와 맞닿아 있기도 하다. 오해의 내용은 이러하다. "남의 돈으로 여행 다니는 직업."

지금부터 이 질문과 오해에 대한 대답을 해보고자 한다. 혹시 여행작가라는 직업에 대해 판타지스러운 오해, 즉 '공짜로 여행 다니는 사람들'이라는 생각을 가지고 있었다면 이 기회에 말끔히 지우기를 바라는 바이다.

## 비용은 자기 부담이 원칙이다

단호하게 말하지만, 작가가 자신의 콘텐츠를 만들기 위해 여행을 할 때 드는 제반 경비는 원칙적으로 본인 부담이다. 물론 예외도 많다. 여행에 들어가는 비용 부담을 줄이는 방법도 여러 가지가 있다. 그러나 원칙은 본인 부담이다. 자신의 결과물을 만드는 데 드는 각종 비용은 작가 본인이 대는 것이다. 어렵게 생각할 것 없다. 떡볶이집에서 떡볶이 만드는 데 드는 비용은 떡볶이집 아주머니가 지불하는 것과 같은 이치다. 때로는 아들이 사다주고 손님이 주고 할 수야 있겠지만 원칙적으로는 아주머니 몫인 거다.

작가 스스로 기획과 생산의 주체가 되어 콘텐츠를 만드는 경우, 그러니까 '나 이런 책을 쓰고 싶어!'라거나 '나 이곳에 대한 얘기를 기고 해보고 싶어!'라는 생각으로 기획하고 떠나고 찍고 쓰는 경우에는, 여행 비용을 포함한 모든 비용은 저자 본인이 댄다. 나는 내 직업이 1인 무역상과 비슷한 구석이 많다고 생각한다. 무역상들이 이국의 땅에서 새로운 물건을 찾아내어 파는 것이라면, 나는 이국의 여행 정보나 문화, 풍물 등을 찾아내어 콘텐츠로 가공하여 판매하는 것이다.

출판계에 '선인세'라는 것이 있기는 하다. 여행서는 보통 선인세가 후한 편이라 여행 비용에 큰 보탬이 되는 건 사실이다. 때로는 여행 비용 전체를 커버할 정도로 선인세를 넉넉히 챙겨 받을 때도 있다. 그러나 이것은 책 출간 후 받을 인세를 당겨 받는 것이므로 '남의 돈'이라고 표현하기에는 큰 무리가 있다(선인세 관련 자세한 설명은 224페이지에서).

## 세상에 공짜는 없다

그렇다고 해서 모든 작가들이 모든 여행을 100퍼센트 자기 부담으로 다니는 것은 아니다. 여행 콘텐츠 일을 하다 보면 그렇지 않은 사람들에 비해 혜택을 받을 일이 꽤 많이 생긴다. 부지런히 알아보느냐 또는 얼마나 좋은 기회가 있느냐에 따라 천차만별이긴 한데, 여행 비용의 전체 또는 대부분을 지원받는 경우도 있고, 소소하게는 무료 이용이나 할인 혜택을 받기도 한다.

이 또한 아주 예외 상황을 제외하면 어떤 식으로든 반드시 대가를 치러야 한다. 게다가 그 대가라는 게 주로 결과물 아니면 신뢰 관계다 보니 나중에 적지 않은 부담으로 다가온다. 나는 협찬이나 취재 지원을 받는 과정, 그리고 그 이후의 결과물을 작업하는 과정을 거칠 때마다 절대 진리의 옛 말씀 하나만을 되풀이하여 떠올리곤 한다.

'세상에 공짜는 없다.'

하지만 애초에 통장에 수억을 넣고 시작하는 것이 아닌 이상, 아니 설령 그렇더라도 여행 비용 절감이란 충분히 중요한 문제다. 특히 한 나라 전체를 다룬다거나 여러 지역을 한꺼번에 다루는 큰 프로젝트의 경우, 작가 개인 부담만으로는 도저히 불가능한 경우도 많다. 그럼에도 불구하고 출판사의 선인세 정도만 지원받고 나머지는 철저하게 개인이 투자하는 작가들이 있다. 사실 나도 원칙적으로는 이렇게 해야 한다고 생각한다. 에세이든 정보서든 객관적인 정보와 작가의 판단 외에 다른 변수가 끼어드는 것은 어느 모로 보나 바람직하지 않기 때문이다.

전설前說이 길었다. 독자들이 가장 궁금해할 것들이란 이런 핑계 내지는 한탄이 아니라 어떤 식으로 취재 지원이나 협찬을 받아 여행 비용을 절감할 수 있는지 그 구체적인 방법일 것이다. 지금부터 하나하나 설명해보도록 하겠다.

### 그들이 여행작가의 여행을 지원하는 목적

거듭 말하지만 세상에는 절대로 공짜가 없다. 하다못해 길에서 휴지를 하나 받아도 겉면에 적힌 광고 메시지를 보아달라는 애절한 강요가 깃들어 있다. 하물며 세상천지에 그 누가 여행 콘텐츠를 만드는 데드는 적지 않은 액수의 현금이나 현물을 허투루 지원할 리는 없다. 보통 여행작가의 취재 지원은 다음 세 가지 목적 중 하나로 이루어진다.

① **홍보·광고**: 가장 흔한 목적이다. 책이나 칼럼, 디지털 콘텐츠 등에 후원사의 상품이나 서비스, 회사명 등을 직간접적으로 노출하는 것을 조건으로 현금·현물 협찬을 받는다. 드라마의 PPL이나 협찬 자막 등과 같은 맥락이다. 항공권, 숙박, 투어상품, 각종 교통 티켓, 입장권 등 여행에 필요한 것이라면 그 무엇도 가능하다. 현금보다는 자사 상품 및 연계 상품을 협찬받는 쪽이 좀 더 흔하다.

이렇게 협찬을 받고 나면 책의 뒤표지나 내지 중 눈에 잘 띄는 곳에 광고를 게재하거나 특집 페이지, 비중 있는 리뷰 등으로 메리트를 제공한다. 신문이나 잡지에 게재할 때는 협찬 업체명을 명기하거나 페이지의 일정 비율을 할애하여 노출해주는 방식을 이용한다.

② **용역**: 철거 현장에 난입하는 목뒤 접히는 '용역' 아저씨들을 연상하지는 말자. 여행 콘텐츠를 필요로 하는 회사나 단체에서 여행작가를 고용 또는 초빙하여 취재비 일부 또는 전부 부담하는 경우를 말한다.

매체나 프로젝트 성격에 따라 취재비 따로, 고료 또는 인세 따로 지급해줄 때도 있고, 일정 금액을 한 번에 지급한 뒤 그 안에서 모든 것을 해결해야 하는 경우도 있으며 클라이언트 쪽에서 취재를 모두 세팅해놓고 작가를 모셔가는 경우도 있다.

이렇게 용역으로 일하게 되면 작가는 '을'의 입장이 되어 클라이언트의 의도와 목적에 맞춘 콘텐츠를 제공해야 한다. 홍보·광고 목적의 협찬이 결과물의 일부에 클라이언트의 메시지가 살짝 끼어드는 형태라면, 용역은 아예 결과물 자체가 클라이언트에게 소유권이 넘어가는 것이다. 이런 경우 작가들은 취재 여행 중 의뢰받은 콘텐츠와 자신의 작품 취재를 동시에 진행하곤 한다.

③ **후원**: 기업체나 단체 또는 개인이 순수하게 작가나 여행가의 여행을 후원한다. 콘텐츠 확보 또는 홍보의 목적이 아예 없지는 않으나 주로 부차적이다. 주로 공익적인 의미가 강한 여행이거나 아주 이색적인 여행일 때 이런 지원을 받게 되고, 드물긴 하지만 기업의 오너나 단체의 대표가 작가의 팬이라 순수하게 작품 활동을 후원하는 경우도 있다.


**적극적으로 두드리면, 활짝 열릴지도**

홍보 또는 여행 콘텐츠를 필요로 하는 여행 관련 회사나 단체, 기관의 지원이 압도적으로 많다. 그러나 주변 상황이나 본인의 능력에 따라 '의외의 경우' 또한 언제나 활짝 열려 있다.


① **여행 관련 회사**: 일반 여행사를 비롯하여 호텔 예약 사이트, 투어 전문 여행사, 항공권 비교 검색 사이트, 렌터카 등 여행에 관련된 사업을

벌이는 모든 종류의 회사. 숙소, 항공권, 교통수단, 각종 패스 등 해당 회사에서 취급하는 여행 상품을 지원받고 책 또는 칼럼 내에 광고나 홍보 내용을 실어주는 케이스가 가장 많다.

②**항공사**: 당연한 얘기겠지만 항공권을 협찬한다. 개인적인 경험으로는 가장 벽이 높은 협찬처였다. 타이밍이 아주 잘 맞거나 아이템이 딱 들어맞지 않는 한 여간해서는 협찬받기 쉽지 않은데다 협찬의 메리트도 다소 크게 요구한다. 책 전체가 해당 항공사에 관련된 내용일 경우, 항공사에서 아주 공격적으로 마케팅하는 분야와 맞아떨어질 경우, 해당 항공기 국적 국가의 핵심 프로젝트와 연계된 결과물일 경우 도전해볼 만하다.

③**정부 기관**: 국내여행이라면 각 지자체의 관광 담당 부서나 지방 관광청, 해외여행이라면 각국 관광청이나 지역 홍보사무소가 해당된다. 박물관, 국보 등의 사진 촬영 협조부터 숙박 협찬, 항공권 협찬, 크게는 현금 지원까지 가능하다. 생각보다 가장 친절하고 적극적인 협조가 나오는 곳. 책보다는 언론 매체 쪽에 좀 더 우호적인 경향이 있다.

나는 프랑스 여행을 준비하면서 화장품 회사의 협찬을 추진해본 일이 있었다. 화장품 브랜드명이 프랑스의 어느 지역명이었는데, 그 지역을 여행한 뒤 회사 마케팅에 필요한 사진과 글을 써주는 조건으로 여행 지원을 요청했었다. 비록 내 개인적인 사정으로 성사되지는 못했지만 지원을 하는 단체나 기업에 도움이 될 수 있는 콘텐츠를 생산할 자신이 있다면, 이런 아이디어들로 얼마든지 도전해볼 만하다.

④**숙소**: 호텔, 호스텔, 한인민박 등에서 숙박이나 할인을 제공해주면 책이나 매체 지면에 해당 숙소를 소개해주는 식. 어떤 작업을 하든 가장 보편적으로 협찬받는 부분이다. 여행사나 호텔 예약 사이트에서 연결해주는 경우도 있고, 숙소와 직접 접촉할 수도 있다.

⑤**매체**: 출판사에서 여행서를 만들 때, 관공서에서 소책자를 만들 때, 잡지나 사보에서 여행 기사를 만들 때 등등 매체 자체에서 여행비를 지원하는 경우가 있다. 여행비와 원고료를 별도로 정산해주는 경우도 있지만, 보통은 매절 방식으로 일정 금액을 제시하고 그 안에서 취재비와 원고료를 모두 해결한다. 저자가 유명 인사거나 회사에서 확신을 가지고 있는 아이템의 경우 출판사에서 여행 및 제작 전반 비용을 대거나 협찬처를 섭외하고 인세까지 따로 챙겨줄 때도 있기도 하다. 부럽다.

■ 호텔은 가장 친절하고 적극적인 협찬이 나오는 곳이다.

## 팸투어 Familiarization Tour

사전 답사 여행을 뜻한다. 여행사에서 상품 기획 또는 숙지를 위해 답사 여행을 보내거나 지역 및 각국 관광청에서 여행 상품 개발을 위해 여행사 담당자들을 모아서 보낸다. 이때 주최 측에서 블로깅이나 기사 등의 홍보성 노출을 노리고 기자, 여행작가, 블로거 등을 모아 팸투어를 진행하기도 한다. 비용 없이, 또는 최소 비용으로 참가 가능하기 때문에 적은 비용으로 취재를 할 수 있는 최고의 기회가 되곤 한다. 다만 이 정도의 고급 정보를 얻으려면 상당한 수준의 인맥을 갖추고 있어야 한다.

## 취재 지원받기 A to Z

스폰서 유치를 시도하기 전, 가장 먼저 해야 할 것은 다름 아닌 '심사숙고'이다. 협찬이나 지원은 어떤 식으로든 결과물에 영향을 미친다. 지면을 크게 할애해야 한다거나, 책 뒷면에 광고를 실어야 한다거나, 특집으로 다뤄줘야 한다거나. 그러다 보면 잔잔하고 철학적인 에세이에 분위기 깨는 광고가 끼어든다거나, 비판적인 리뷰에 갑자기 칭찬 일색의 추천이 끼어든다거나, 누가 봐도 별로인 지역이 최고의 찬사를 받으며 등장하는 일도 생길 수 있다. 즉, 콘텐츠의 공신력과 품질에 영향을 미치는 잡음이 될 수 있다. 그러므로 꼭 지원을 받아야 하는 부분인지, 받는다면 어떤 식으로 녹일 것인지, 정말 악영향을 끼치지 않는지 신중히 생각해야 한다. 준다고 다 받아먹었다가 나중에 배탈로 고생하는 건 어디까지나 작가 본인이다. 협찬을 받기 전 평판 조사는 기본 중에 기본이다.

배탈 나지 않을 정도로 좋은 스폰서를 골라냈다면, 이제부터는 다음 과정을 찬찬히 따라하면 된다. 이것은 어디까지나 인적 루트가 전혀 없는 곳에 맨주먹 붉은 피로 부딪히는 경우를 가정한 것으로, 대한민국에서 가장 강력한 치트키 중 하나인 '인맥'이 있는 곳이라면 여기서 많은 단계를 생략할 수 있다.

**①3개월 전부터 준비할 것:**어느 회사나 단체든 실무자부터 윗선까지 각종 의사 결정이며 결재며 시간이 걸리기 마련이고, 협찬 성립의 가부는 작가 본인의 스케줄에도 영향을 미치게 된다. 협찬 및 지원 의뢰는 적어도 여행 출발 예정 시점의 3개월 이전에 하는 것이 좋고, 아무리 늦어도 한 달 전에는 접촉해야 한다(가끔 정말 직전에 접촉했는데도 성사되는 케이스가 있긴 하지만, 조상이 도왔거나 운이 진짜 좋은 것이다).

**②줄 수 있는 것을 파악할 것:**작업의 맥락과 공신력을 깨지 않는 선에서 스폰서에게 줄 수 있는 메리트가 무엇인지 파악해야 한다. 결과물 전체를 스폰서 중심으로 구성할 수 있는지, 광고를 실어도 되는지, 책 본문 몇 페이지 정도 할애할 수 있는지, 다른 매체를 더 이용해야 하는지 등등이다. 최근에는 블로그를 통한 홍보에 메리트를 느끼는 곳들이 많기 때문에 오랫동안 성실하게 운영하고 있는 블로그가 있다면 오히려 이쪽이 더 큰 위력을 발휘할 수도 있다.

**③제안서를 쓰자:**믿을 수 있는 인맥이 있거나 스폰서 쪽의 의사 결정 과정이 빠르다면 생략될 수 있지만, 대부분의 스폰서 유치 과정에서 꼭 필요한 부분이다. A4 2페이지 정도로 콘텐츠의 성격과 콘셉트, 발행일자, 작가 소개, 원하는 협찬 및 지원의 내용과 범위, 협찬에 대한 메리트 등을 명기한다. 책을 낼 출판사나 칼럼을 게재할 매체의 공문 양식을 이용하는 것이 좋고, 일부 국가기관이나 대형 호텔 체인은 자체 양식을 가지고 있다. 국내 업체라면 한글 파일로 보내도 되지만 해외 업체에 보낼 때는 MS워드로 작성해야 한다.

④ **연락처를 찾아내자** : 제안서까지 완성됐으면 물밑 준비는 끝낸 셈. 이제 본격적으로 제안을 해볼 차례. 1단계는 원하는 스폰서와의 접촉. 그 접촉의 최초 수단은 전화 또는 이메일 전송이다. 아예 해외 업체라면 홈페이지에 나와 있는 이메일 주소로 보내면 되지만, 국내 업체 및 국내에 사무소를 가지고 있는 해외 업체는 담당자와 통화를 한 뒤 이메일 주소를 받는 것이 좋다. 전화번호는 홈페이지에 나와 있는 경우도 있으나 그렇지 않다면 검색 신공을 좀 써야 한다. 내가 가장 잘 써먹는 것은 뉴스 검색으로, 해당 업체명 또는 기관명이 나와 있는 기사에 전화번호가 나와 있는 경우가 종종 있다. 해외 업체에 직접 메일을 보냈더니 '한국 내 홍보 사무소 있으니까 그곳이랑 얘기하세요'라며 메일을 그쪽으로 전달해주는 경우도 겪어봤다. 담당 부서는 보통 PR 내지는 마케팅이다.

⑤ **부딪쳐라!** : 전화번호까지 땄다면 남은 건 용기를 내서 부딪치는 일뿐이다. 담당자와 통화 후 이메일로 제안서를 보내면, 상대 회사에서는 검토를 한 뒤 이런저런 내부 조정 과정을 진행하고, 잘되면 유선상이나 이메일로 확정 통보를 보낸다.

이 과정에서 가장 어려운 것은 의외로 '용기를 내는 것'이다. 언뜻 보면 여행의 비용이 줄어들 수 있는 절호의 찬스 같지만 사실 엄연히 '아쉬운 소리'다. 어지간히 넉살 좋은 사람 아니고서야 당연히 망설여진다. 인간의 거절 공포란 생각보다 훨씬 큰 것이니까. 실제로 거절도 많이 당한다. 전화 주겠다고 하고 한두 달씩 감감무소식인 경우도 많고, 왜 거절할 수밖에 없는가에 대해 30분 동안 일방적으로 연설하시는 분도 봤다. '거절합니다'라고 달랑 한 줄짜리 답신을 보낸 오키나와의 어느 리조트는 차라리 그 명쾌함에 속이 시원할 정도였다. 어차피 이 부분은 내가 들여야 하는 비용을 줄이기 위한 부분이다. 도와주면 고마운 거고, 아니면 원칙대로 내 비용 들여서 가는 거다. 너무 고민하고 상처받지 말 것. 이 기회에 멘탈을 단련한다고 생각해도 좋다.

⑥ **피드백은 필수**: 협찬이 성사되어 취재를 진행하고 이후 발간된 책이나 칼럼, 웹 사이트, 블로그 등에 노출했다면, 반드시 스폰서 측 담당자에게 결과물을 보내줘야 한다. 국내 업체라면 책이나 잡지의 실물을 보내주는 것이 가장 좋고, 힘들다면 PDF로 된 파일을 이메일로 전송한다. PDF 파일은 매체 측에 의뢰하면 어렵지 않게 받을 수 있다. 웹 사이트나 모바일에 게재한 내용은 링크를 보내주면 된다.

# 여행작가의
## 여행 준비

본격적으로 떠날 준비를 한다. 항공권과 숙소를 잡고, 루트를 정하고, 짐을 싼다. 때로는 예방 주사를 맞아야 하고, 비자나 여행 허가를 받아야 할 때도 있다. 요컨대 그때 그 장소로 떠나는 모든 여행자들이 해야 하는 것이라면 여행작가도 다 한다. 다른 점이 있다면 여행작가의 여행에는 크든 작든 '일'이 끼어 있다는 것, 오래된 여행자로서의 노련함에 '일'의 강박관념이 더해진 것, 이게 아마도 여행작가의 여행 준비가 아닐까 싶다.

지금 소개할 여행 준비의 방법이나 노하우는 어디까지나 나를 기준으로 한다. 다른 작가들이나 여행자들과 얼마든지 다를 수 있다. 나와 비슷한 성정, 이를테면 몹시 즉흥적이지만 괴상한 완벽주의에 시달리며, 칠칠치 못한 성격이라 여행만 나갔다 하면 도난, 분실 등 몹쓸 것들이 줄줄 따라다니는 사람이라면 나의 계획이 도움이 될 수도 있을 것 같다. 그렇지 않은 사람이라면 그냥 여행에 '일'이라는 변수가 끼면 어떻게 변하는지 참고로 삼으면 되겠다.

**여행 시기 : 하늘이 돕는 때를 고른다**

공동 취재나 팸투어 등 스스로 스케줄을 결정할 수 없는 상황이나 출간을 앞두고 급하게 떠나는 여행이 아니라면, 나는 여행의 시기를 잡는 데 꽤나 신중한 편이다. 한정된 시간에 되도록 많은 것을 확인하고 기록하려면 나만 잘해서는 될 일이 아니기 때문이다. 되도록 하늘이 나를 도울 수 있는 때를 골라서 여행해야 한다. 내가 늘 명심하며 지키려고 하는 세 가지 원칙이 있는데, 요점만 정리하자면 '가장 맑고 밝고 평범하며 평온한 날을 고르자'이다. 그러나 문제는 하늘이 나를 그다지 돕지 않는 편이라는 거다. 기상이변, 축제, 행사, 명절 등 가는 데마다 각종 시끄러운 것들과 마주치고 있다.

①비 오고, 춥고, 해 짧을 때는 피한다: 비나 눈, 우박, 강풍 등의 기상 상황은 취재에 큰 애로사항을 만든다. 다니기도 힘들거니와 사진을 제대로 찍을 수 없는 것도 치명적이다. 낮이 짧으면 활동 시간이 줄어든다. 다른 건 예측할 수 없지만 적어도 비와 추위와 해의 길이는 거의 정해진 계절이 있으므로 되도록 피한다. 이를테면 유럽은 11~3월 겨울 시즌, 동남아는 우기를 피하는 것이 현명하다. 지나치게 덥고 해 쨍쨍할 때도 힘들기는 하지만 광량이 풍부하여 사진이 잘 나온다는 장점이 있으므로 겨울이나 비 올 때보다는 낫다.

■ 똑같은 런던 내셔널 갤러리지만 흐린 날과 맑은 날은 분위기가 천지 차이다.

②**차라리 성수기가 낫다**: 나도 휴가는 비수기에 잡는다. 사람도 없고 여행자 물가도 저렴하니 훨씬 여유롭게 즐길 수 있다는 거 잘 안다. 그러나 취재 여행에서는 얘기가 다르다. 비성수기에 레스토랑이나 관광지, 숙소가 문을 열지 않는 경우가 왕왕 있기 때문이다. 사람이 미어터지더라도 문을 열고 있으면 일단 메뉴판이라도 한번 쳐다보거나 입장료라도 체크할 수 있다. 가능하다면 비성수기에서 성수기로 바뀌는 여행 환절기, 그러니까 유럽이라면 4~5월, 동남아라면 11월을 노리지만 이 시기를 잡지 못한다면 차라리 고물가와 고인구밀도를 각오하고 성수기에 가는 편이 낫다.

■ 우연히 얻어걸린 독일의 중세 마을 로텐부르크의 축제. 좋은 그림을 많이 건질 수 있었지만 한편으로는 취재하기 까다로운 날이기도 했다.

③ **평범한 나날이 최고다**: 베니스 카니발, 단풍이 우거진 교토, 치앙마이의 송크란. 이렇게 아예 특별한 이벤트나 풍경을 취재할 목적이 아니라면 그 지역의 가장 평범한 시즌을 여행 날짜로 잡는다. 행사나 축제, 명절, 기상 현상 등이 끼어들면 그곳의 풍경과 상황이 평소와 너무 많이 달라진다. 없던 시장이 생기거나, 멀쩡하게 장사하던 곳들이 다 닫거나, 사람들의 옷차림이 크게 다른 일 등 말이다. 여러 차례 취재를 할 수 있는 상황이라면 일상과 특별한 상황의 비교가 가능하겠지만, 그렇지 못하다면 내 정보와 감상에 심각한 오류가 생긴다. 되도록 하늘 파랗고 이파리는 푸르며 사람들은 현업에 바쁜 날들이 가장 좋다.

## 루트 잡기 : 완벽을 꿈꾸는 불완전한 루트

10여 년 전, 내가 블로그에 쓴 글 하나가 유럽 배낭여행을 준비하는 사람들 사이에 소소한 파장을 일으킨 적이 있다. 유럽 여행 갈 때 시시콜콜 루트 짜는 데 시간 쓰고 정신 쓰지 말라고 쩌렁쩌렁 외치는 내용으로, 제목부터 시건방지게 '루트에 목숨 걸지 마라'였다. 혹시 지금도 남들에게 저렇게 얘기해주고 있냐고? 아니, 그건 아니다. 사전에 철저하게 세워둔 계획이 여행지에서의 불안을 얼마나 덜어주는지, 일찍 루트를 확정하여 숙소와 교통편을 예약해두는 게 얼마나 비용을 절약해주는지 알기 때문이다.

그럼에도 불구하고 나는 여전히 그렇게 간다. 10여 년 전 썼던 내용에서 별로 벗어나지 않은 방식으로 확정된 루트 없이 여행한다. 모든 취재 여행에서 그럴 수는 없지만, 가능한 나는 세부 일정에 마음을 비우고 그 대신 유동성을 크게 감안하려 한다. 루트를 짜는 가장 큰 이유는 불안함 해소와 비용 절약일 텐데, 나는 딱히 불안하지도 않고 비용보다는 사방에서 튀어나올 변수가 더 마음에 걸리기 때문이다. 기상 상황, 파업, 보수공사 같은 외부 요인도 있을 수 있고, 건강 상태나 현지에서의 변심 등 내 스스로가 변수가 될 수도 있다. 그리고 무엇보다 가능성을 닫아두고 싶지 않다. 좀 더 정확한 정보, 좀 더 좋은 사진, 좀 더 재미있는 경험은 책상에서 여행 계획을 세울 때 결코 알 수 없는 것이니까.

아무 틀도 없이 여행을 하는 건 아니다. 그건 사실상 불가능하다. 언제 어디서 어떻게 이동하고 어떤 날은 어디서 무엇을 하는 식의 자세한 계획이 없을 뿐이지, 어느 정도의 밑그림은 그린다. 어떻게 보면 이게 더 복잡하고 힘들다. 차라리 구체적인 루트를 세우고 그대로 움직이는 게 더 속 편할 수도 있다.

　나의 여행 계획법은 어디까지나 나 자신을 위해 찾아낸, 오로지 나를 위한 현답이다. 유럽, 일본, 동남아를 주 지역으로 해외 정보서와 에세이를 쓰고, 장기 취재가 많으며, 어디만 갔다 하면 남들 안 겪는 희한한 상황을 유난히도 많이 겪는데다 원래 계획성이나 꼼꼼함과는 거리가 먼 성격인, 그러나 정보와 경험에 대한 욕심은 또 엄청 많은 내가 오랜 기간 여행을 하며 터득한, 나에게 가장 잘 맞는 방식이다. 내가 내 직업에서 가장 추구하는 건 재미와 보람인데, 꽉 짜인 사전 계획으로 이동과 시간의 압박에 시달리는 건 성격상 하나도 재미없는 일이다. 그런 내가 찾아낸 나의 계획법은 이렇다.


　① **리스트를 만든다**: 이번 여행에서 꼭 가야 할 도시 또는 스폿의 리스트를 작성한다. 가야 할 곳, 가고 싶은 곳, 그냥 왠지 필요해 보이는 곳 등등 가리지 않고 다 적어둔다.

　② **우선순위를 정한다**: 이번 취재 여행에서 꼭 가야 할 도시나 스폿, 절대로 놓쳐서는 안 되는 이벤트, 이번에 꼭 가보고 싶은 곳, 상대적으로 덜 중요한 곳, 마음은 가지만 교통은 도저히 안 받쳐주는 곳 등등을 고려하여 우선순위를 매긴다.

　③ **지도에 표시해본다**: 매겨놓은 순위대로 차례차례 지도에 표시한다. 실제 지도도 좋고, 머릿속의 지도도 괜찮다. 이 과정에서 전체 취재 일수가 머릿속에 잡히기 시작한다.

　④ **시작점과 끝 지점을 정한다**: 여행을 시작하는 도시와 여행을 끝내고 귀

국편 비행기를 타는 도시를 정하는 것. 여행자 콩글리시로 '인-아웃In-Out'이라고도 한다. '인'은 우선순위가 가장 높은 거점 대도시, '아웃'은 우선순위가 비교적 높은 곳 중 쇼핑하기 좋은 도시를 고른다.

⑤ **점과 점을 잇는다**: 시작과 끝 지점 사이의 빽빽한 도시들을 선으로 이어보며 이동 방법을 고민한다. 협찬 여부, 일기예보, 이벤트 캘린더, 숙소 세일 등을 참고하여 특정 날짜에 꼭 가야 하는 도시가 있다면 중요하게 체크한다. 루트상 동떨어져 있는 곳인데 우선순위가 낮다면 미련 없이 제외한다.

⑥ **하루 더 머문다**: 추려낸 도시 및 지역의 개별 체류기간을 산출한다. 취재 리스트를 쭉 보다 보면 어느 정도 체류하면 될지 대충 '감'이 오는데, 나는 그 '감'으로 나온 일수에 반드시 하루를 더한다. 혹시 모르는 변수에도 대비하고, 미처 알지 못했던 새로운 '이야깃거리'들을 만날 수 있는 가능성을 남겨두는 거다. 그렇게 산출된 각 도시별 체류 일수를 더하고, 거기에 2~3일 정도의 여유 일정을 더하여 최종 여행 일정을 뽑아낸다.

⑦ **예약한다!**: 위의 과정까지 끝냈으면 항공권과 숙소를 예약한다. 보통 숙소 예약은 인-아웃 도시, 그리고 세일을 하고 있는 호텔이나 협찬받은 곳만 해둔다. 언제 어디를 가고 어떻게 이동하는 등의 구체적인 계획은 세우지 않는다. 머릿속에 있는 큰 그림을 바탕으로 '그 날짜에 꼭 가야 하는 곳' 정도를 중간 기점 삼아 현지에서 마주치는 변수에 대응하며 여행 중 그때그때 정한다.

## 각종 예약 : 일단은 싼 거. 그러나 무조건 싼 거는 아니다

내 비용으로 가기로 결정했다면, 다른 여행자들과 마찬가지로 항공권과 숙소, 교통권 등을 예약해야 한다. 여행작가라고 해서 별 수 있는 것은 아니기 때문에 기본적으로는 다른 여행자들이 하는 것과 똑같다. 여기저기 예약 사이트를 뒤져 조금이라도 싸고 평판 좋은 숙소며 저렴한 항공권을 찾아내는 거다. 물론 여행이 업이고 생활이다 보니 어디가 좀 더 싸고 어떻게 하는 게 조금이라도 효율적인지 노하우들은 있다.

### ① 항공권 : 저렴함을 기본으로 다양한 요소를 고려

대체로 지키는 우선순위가 있다. 장거리는 가격 – 비행 스케줄 – 마일리지 – 서비스 순, 6시간 이하의 단거리는 비행 스케줄 – 가격에 항공사 정도만 참고한다. 취재 기간이 짧을수록 가격보다는 비행 스케줄이 우선된다. 현지에 아침 일찍 도착하여 출발은 밤늦게 하는, 즉 현지에서 좀 더 길게 체류할 수 있는 스케줄을 고른다.

항공권 가격이 가장 저렴한 곳은 경험상 항공사의 홈페이지. 그러나 취재 기간이 연장되거나 중간에 루트가 바뀔 것으로 예측되는 장기 취재는 메일 한 통이면 변경이 얼마든지 가능한 국내 온라인 여행사에서 예약하는 편을 선호한다.

아시아나항공에 마일리지를 모으고 있기 때문에 가급적이면 스타얼라이언스 소속의 항공사를 택한다. 단거리에는 국적기도 타지만 장거리는 거의 반드시라고 해도 좋을 만큼 경유편 해외 항공사를 이용한다. 이유는 간단하다. 싸니까.

최근에는 단거리도 대부분 저가 항공사를 이용한다. 중국이나 일본의 중소도시를 여행할 때처럼 정말 그 도시로 가는 직항편이 대한항공이나 아시아나밖에 없을 때는 울며 겨자 먹기로 탄다. 서비스가 좋고 항공기 상태도 세계 톱 클래스인 것은 알지만 인간적으로 많이 비싸다.

서비스는 이전 탑승 경험과 주변의 평판에 의해 판단하는데, 특히 기내식이 은근히 중요한 요소로 작용한다. 유럽행 항공권을 찾다보면 중국계 항공사들의 섹시하도록 저렴한 가격에 마음을 빼앗겼다가도 지난 여행에서 중국계 항공사를 탈 때마다 기내식을 반도 못 먹고 남긴 기억이 떠올라 마음을 접곤 한다.

### 내가 애용하는 항공권 예약 관련 사이트 & 앱

| | |
|---|---|
| **카약**Kayak | 한때는 '카약 신공'이라는 편법으로도 유명했지만 현재는 사이트에서 차단한 상태. 그럼에도 불구하고 해당 노선에 대한 가장 많은 노선을 검색해주는 착한 예약 사이트(앱)임에는 틀림없다. |
| **스카이스캐너**Skyscanner | 단거리나 유럽 저가 항공을 검색할 때 주로 사용한다. |
| **익스피디아**Expedia | 그 어느 곳을 뒤져도 마땅한 항공편이 나오지 않을 때 마지막 보루로 이용하는 곳. |
| **인터파크**Interpark **웹투어**Webtour | 국내 온라인 사이트에서 예약하게 될 경우 이 두 사이트 중 한 곳에서 할 때가 많다. 내 경험상 국내 사이트 중 가장 저렴한 가격을 선보이는 곳. |

## ② 숙소 : 교통이 편한 싱글룸 중 저렴한 것

나는 인-아웃 도시 및 '어머 여긴 이때 꼭 가야 돼'라는 숙소만 예약
하고 나머지는 현지에서 그때그때 조달한다. 미리 예약하는 곳이나 현
지 조달이나 공통적인 원칙은 우선 이동에 편리한 곳이어야 한다는
것. 취재 중심지까지 도보로 이동할 수 있거나 교통이 편해야 한다. 아
무리 저렴하고 훌륭한 숙소라도 이동 시간이 오래 걸리면 잘 선택하
지 않는다.

호텔, 호스텔, 아파트먼트 등 숙소 형태는 가리지 않지만, 부득이한
경우가 아닌 이상 여러 명이 함께 쓰는 '도미토리'보다는 싱글이나 더
블 등의 개별실을 잡는다. 도미토리는 개별실에 비해 도난의 위험이
높고, 취재 후 사진 리뷰나 원고 초안 작성을 하는데도 불편하다. 방의
크기나 시설은 그다지 중요하게 여기지 않지만 가급적 책상이 있는
방을 선호한다.

동남아나 일본을 취재할 때는 숙소를 개별실로 예약해도 크게 부담
이 되지 않는다. 동남아는 워낙 가격이 저렴하고 일본은 주로 일주일
이하의 단기 취재이기 때문이다. 문제는 유럽 장기 취재인데, 미리미
리 예약을 하는 것도 아닌지라 조기 예약 할인 같은 것과도 인연이 없
다. 그래서 내가 주로 노리는 것은 '라스트 찬스 세일'. 이것조차 없으
면 그냥 운명이라고 생각하고 내 조건에 맞는 숙소 중 가장 저렴한 것
을 예약한다. 소도시나 휴양지, 전통마을 등 온라인 예약 사이트에 잘
올라와 있지 않은 곳에서는 예약 없이 무작정 찾아가 관광 안내소에
서 소개받기도 한다.

| 내가 애용하는 숙소 예약 관련 사이트 & 앱 | |
|---|---|
| **부킹닷컴** Booking.com | 유럽 여행 시 가장 애용하는 숙소 예약 사이트. |
| **아고다** Agoda.com | 아시아 지역 숙소 예약의 최강자. 최근에는 일본 여행에도 아고다를 애용 중. 예약 수수료 등 숨어 있는 가격이 있는 게 살짝 단점. |
| **에어비앤비** Airbnb.co.kr | 최근 맛들인 현지인 민박 및 렌트 전문 사이트. 날벼락 같은 강제 취소를 당할 수도 있으며 안 좋은 소문도 많지만, 가격의 매력을 도저히 포기할 수 없다. 주로 한 도시에 장기 체류할 때 쓴다. |
| **쟈란넷** Jalan.net | 한때 일본 숙소 예약의 진리와 같은 곳이었으나 최근 대도시 숙소들이 많이 빠졌다. 외국인들이 이용하기 좋은 저렴한 숙소는 오히려 아고다 쪽에 더 많은 느낌이다. 료칸이나 지방 호텔 예약 시에는 여전히 유용. 포인트를 착실히 쌓아주는 것이 최고 장점. |
| **하나투어** Hanatour.com **여행박사** Tourbaksa.com | 일본 대도시의 저렴하고 무난한 호텔을 찾을 때 이용한다. 한국인이 선호하는 호텔은 해외 기반 예약 사이트보다 국내 여행사에서 더 많은 객실을 확보하고 있는 경우가 종종 있다. |

## 여행 비용 : 안전성과 기동성, 편리함

여행 비용을 가장 알뜰하게 준비하는 법에 대해서는 꽤 잘 알고 있는 편이다.

첫째, 가장 환율이 저렴한 시점을 골라 달러, 유로, 엔, 위안으로 환전할 것. 저 네 화폐 외의 다른 나라 돈은 국내에서 환전이 되지 않거나 되더라도 환율이 무자비할 가능성이 높다. 캐나다·호주·뉴질랜드·홍콩 달러, 영국 파운드 등은 적절한 환율에 환전은 가능하지만 시중 은행에 물량이 많지 않다. 동남아의 경우는 달러 고액권을 가져가서 현지에서 환전해서 쓰는 것이 가장 좋은 환율로 바꾸는 방법이다.

둘째, 환전 수수료 할인, 일명 '환율 우대'를 받을 것. 인터넷 환전, 환전클럽 가입, 주거래 은행 환전, 신용카드 혜택 등으로 50~90퍼센트의 수수료 할인을 받을 수 있다. 그냥 동네 은행에서 해도 '환율 우대 되나요?'라고 물어보면 최소 30퍼센트까지는 다 해준다.

셋째, 어느 경우라도 공항 환전은 피할 것. 환전 수수료를 엄청나게 높게 빈다.

넷째, 비상금은 여행자수표가 진리. 안전도가 높고 환율이 저렴하다.

그런데 말이다. 사람들이 모두 아는 것, 배운 것을 성실하게 실천하고 살았다면 아마 이 세상에는 예수님이랑 부처님밖에 없을 거다. 나는 취재 여행 시 환전을 거의 하지 않는다. 현지에 도착하고 공항에서 시내로 이동하는 차비 정도만 가지고 있거나, 그조차 없을 때도 많다. 내가 챙기는 건 해외 인출이 가능한 체크카드 두 장, 그리고 신용카드 두 장뿐이다.

나에게는 알뜰 환전보다 좀 더 소중한 가치가 있다. 바로 안전성과 기동성, 그리고 편리함이다. 여행 비용 전액 환전이 가장 알뜰한 준비라는 건 알지만, 집에 앉아서도 돈을 잃어버리는 이 희미한 정신에 큰돈을 죄다 현금으로 들고 다녔다가는 무슨 일이 벌어질지 생각만 해도 아찔하다. 실제로 여행 중 큰 도난도 두 차례 당했고, 피해는 없었지만 소매치기도 여러 번 겪었다. 요컨대 나는 현금 들고 다니는 게 부담스럽다.

그런 의미에서 체크카드는 나에게 가장 잘 맞는 수단이다. 전체 여행 비용은 은행에서 안전하게 보관해주니 나는 이틀이나 사흘에 한 번씩 필요한 금액만 뽑아 쓰면 된다. 도난 문제라면 여행자수표도 대안이 될 수 있지만, 산골짜기에도 있는 ATM과 대도시에 한두 개 있을까 말까한 여행자수표 교환처는 기동성 면에서 비교도 할 수 없다.

체크카드의 가장 큰 단점은 수수료가 비싼 것. 네트워크 수수료가 1~2퍼센트에 ATM 수수료가 3~7달러까지 별도로 붙는다. 그러나 안심하자. 일정한 지정 은행 또는 네트워크의 ATM에서 인출하면 수수료가 붙지 않거나 최소화되는 체크카드를 이용하면 된다. ATM기 찾으러 다니는 귀찮음은 적지 않지만 잘만 쓰면 현금 환전보다도 저렴하게 이용할 수도 있다.

### 만들어서 손해 볼 것 없는 3대 체크카드

| | |
|---|---|
| 시티캐시백 체크카드 | 시티은행 ATM 이용 시 네트워크 수수료 0.2퍼센트에 ATM 수수료가 1달러 붙는다. 세계적인 대도시 중심가에는 거의 반드시 지점과 ATM이 있다. 범세계적으로 높은 쓸모를 뽐내는 카드였으나 최근에는 ATM이 많이 줄어듦에 따라 위상도 점점 줄어들고 있다. |
| 하나VIVA2 체크카드 | 비자, 마스터와 제휴하고 있는 카드. 인출 수수료 없이 네트워크 수수료만 1퍼센트 부과되며 대한항공 마일리지도 적립할 수 있어 최근 가장 높은 인기를 누리고 있다. 특히 유럽에서 가장 쓸모 있는 카드로 이름이 높다. |
| 우리One 체크카드 | 미국의 NYCE, 중국의 은련, 동남아시아의 EXK 네트워크와 제휴하고 있는 카드. 해당 네트워크 ATM에서 인출 시 네크워크 수수료는 무료, ATM 수수료는 한화 500원이 부과된다. 은련과 EXK 네크워크를 쓸 수 있어 아시아 여행에는 가히 최강이다. |

# 여행작가의
## 짐 싸기

'먼 길 떠날 때는 눈썹도 빼놓고 가라'라는 말이 있다. 여행 중에는 진짜 생존에 필요한 것 외에는 전부 귀찮고 버거운 짐이 된다는 뜻이다. 나는 이 말을 진리로 생각한다. 배낭여행 다닐 때는 책가방만 한 배낭 하나 짊어지고 두 달 석 달도 잘 돌아다닌다.

그러나 일이 걸렸을 때는 얘기가 조금 다르다. '일'이라는 가장 일상적인 것을 지고 떠나는 여행에서는 눈썹을 두고 가기는커녕 때론 인조 속눈썹까지 챙겨야 할 때도 있다. 꼭 필요한 것들을 챙겨 부담스럽게 짊어지지만, 그 부담을 최대한 가볍고 간편하게 만들기. 그것이 여행작가라면 공통으로 가지고 있는 짐 싸기의 노하우가 아닐까 싶다.

## 갈 때는 가볍게, 올 때는 무겁게

어디를 언제 가는지에 따라 짐의 내용과 스타일은 모두 달라지지만 이 원칙만은 절대 불변이다. 가져가는 짐은 최소화하고, 돌아올 때는 항공사 수화물 규정에 간당간당하도록 채워서 온다. 뭘 그렇게 사오느냐고 물으면, 내 예산과 대한민국 면세 범위가 허용하는 한도 내에서 내 눈길을 끄는 모든 물건이라고 답하겠다. 생필품, 식료품, 옷, 잡화, 기념품 등등. 내가 필요해서 사오는 물건도 있지만, 책에 자료로 넣기 위해 구입하는 것도 많다. 어지간한 쇼핑객 여행자들만큼 사온다고 보면 된다. 가져가는 짐은 최소화하고, 그중 대부분은 버릴 것을 염두에 둔다.

① **모든 소모품은 소용량으로**: 기초 화장품과 각종 세제류는 작은 용량으로 준비한다. 요즘 SNS에 떠도는 여행 '꿀팁'을 보면 빨대나 물약통, 렌즈 케이스 등을 이용하는 아이디어도 있는데, 내가 그 정도로 부지런한 사람은 못 되므로 그냥 시중에서 판매하는 여행용 용량을 구입하거나 샘플을 사용한다. 지난 여행에서 챙겨둔 호텔 객실 어메니티가 이번 여행에 효자 노릇을 할 때가 많다. 다 쓰고 빈 통을 미련 없이 버리면 짐이 그만큼 줄어든다.

■ 초특급 호텔 만다린 오리엔털의 객실 어메니티. 예전에 만다린 오리엔털 호텔을 취재하며 어메니티를 잔뜩 챙겨둔 적이 있다. 그 이후 호스텔 공동 욕실에서도 만다린의 꿈을 꾸는 여자가 되었다.

② **옷은 가급적 현지 조달**: 가져가는 옷은 입은 것 한 벌에 두 번 갈아입을 것, 그리고 잠옷이 전부. 부족분은 현지에서 조달한다. 공항이 있을 정도의 큰 도시라면 SPA 의류 상점을 쉽게 찾아볼 수 있고, 동남아시아에서는 여행자용 에스닉 의류를 애용한다. 지나치게 허름해지면 여행 막바지에 버리고, 질이 좋으면 집에 돌아와서도 입으면 된다. 속옷도 편하고 허름한 것으로 준비한 뒤 여행 기간 마지막에 하나씩 버리면서 다닌다.

③ **모든 자료는 디지털로**: 예전에는 책이며 각종 서류를 전부 실물로 들고 다녔는데, 종이로 된 물건들이 생각보다 무게가 만만치 않다. 모든 것이 디지털화된 지금은 모두 파일화하여 들고 다닌다. 책은 전자책이나 주요 페이지 스캔, 각종 계획표는 엑셀로 작업하여 아이패드에, 티켓 등은 스마트폰 앱을 이용한다.

④ **남는 자리에는 컵라면을**: 여름 여행이나 동남아 여행 시에는 옷의 부피가 작기 때문에 헐렁하게 빈 자리가 남곤 한다. 이 빈자리를 그냥 두면 지들끼리 멋대로 여행을 떠나 뒤죽박죽이 되기 십상. 이럴 때 컵라면을 몇 개 채워 넣으면 짐이 그럭저럭 고정된다. 비상식량으로도 최고.

---

**캐리어? 배낭? 그때그때 달라요**

슈트케이스, 일명 '캐리어'를 가져 갈지 아니면 배낭을 메고 갈지는 여행의 장소와 성격, 기간에 따라 그때그때 다르다. 보통 대도시 여행 및 쇼핑 여행, 장기 여행에는 캐리어가 좋고, 이동이 잦고 제반 시설이 낙후된 곳에서는 배낭이 훨씬 편리하다. 유럽은 언뜻 캐리어가 좋을 것 같지만 자연석 보도가 많아 바퀴가 손상되는 경우가 많다.
나는 프라하에서 바퀴 두 개, 크로아티아에서는 바퀴 네 개가 모두 나가는 기염을 토한 적도 있다. 다만 사진을 찍는 작업이 주가 되는 여행에서는 장비 무게가 만만치 않기 때문에 여행지의 성격에 상관없이 부득이하게 캐리어를 이용한다.

## 옷은 빼도 장비는 하나 더 챙긴다

'일'이 끼어드는 여행이라면 다른 짐이 어떠하든 고정적으로 가져가야 하는 것들이 있다. 바로 장비. 특히 사진 및 기록 장비가 짐의 대부분을 차지한다. 여행에서 짊어지는 짐의 무게가 전생에 지은 업의 무게라고 하던데, 아마 나는 전생에 나라까지는 아니어도 군 단위의 지역 하나 정도는 팔아먹은 것이 분명하다. 여기 내가 꼭 가져가는 기본 장비를 공개한다. 내 전생의 업보가 어느 정도 되는지는 여러분들이 판단해주기 바란다. 나는 사실 각종 장비에 그다지 밝지 못하고 사진이 주 작업이 아니기 때문에 썩 많은 편은 아니다. 사진을 주 작업으로 하는 작가나 얼리어답터는 이보다 훨씬 더 많은 장비를 챙긴다는 것을 알아두자.

①**스마트폰·태블릿** : 그야말로 만능이다. 정보 찾기, 메모, 응급 카메라, 알람, 전자책에다 심심할 때 게임도 할 수 있다. 어떤 앱을 까느냐에 따라 계산기로도, 길이 재는 자로도, 만보계로도, 환율 계산기로도, 스캐너로도, 지도로도 쓸 수 있다. 이거 없던 시절에는 도대체 어떻게 일했을까 싶을 정도다. 아이폰과 아이패드를 쓰고 있으며, 둘 중 하나만 고르라면 고를 수 없다.

#### 내 아이폰 • 아이패드 속 필수 여행 앱

| | |
|---|---|
| Passbook | 항공권, 숙소, 기차, 공연 등의 티켓이나 예약 바우처 등을 보관할 수 있는 앱. |
| Google maps | 나의 길잡이. 전 인류의 길잡이라 해도 과언은 아닐 것이다. 아시아 지역에서는 종종 틀릴 때도 있지만 그래도 이만한 지도가 없다. |

| | |
|---|---|
| SBB | 스위스 국철 앱이지만 전 유럽의 기차 스케줄을 검색할 수 있다. 유럽 다른 나라의 철도청도 앱이 있지만 스위스 것이 가장 정확하고 자세하며 쓰기 편하다. |
| Currency Free | 110개 국가 중 원하는 나라를 고르면 환율을 한꺼번에 보여주는 앱. 동유럽, 발칸반도, 동남아를 다닐 때 아주 유용하게 사용하고 있다. |
| Camscanner, Officer Lens | 영수증, 팸플릿 등 종이로 된 자료를 스캔해주는 앱. 종이 뭉치를 산더미처럼 들고 다닐 필요가 없어져 행복하다. |
| Google 문서 | 문서 작성 앱. 메모를 간단하게 문서화할 때 좋다. |
| 각종 예약 앱 | 카약, 스카이스캐너, 부킹닷컴, 아고다, 익스피디아, 호텔스닷컴, 호스텔 월드, 자란넷 등 어지간한 숙소 및 항공 예약 앱은 다 있다. |
| 전세계지하철 | 지하철이 있는 모든 도시의 지하철 노선도를 받아 볼 수 있다. |

②**노트북** : 사진을 비롯한 각종 자료 파일을 저장할 때, 메모를 원고 형태로 정리해둘 때, 하루 종일 찍은 사진을 리뷰할 때 필요하다. 현재 나는 맥북 에어의 꿈을 꾸며 캐나다로 이민 간 친구가 주고 간 넷북을 사용 중이다.

③**카메라** : 현재 캐논 5D mark2를 사용하고 있으며 mark4의 출시를 기다리는 중이다. 가이드북을 중심으로 작업하는 작가들 중에는 가볍고 작은 미러리스를 주력 기종으로 사용하는 사람도 많다. 나는 재주가 없으면 기계로라도 때워야 한다는 생각을 하고 있어 부득불 무겁고 커다란 DSLR을 사용하고 있다.

④**렌즈** : 마음 같아서는 모든 화각의 단렌즈를 들고 다니고 싶지만 불가능한 일. 24-105mm 줌렌즈와 50mm 단렌즈를 주로 사용한다. 17-40mm 하나만 들고 다닐 때도 있다. 16-35mm 광각 줌렌즈를 곧 들일 예정이다.

⑤ **삼각대** : 고릴라포드와 큰 삼각대를 쓴다. 고릴라포드는 낮의 실내 촬영, 큰 삼각대는 주로 야간 촬영이나 장노출 촬영에 사용한다. 다만 큰 삼각대는 무겁고 거추장스럽기 때문에 취재 막판에는 짐 속에 버려둘 때도 많다.

⑥ **똑딱이 카메라** : 간판이나 안내문, 교통 표지판, 메뉴판 등 자료로 사용할 사진은 기동력 있게 똑딱이로 찍는다. 최근에는 스마트폰이나 태블릿의 사진 퀄리티가 워낙 좋다 보니 똑딱이의 사용 빈도는 빠르게 줄어가는 중이다.

⑦ **외장하드** : 여행 중 모든 사진 자료를 보관하는 용도로, 짐 속 가장 중요한 곳에다가 성배 모시듯 보관한다. 1TB짜리 두 개 정도면 2~3개월 정도의 취재 기간 동안 모자라지 않게 쓴다. OTG(이미지 저장장치)는 예전에 사용하다가 심한 오류, 일명 '뻑'을 겪은 이후에 트라우마가 생겨 사용하지 않고 있다.

⑧ **대용량USB** : 외장하드에는 언제나 '뻑'과 분실의 위험이 존재한다. 외장하드 백업에만 의존했다가는 혹시나 모르는 사태가 벌어져 내 시간과 노력이 모두 허공으로 흩어지는 불상사가 생길 수도 있다. 전에 한번 노트북을 도둑맞고 한 달 이상의 작업분을 날려먹은 이후 백업에 조금 더 신경질적이 되었다. 지금까지는 32G 정도의 대용량 USB를 4~5개 준비해서 가장 필요한 사진들을 따로 저장하여 외장하드와는 다른 짐에 분리해서 보관하고 있다.

## 백업은 삼중으로

백업을 오프라인으로만 하는 건 100퍼센트 미덥지 않다. 외장하드든 USB든 '물건'의 형태로 남기 때문에 언제나 분실과 도난의 우려가 있다. 그래서 나는 웹 스토리지를 3차 백업 보조 수단으로 쓴다. 예전에는 웹하드, 폴더 플러스 등을 썼고 최근에는 드롭박스와 구글 드라이브를 보조로 사용하고 있다. 다만 외국에서는 한국만큼 업로드 속도가 받쳐주지 않으므로 선별된 사진들만 올려둔다.

⑨ USB형 무선 공유기: 유럽이나 일본의 소도시에 있는 오래된 호텔에는 유선 인터넷만 있고 와이파이가 없는 경우가 종종 있다. 초특급 호텔에서는 유선 인터넷은 무료로 제공하지만 와이파이는 과금하는 경우가 많다. 이럴 때 유용하게 사용한다. 노트북에 유선 인터넷을 꽂고 USB 포트에 무선 공유기를 꽂아두면 내 방에 작은 와이파이 존이 생긴다.

⑩ 카메라 가방: 내셔널 지오그래픽 브랜드의 카메라 백팩을 사용 중이다. 크로스백 스타일보다 훨씬 기동력이 좋고 편하다.

① **여행용 오거나이저** : 여권부터 현금, 카드, 각종 패스와 서류에 휴대전화까지 보관할 수 있는 여행용 지갑. 크로스백처럼 메고 허리나 가방끈에 연결하면 도난에서는 일단 안심. 사용하기도 편리하고, 돈을 넣는 부분을 지퍼로 채울 수 있어 마음도 든든하다. 얼마 전 끈을 가죽으로 바꿔 끈을 끊고 훔쳐가는 사고도 예방할 수 있게 되었다. 중고딩들의 겨울 패딩으로 유명한 '북쪽 얼굴' 사의 제품인데, 단종되는 바람에 10년 가까이 너덜너덜해지도록 쓰는 중이다.

② **멀티탭** : 비즈니스 지향 호텔이 아닌 다음에야 어느 숙소나 충전할 수 있는 플러그는 한두 개가 고작이기 때문에 전자제품을 많이 가지고 다니는 사람에게는 필수. 영국이나 일본처럼 아예 플러그 모양이 다른 경우에도 멀티탭을 가져가면 앞에 끼울 돼지코나 유니버설 어댑터는 하나만 준비해도 OK.

③ **십자드라이버** : 얼마 전 유럽 여행 중 노트북을 떨어뜨리는 바람에 하드디스크에 문제가 생겨서 급하게 교체해야 했는데, 하드와 OS는 남아도는 와중에 한 달간 10개 도시 넘도록 십자드라이버를 못 구해 결국 교체하지 못했다. 그 이후로 필수로 들고 다니는 중. 안경이나 선글라스의 나

사가 빠졌을 때도 유용하다.

④ **윈도우즈가 들어 있는 USB** : 여행이 길어지면 PC가 속 썩일 일도 늘어난다. 혹시나 모를 포맷 상황에 대비하여 OS가 들어 있는 USB는 필수.

⑤ **얇은 장가방** : 얇은 비닐 재질의 가방으로, 착착 접으면 아무 주머니에나 쏙쏙 들어갈 정도로 작아져 장비 가방 안에 언제나 휴대하고 다닌다. 불의의 지름신 사태가 발생하거나 장 보러 갈 때 아주 요긴하게 쓰인다.

⑥ **휴족시간** : 아무 실질적 효능이 없다는 것은 알지만, 퉁퉁 부은 다리에 잠시나마 이 정도로 위안을 주는 게 또 없기에 도저히 이별하기 힘든 물건이다. 일본에 갈 때마다 한 뭉치씩 사와서 장기 취재마다 요긴하게 쓰고 있다.

⑦ **저주파 안마기** : 다리는 휴족시간에게, 어깨는 안마기에게 맡긴다. 그다지 크지 않으므로 휴대하기 어렵지 않다.

⑧ **헤어 컨디셔너** : 한국에서는 샴푸만 한 차례 하는 스타일인데, 다른 나라에서는 그렇게 감았다가는 하루 종일 두피에 지푸라기를 달고 다녀야 한다. 다른 그 어떤 세제보다 헤프게 사용하게 되므로 될 수 있는 한 넉넉하게 챙긴다.

⑨ **각질 제거제와 팩** : 하루 종일 바깥에서 땡볕을 받다 보면 손발 이상으로 얼굴이 고생한다. 팩은 이틀에 한 번, 주 1회씩은 각질 제거를 해준다. 가장 싸고 질 좋은 팩을 파는 나라는 단연 한국이므로 어디를 가든 되도록 넉넉하게 싸 간다.

⑩ **비타민제** : 체력이 보탬이 되는 것이라면 무엇이든 먹고 마시는 게 좋다. 면세점에서 홍삼정을 구입하여 취재 내내 먹는 사람들도 꽤 많다.

⑪ **신문지** : 허드레 종이가 필요할 때 언제나 효용 만점. 돗자리 대용, 깨지는 물건 포장, 습기 제거, 발 냄새 방지 등등 아주 쓸모가 많다. 한국에

서 출발할 때 1부 챙기고 이후에는 현지에서 조달한다.

⑫ **인스턴트 냉면 :** 어지간한 한식은 외국에서도 어렵지 않게 먹을 수 있는 세상이 되었지만 의외로 냉면 맛있게 하는 곳을 본 적이 없다. ㄴ사의 ㄷ냉면에 진심으로 감사를 표하고 있다.

# 여행작가의
## 여행법

보통의 직장인들이 거래처 김 부장님을 만나기 위해 지하철에 오를 때 나는 인천공항으로 간다. 나의 최 이사님이나 박 사장님은 산과 바다, 박물관, 리조트 등이다. 등짝에는 무거운 카메라 가방을, 손에는 커다란 캐리어를 들고 머리와 가슴속은 그보다 더 무거운 책임감으로 가득 채운 상태지만, 그래도 여행을 떠나기 전에는 여전히 설렌다. 익숙한 것들은 익숙한 대로 반갑고, 새로운 것들은 새로워서 두근거린다. 여행하는 삶을 지속하기 위한 여행, 여행작가인 나의 여행은 대개 이런 모습이다.

### 농부의 마음과 크게 다르지 않다

예전에 여행지에서 만났던 한 남자 분께서 이런 질문을 한 적이 있다.

"숙영 씨는 언제 하늘을 마지막으로 보셨나요?"

분명 그는 '어머, 그러고 보니 하늘 본 지 오래됐네요. 일깨워주셔서 고맙습니다. 정말 현명하신 분이군요!' 따위의 대답을 기대했을 것이다. 그러나 단호하고 건조하며 눈치 없는 나는 내 나름의 정답을 말해버렸다.

"맨날요."

여행의 날들 동안 나의 하루는 일기예보를 보는 것으로 시작한다. 며칠 전부터 오늘의 날씨는 나의 초미의 관심사였지만, 심지어 그 일기예보를 보고 오늘 이곳에 오기로 결정한 것이지만, 그래도 다시 한번 살펴보고 다짐받는다. 일기예보를 확인했으면 하늘을 볼 차례다. 창문을 활짝 열어 보거나 하늘이 잘 보이는 곳까지 일부러 나가기도 한다. 일기예보의 신뢰도가 떨어지는 건 비단 우리나라만의 일이 아니다. 맑다고 한 날 아침부터 먹장구름이 가득 채우는 일도 흔하고, 비온다고 한 날도 아침나절에는 반짝 맑을 때도 있다. 날씨처럼 대자연이 하시는 일을 인간이 완벽하게 미리 맞힐 수 있다는 게 교만이 아니겠는가.

하늘에 떠 있는 구름의 상태와 바람의 세기, 기온 등을 종합해 그날의 일정을 대충 잡는다. 아침나절 구름의 두께를 보면 그날 오후의 날씨를 짐작할 수 있지만, 이것도 틀리는 날이 많다. 어쨌든 맑은 날 오전은 서쪽에서 시작해서 동쪽으로 이동한다. 해는 동쪽에서 뜨고 서쪽으로 지기 때문에 역광을 피하기 위해서는 그 반대로 이동하는 것이 현명하다.

비가 오거나 흐린 날은 실내로 움직인다. 쇼핑몰, 카페, 레스토랑, 박

■ 런던을 취재하던 어느 날 저녁. 런던에 3년째 산다는 민박집 주인과 내기를 했다. 민박집 주인은 '일기예보에서도 그랬고 자기가 생각해도 내일은 비가 온다'고 했고, 나는 '지금 하늘에 구름이 하나도 없고 바람의 방향이나 습도를 봤을 때 내일은 반드시 맑다'였다. 내기의 승자는 나. 사진 속의 저 새파란 하늘이 내기한 바로 다음 날의 하늘이다.

물관 등이 그날의 일정표를 가득 채운다. 하늘을 보고, 하늘이 시키는 대로 그날을 채워나간다.

취재 중인 여행작가의 마음은 농부의 마음과 크게 다르지 않다.

## 여행의 시간을 말하는 3의 법칙 : 3시간, 3일, 30일, 3번, 3개월

①**3시간**: 한 장소와 낮을 익히는 데 걸리는 최소의 시간이다. 나중에 돌이켜 생각했을 때 '나 거기 좀 가봤지'라고 구체적인 이미지와 풍경, 감상이 떠오르려면 그곳에서 적어도 3시간은 보내는 게 좋다. 작은 구시가, 핫 플레이스, 박물관, 대형 쇼핑몰, 재래시장 등의 공간에서 거리를 걷고, 골목을 헤매고, 상점의 쇼윈도를 들여다보다가 때로는 들어가서 물건을 골라보기도 하고, 카페에 앉아 사람들을 지켜보기도 하고, 전시된 작품 하나하나 설명까지 꼼꼼히 들여다보며 그 공간의 공기와 성격, 분위기에 익숙해져간다. 물론 3시간씩 돌아볼 게 없을 정도로 규모가 작은 곳도 있고, 3시간으로는 택도 없을 만큼 어마어마한 곳도 얼마든지 있다.

②**3일**: 한 도시에 대한 낯설음이 사라지고 어느 정도 짜임새를 파악하게 되는 최소한의 시간이다. 정보서를 만들기 위해 취재 여행을 간 경우에는 이보다 일정이 부족하면 반드시 후회한다. 그 도시의 유명한 스폿을 대충 돌아볼 수 있고, 지역명과 지리에 눈을 뜨고, 교통 시스템에 어느 정도 익숙해지면서 사람들의 표정이 보이기 시작한다. 온통 타인들의 정보로 뒤덮였던 도시의 껍질이 벗겨지기 시작하는 시간이기도 하다.

③**30일**: 어느 도시 또는 소지역에 대한 책 한 귀을 만들 때 본격 취재에 필요한 최소한의 시간이다. 콕 짚어서 '한 달'이다. 최소 한 달은 되어야 그 도시의 유명한 겉모습을 모두 돌아보고, 그 도시가 이방인에게는 쉽게 보여주지 않는 속살의 질감까지 조금이라도 어루만져볼 수 있다. 또한 이것은 관광 규모가 그다지 크지 않은 도시 또는 소지역의 얘기로, 뉴욕·도쿄·파리 같은 세계 최고의 메트로폴리탄이나 이탈리아나 태국처럼 다채로운 모습을 가진 나라는 최소 3개월은 잡고 체류하며 여행하는 것이 이상적이다.

④**3번**: 한 도시 또는 한 지역을 심층적으로 다룬 책 한 권을 만들기 위해 필요한 최소한의 여행 횟수다. 첫 번째 여행은 3~7일 정도의 일정으로 탐색전을 벌인다. 현지에서 물어물어 정보를 얻고, 닥치는 대로 돌아다니며 닥치는 대로 사진을 찍는다. 그 과정을 통해 낯을 익히고 선입관 없이 내 나름의 도시나 나라, 지역에 대한 인상을 구축한다.

그다음 여행은 한 달 이상의 일정을 잡는다. 내가 가지고 있는 인상과 이미지를 바탕으로 다양한 정보를 조사한 뒤 현지에서 부딪힌다. 이때 내가 예정했던 모든 곳을 방문하고 모든 정보를 완벽하게 파내는 게 가장 좋지만, 그건 진짜 많은 것이 도와줘야 가능하다. 보통 80퍼센트 정도 채우면 성공이다.

세 번째 여행은 최종 목차와 원고를 얼추 완성해놓은 다음 떠나게 된다. 나머지 20퍼센트도 채우고 원고를 쓰는 동안 새로 생긴 것, 바뀐 것들을 확인한다.

⑤**3개월**: 3개월은 다양한 의미를 지닌다. 앞서 언급한 메트로폴리탄이나 다채로운 나라에 대한 책을 쓸 때 이상적인 여행 기간도 되고,

3년째 열심히 준비 중인 크로아티아 가이드북을 위해 지금까지 크로아티아를 세 차례 여행했다. 늦가을, 한여름, 늦봄의 세 계절을 겪었다. 한겨울에 한 번 더 갈까 고민 중이다.

한 나라에서 무비자로 머무를 수 있는 최대 기간이기도 하다. 개인적으로는 체력과 정신력이 한계에 달하는, 장기 여행의 최장 스케줄이다.

## 여행의 순간을 포착하는 4가지 기록법

여행작가의 여행은 기록의 연속이다. 느끼고 경험하고 평가한 모든 것들을 기록해두었다가 나중에 완성품으로 만든다. 기록의 방법 중 사진은 너무 당연하므로 여기서는 빼고 가기로 한다. 여행 중에는 그냥 카메라 렌즈가 내 안구이려니 생각하는 것이 편하다.

① **메모한다** : 여행작가뿐 아니라 모든 작가의 기본이다. 수없이 마주치는 정보, 순간적으로 떠오르는 문장이나 표현 등을 무조건 적어놓아야 한다. 인간의 기억에는 한계가 있고, 문장과 단어는 소금 뿌린 배추만큼이나 생명이 짧아서 그 생생한 순간을 놓치면 금방 풀이 죽고 만다. 하물며 여행지에서 순간적으로 떠오르는 감상이나 표현 같은 건 더 번개같이 사라져버린다. 반드시 글자로 옮겨놓는 방식으로 세상에 붙들어놓아야 한다.

메모의 방식은 자신에게 가장 잘 맞는 것을 고르면 된다. 작은 수첩을 가지고 다니며 펜으로 메모하는 전통적인 방법을 쓰는 작가들이, 모든 것이 디지털화된 지금도 사실 가장 많다. 포스트잇에 메모하여 지도에 붙이는 사람도 본 적 있다. 나는 스마트폰의 메모 앱을 이용한다. 워낙 심한 악필인지라 종이에 휘갈겨 적어놓으면 나중에 도저히 알아보기 힘들기 때문이다. 메모가 이메일로 백업되는 것도 빼놓을 수 없는 장점이다.

■ 2011년 독일 뮌헨의 길에서 마주친 버스킹 밴드. 지금까지 본 버스커들 중 최고의 실력을 자랑했다. 그때 녹음해온 이들의 연주는 지금도 가끔씩 듣는다.

②**녹음한다** : 구식 카세트, 소형 녹음기, 휴대전화 녹음 기능 등을 이용하여 머릿속에 스쳐가는 생각과 문장들을 말로 기록한다. 생각이 글로 정리되는 시간보다 말로 나오는 시간이 훨씬 짧기 때문에 순발력 있게 기록할 수 있다. 다만 나는 나중에 녹음한 것을 글로 옮기는, '녹취 푸는' 과정이 더 귀찮다고 생각하기 때문에 잘 쓰지 않는다.

여행 중에 만나는 인상적인 소리를 담아두는 것도 녹음의 한 가지 기능이다. 요즘은 동영상 찍기가 워낙 쉬워서 녹음의 가치가 예전보다 떨어지긴 했는데, 밤의 바다나 숲을 스치는 바람 등 소리로 더 강하게 기억되는 순간들이 있기 마련이다. 나는 예전에 이탈리아의 친퀘테레를 여행할 때, 마을 외곽에 있는 작은 터널을 지나며 들리는 반향反響

이 너무 좋아 몇 번이고 왔다 갔다 하며 녹음기를 가져오지 않은 것을 몹시 후회한 적이 있다.

③**동영상을 찍는다**: 여행의 모든 순간과 과정을 왜곡 없이 생생하게 남겨두고 싶다면 동영상도 좋은 선택이다. 특히 공연, 대중 연설, 강의 등은 촬영만 가능하다면 동영상으로 남겨두는 편이 좋다. 여행지에서 만난 친구들과 시시덕거리며 농담 따먹기 하는 것, 재미있는 야외 활동 등도 좋은 소재들이다.

④**일기를 쓴다**: 메모는 스쳐 지나가는 것들에 대한 짧은 기록이라면, 일기는 여행의 나날에 대한 나 자신과의 대화다. 메모는 스마트폰에 하지만, 일기는 노트에다 볼펜이나 연필로 꾹꾹 눌러서 적는다. 수많은 디지털 기기를 들고 다녀도 여행의 나날을 가장 허심탄회하게 기록할 수 있는 건 아무래도 아날로그적인 방법이다. 그날 그곳에서 겪었던 그 어떤 경험이나 에피소드, 감정 등을 자유롭게 기록하되, 되도록 감상과 표현이 들어간 문장으로 정비해두는 것이 좋다. '너무 좋아!', '여기 짱!', '아 완전 맛있어!' 이런 평면적인 표현은 백날 써도 재료로서의 가치가 높지 않다.

재미있는 에피소드나 자랑하고 싶은 순간들은 블로그나 SNS에 틈틈이 기록해두는 것도 좋다. 나중에 글을 쓸 때 찾아보면 좋은 재료가 될 때가 많아 좋다. 그러나 남들도 보라고 쓰는 글이기 때문에 부지불식간에 자기 검열이 들어간다. 사실 일기장만큼 솔직하고 자세하게 쓰는 방법이 달리 또 있는지는 나는 잘 모르겠다.

■ 프라하의 구시가 광장에서 체코필이 이례적으로 야외 공연을 했던 2013년 6월의 어느 날. 유명 보컬리스트 바비 맥퍼린이 협연을 했다. 이날 페이스북에 나는 '세계에서 가장 아름다운 광장에서, 세계 일류 오케스트라와 세계적으로 유명한 보컬리스트가 협연을 하는 거짓말 같은 장면을 코앞에서 보고 왔다'라고 써놓았다.

# 소소한 여행 정보를 꼼꼼히 챙기는 수집법

①**명함을 챙긴다**: 레스토랑이나 상점을 방문하면 가게의 명함을 꼭 챙겨둔다. 점포의 이름과 약도, 주소, 전화번호, 영업시간, 홈페이지 등의 정보가 들어 있다. 아무리 인터넷이 발달한 세상이라도 소소한 나라에 있는 소소한 가게의 전화번호, 영업시간까지 나오지는 않는다. 명함에 적혀 있지 않은 정보는 손으로 직접 적어둘 것.

②**영수증과 입장권을 모은다**: 영수증은 내가 먹은 음식이나 산 물건의 종류와 가격, 구입한 날짜와 시간, 주소, 전화번호를 담고 있는 그야말로 깨알 같은 정보 보따리이다. 가게 사람이 깜빡 잊고 주지 않으면 정색을 해서라도 받아낼 것. 아울러 박물관이나 종교시설 등의 입장권도 가격과 주소 등이 들어 있는 좋은 정보원이며 심지어 쓸 만한 기념품이기도 하다. 꼭 모아둘 것.

③**현지의 인쇄물을 읽는다**: 숙소에 비치된 여행자 가이드, 펍이나 레스토랑에 놓인 지역 정보지, 현지 신문, 관광안내소에 산더미처럼 쌓인 가지각색의 홍보물들을 읽는다. 국내에는 아직 소개되지 않은 맛집, 현지인들이 즐겨 찾는 나이트라이프 스폿, 역사나 재미난 에피소드, 그냥 보면 뭐가 뭔지 어리둥절한 이벤트 등 생생하고 깨알 같은 정보들을 얻을 수 있다.

④**사진과 동영상을 찍는다**: 여행 과정이나 풍경을 '기록'하는 사진이 아닌 정보 수집 차원의 사진이나 동영상이 따로 있다. 식당의 메뉴판, 박물관의 안내문, 개관 시간이나 입장료가 적혀 있는 안내판, 버스 터미널의 발착 시간표, 기차역의 간판과 표지판 등 눈에 보이는 모든 숫자

와 글자로 된 정보를 사진으로 찍어둔다. 아울러 교통 티켓이나 식권을 자동판매기에서 뽑는 방법, 일본의 오미쿠지(절이나 신사에서 길흉을 점치기 위해 뽑는 제비)처럼 과정을 차근차근 담아둬야 하는 것은 동영상으로 찍어두는 것이 편하다. 휴대전화 카메라나 똑딱이 카메라가 이럴 때 빛을 발한다.

⑤ **현지인에게 물어본다**: 현지의 특산물, 꼭 먹어볼 만한 전통 음식, 진짜 로컬들이 다니는 음식점이나 술집, 여행자들이 잘 알지 못하는 그 지역의 민낯 같은 정보는 현지인과의 대화를 통해 얻을 수 있다. 민박집 주인 아줌마, 아저씨, 호텔이나 호스텔의 프런트, 카페나 펍의 종업원 등은 가장 손쉽게 만날 수 있는 현지인인 동시에 믿음직스러운 정보원이다.

## 여행작가가 여행을 즐기는 5가지 꿀팁

일로 떠나는 여행이 100퍼센트 즐겁고 행복하기만 하다면 그건 둘 중 하나다. 집에 거대 운석이 떨어져도 해맑게 웃을 수 있는 초긍정주의자이거나 거짓말이거나. 매일 보는 김 부장님이나 복사기보다는 덜 지긋지긋하고 조금 더 사랑스럽긴 하지만, 여행 과정에서의 고단함과 일의 부담감이란 결코 좋아질 수 있는 존재가 아니다. 그래서 나는 가끔씩 일탈한다. 직장인들이 업무 중간에 몰래 주식을 하거나 인터넷 쇼핑을 하듯, 나는 일로 하는 여행 중에서 오로지 사심을 충족하기 위한 나의 여행을 만든다.

① **수집한다**: 여행지의 냉장고 자석이나 스노우 볼, 종 등을 수집하는 사람은 꽤 많다. 내가 주로 모으는 것은 차茶다. 취재 중간중간 카페에

서 쉬는 동안 그 지역 특산 허브 티, 홍차, 녹차, 커피 등을 마셔보고 마음에 들면 구입한다. 현재 집의 장식장에는 영국에서 사온 포트넘 앤 메이슨 홍차, 홍콩에서 구입한 리치차, 일본 나라奈良에서 구입한 호지차, 크로아티아에서 산 믹스 허브티, 오키나와에서 산 건강차, 터키에서 산 오가닉 티 등이 주르륵 늘어서 있다.

가끔 여행의 순간들이 그리워지면 차를 한잔 만들어 마신다. 언젠가 사람들과 세계 각자의 차를 마시며 여행 이야기를 나누는 카페를 하나 갖는 것이 지금의 자그마한 꿈이다.

②**쿠킹 클래스를 듣는다** : 나는 요리를 좋아한다. 어디를 여행하든 나의 쇼핑 리스트에서 가장 많은 비중을 차지하고 있는 건 무조건 식재료다. 여행지에서 먹었던 새롭고 맛있는 음식은 집에서도 한 번쯤 해먹어야 직성이 풀린다. 짧은 시간에 배우고 체험하기에 가장 적절한 그 나라의 문화이자 실용적인 지식이 바로 요리가 아닐까.

시간과 기회가 되면 여행지의 요리 교실을 찾아간다. 어느 나라든 관광 중심가에서 여행자들 대상의 요리 교실을 찾기는 어려운 일이 아니다. 관광 안내 센터에서도 소개받을 수 있고, 특급 호텔들은 자체 클래스를 운영하기도 하며, 태국과 터키에서는 길거리를 다니다가도 쉽게 볼 수 있다. 아침 장보기부터 시작하여 최고급 식재료를 최고급 도구로 조리하여 근사한 요리를 만들게 해주는 곳도 있고, 동네 마트에서 구할 수 있는 식재료로 전자레인지에 대충 돌리면 만들 수 있는 배낭여행 서바이벌 요리를 가르쳐주는 곳도 있다.

③**자체 휴가를 만든다** : 아무리 여행을 좋아해도 개월 단위의 장기 여행을 하다 보면 심신이 모두 지친다. 하물며 일까지 짊어지고 있다면 그

태국 북부 치앙마이에서 지역에서 가장 럭셔리한 쿠킹 클래스와 가장 저렴한 쿠킹 클래스를 체험했다. 럭셔리 클래스에서는 태국 북부 전통요리 5종 세트를, 저렴한 클래스에서는 마트에서 산 재료를 대충 섞어 전자레인지에 돌리면 만들 수 있는 태국식 해장국을 배웠다.

스트레스와 피로감은 더욱 심하게 쌓이기 마련이다. 나는 약 2주에 한 번 정도는 자체 휴가를 만든다. 휴양지나 온천 마을의 특급 호텔, 리조트 등을 잡아 1박 이상 푹 쉰다. 비용도 아낌없이 투자하고 맛집이나 쇼핑 등의 정보에도 크게 집착하지 않는다.

그러나 이렇게 떠난 여행에서도 결국은 취재를 고려하게 되는 것이 슬프다. 예를 들면 이런 거다. 일전에 동유럽 일대를 장기 취재할 때의 일이다. 오스트리아의 온천 마을 바트 이슐에 있는 호텔에서 이틀간 휴가를 즐겼다. 아무 기대도 안 하고 갔는데, 생각보다 온천 시설이 너무 괜찮은 거다. 사진을 몇 컷 찍어두고 싶었는데, 안전요원에게 물어 보니 사진 촬영 금지란다. 나는 하룻밤을 꼬박 고민하고는 다음 날 바로 온천 측에 취재 요청 메일을 날렸고, 허가를 받아 온천의 구석구석을 취재했다.

④ **현지어를 배운다**: 인사말, 숫자 세기, 흥정하기, 교통수단 이용하기, 음식 주문하기, 특히 맥주 시키기 정도의 간단한 현지어를 익힌다. 가이드북이나 여행 외국어 책을 볼 때도 있지만 그보다는 현지 여행생활 속에서 '주워서' 익히게 되는 경우가 더 많다. 현지어가 가능한 한국인 친구가 있다면 더 빨리 제대로 배울 수 있다. 《앙코르와트 내비게이션》을 쓰기 위해 캄보디아에 체류할 때는 현지 교민 친구들에게 캄보디아어를 꽤 많이 배우는 바람에 나중에는 밥 먹고 거스름돈 갖고 시비가 붙었다가 현지어로 싸워서 이기기도 했다.

현지어를 조금이라도 구사하게 되면 실질적인 장점이 많다. 현지인과 좀 더 친밀하고 예의 바른 느낌으로 접촉할 수도 있고, 영어만 주워 섬기며 돌아다니는 뜨내기에게 응당 주어지는 바가지와 불합리에서 조금이라도 벗어나는 길도 된다. 위급한 상황에서 현지인의 도움이 필요할 때 현지어로 직접 소통하면 좀 더 신속 정확한 도움을 받을 수 있다. 가이드북을 쓸 때 '꼭 필요한 현지어'의 리스트를 작성하여 넣곤 하는데, 내가 현지어를 어느 정도 할 줄 알면 좀 더 생생하고 여행자의 필요에 가까운 리스트를 만들 수도 있다.

실질적인 장점을 느낄 기회가 없더라도, 현지어 배우기는 그냥 재미있다. 내가 태어난 곳과도 다르고 학교에서도 접해보지 못한 세상의 조각들을 모으는 기분이다. 한마디를 배우고 거리에서 그 말이 들려올 때 느끼는 기묘한 친밀감, 아침에 외운 단어를 저녁에 맥주 주문하면서 써먹었을 때의 쾌감 등은 여행에서 놓치기 힘든 큰 재미 중 하나이다.

⑤ **공연을 본다**: 일본이나 유럽 장기 취재가 잡히면 나는 재빨리 내가 좋아하는 아티스트나 오케스트라의 공연 스케줄, 유명 음악 페스티벌을 체크한다. 일정이 너무 타이트하거나 날짜가 맞지 않으면 어쩔 수 없지만, 가능하기만 하다면 일단 티켓을 지른다. 이 글을 쓰고 있는 지금도 유럽 장기 취재를 코앞에 두고 있는데, 런던의 음악 축제인 프롬스Proms의 빈 필하모닉 오케스트라 공연을 예약해놓고 두근두근하는 중이다. 이것도 장기적인 관점에서 보면 취재일 수도 있지만, 써먹지 못한다고 해도 아무 상관없다.

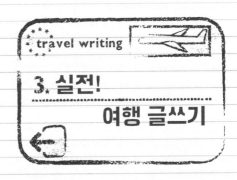

travel writing

# 3. 실전!
## 여행 글쓰기

# 여행자의
## 글쓰기

지금 이 글을 보고 있는 당신이 누군지, 어떤 글을 얼마큼 써왔는지도 모른다. 중고등학교 때 백일장을 휩쓸었는지, 등단을 했는지(그 정도 글을 쓰는 사람이라면 나에게 별로 들을 말이 없을 것 같긴 하다).

이 장에서 염두에 두는 사람들은 글쓰기 생초보다. 쓰고는 싶지만 어떻게 써야 할지 모르는, A4 반 페이지가 넘어가기도 전에 얘기가 막 꼬이기 시작하는, 글쓰기는 도대체 어디서 시작해야 하는 건지 모르는, 아직 글쓰기 병아리도 못 되는 글쓰기의 계란, 글쓰기의 세포핵, 글쓰기의 미토콘드리아, 이런 사람들에게 얘기하고 싶다. 자신이 그래도 병아리는 된다고 생각하면 이 장을 건너뛰어도 충분하다.

참고로 글쓰기에 대해 본격적으로 공부해보고 싶다면 대가들이 쓴 책을 참고하시기 바란다. 《고종석의 문장》, 《유시민의 글쓰기 특강》, 스티븐 킹의 《유혹하는 글쓰기》 등은 나도 몹시 좋아하는 글쓰기 분야의 명저들이다.

## 묻지도 따지지도 말고 일단 책 한 권 치를 쓰자

누군가 내게 '책을 내보고 싶어요'라고 말하면, 내가 예외 없이 하는 말이 하나 있다.

"책 한 권 치의 뭔가를 써 오세요."

'책 한 권'을 써 오라는 얘기가 아니다. 다만 '책 한 권 치의 글'일 뿐이다. 완성도는 낮아도 된다. 아니, 없어도 된다. 문장은 아무리 서툴러도 상관없다.

다만 그 '책 한 권 치'를 관통하는 주제는 뚜렷해야 한다. 주제는 무엇이라도 좋다. '나의 30일간의 유럽 여행'도 되고, '내가 경험해본 일본의 맛집', '태국을 알려주마', '엄마와 함께한 아시아 온천 여행' 등등. 주제가 생각이 안 난다면 이렇게 생각해보자. 이 이야기를 책으로 만든다면 어떤 제목을 붙일 수 있을까? 바로 그 제목이 이야기 전체의 주제가 될 확률이 아주 높다.

이 주제가 얼마큼 매력적이고 차별화될지는 고민할 필요가 있다. 앞에 언급한 '일본의 맛집'이나 '30일간의 유럽여행'은 1년에도 수만 명이 경험하는 평범한 주제이므로 내용이 아주 재미있거나 글솜씨가 뛰어나지 않는 한 출간까지 이어지기는 쉽지 않다. 그러나 이 시점에서는 거기까지 생각하지 말고 일단 분량을 모으자.

'책 한 권 치의 글쓰기'는 지금까지 파편적으로 남겨둔 여행의 기록을 모으는 것부터 시작한다. 여행 중간중간 기록했던 일기장이나 메모, 하다못해 트위터나 페이스북에 써놓았던 글들이 있을 거다. 죄다 무조건 긁어모아라. 아, 블로그에 올려놓은 게 있다고? 심지어 완결했다고? 잘됐다. 그거 그대로 긁자. 그런 거 하나도 없다고? 그러면 써야 한다. 사진을 보고 떠오른 그때의 정경이나, 기억 속에 남아 있는 모든 추억과 대화, 에피소드, 그 풍경이나 현장에서 내가 느끼고 생각한 모든 것들을 적어리. 중구난방이든 동어반복 대잔치가 벌어지든 일단 상관하지 말고 무조건 써라. 그렇게 책 한 권 치를 무조건 만들어라.

한 권 치가 얼마큼이냐고?

일단은 '원고지 500매를 넘겨라'라는 미션을 주겠다. 실제 한 권의 책으로 나오기 위해서는 600매를 넘기는 것이 좋지만 지금은 연습이니까 500매만 넘겨보자. 요새 세상에 누가 원고지에 글을 쓰냐고 야유하는 사람이 있다면, 요새 세상에도 출판 및 언론계에서 글의 양을 셈하는 단위는 원고지 매수라고 대답해드리겠다. 물론 원고지에 직접 쓰는 건 아니고 워드 프로그램으로 쓰면 된다. 한글프로그램에서는 '문서 정보' 탭으로 들어가면 원고지 분량으로 환산한 값을 쉽게 알 수 있다.

한글프로그램에서 폰트 크기 10, 기본 설정인 함초롬바탕체를 쓰고 자간 행간 테두리 모두 디폴트값으로 했을 때 A4 50장을 살짝 넘는다. 한 줄 쓰고 엔터 한 번 치는 비겁한 짓은 삼가길 바란다. 단, 장이나 절이 바뀔 때 엔터 한두 번 치는 건 괜찮다. 나머지 본문은 다 붙여라. 만약 장이나 절을 자주 바꿀 원고라면 A4 60장 써라.

문장은 산문이 적절하다. 운문형은 가급적 쓰지 말자. 시 쓰기에 재능이 있거나 평소에 열심히 습작한 사람이라면 모를까, 그렇지 않은 사람이 쓴 운문 스타일 문장은 잔인하게 말해서 둘 중 하나다. 보는 사람 오그라들게 만들거나, 뭔 소린지 알아먹을 수 없거나.

이 짓을 왜 하는 거냐고? 이유는 간단하다. 책이 되는 글쓰기라는 기나긴 마라톤을 달리기 위한 기틀을 마련하는 것이다. 책을 쓰기 위해서는 책 한 권 치의 재료, 그리고 죽이 되든 밥이 되든 그 재료를 모두 문장으로 바꾸어 쌓아두는 근성이 그 무엇보다 필요하다.

왜 군이 책 한 권 치의 글쓰기냐고 묻는 예리한 사람, 이쯤에서 한 명쯤 나올 것 같다. 군이 책이어야 할 이유 없지 않느냐고 물을 수 있다. 맞다. 모든 여행작가가 책 한 권을 다 쓰는 사람이 되지는 않는다. 육상 선수 중에서도 단거리나 계주 선수가 있듯이, 여행작가 중에서도 평생 A4 1~2장짜리 칼럼만 쓰는 사람도 있고 사진 중심으로 짧은 운문형 글쓰기를 하는 사람이 있는가 하면 서너 명이서 공저를 하는 경우도 흔하다.

그러나 단거리 선수든 계주 선수든 육상 선수들은 매일매일 조깅을 한다. 100미터만 뛰어도 되는 선수도 2~3킬로미터씩 매일매일 뛴다. 왜? 지구력과 체력 보강을 위해. '책 한 권 치 글쓰기'도 바로 글쓰기의 기초체력 훈련이다. 책 한 권 정도의 문장을 직접 써보는 것으로 문장 만들기 연습을 하고, 500매라는 달성 목표를 채움으로써 글쓰기의 근성을 붙인다. 책 한 권 치 이야기를 구성해본 사람과 안 해본 사람의 글쓰기 근력은 비교가 될 수준이 아니다.

글은 궁둥이로 쓴다는 말처럼 그만큼 끈질긴 인내와 근성이 중요하다. 아무리 공저를 많이 한다고 해도 한 권을 다 쓸 줄 아는 사람이 반 권도 쓴다. '저는 평생 A4 1~2장짜리 칼럼이나 기사만 쓸 거예요'라고

하는 사람도 일단 이 시점에서는 한 권을 모아보자. 칼럼도 주간 연재로 1년 정도 고정 기고를 하게 되면 책 한 권만큼 쓰는 거다.

일단 만들어보자. 완성도는 정말 아무래도 좋다. 일단 목표치만큼 원고를 모으고 제법 정리까지 하고 나면 이것이 책이 되든 안 되든 본인이 느끼는 성취감은 생각보다 클 것이다. 사실 내 진짜 진심은 당신이 그 맛을 보게 해주고 싶다는 거다.

## 한눈에 내용을 보여주는 목차를 짜자

재료를 모았으면 이것을 그럴듯하게 엮을 차례다. 집을 지을 때는 설계도가 필요하듯, 글을 엮을 때도 글을 어떤 식으로 배치하고 나열할 것인지 얼개가 필요하다. 책이나 잡지를 펼치면 제일 앞에 나오는 '목차'가 바로 그것이다. 사실 목차만 만들어도 원고 집필의 반의 반 정도는 해놓은 것이나 다름없다. 나머지 속살은 모아둔 재료를 알맞게 정리하여 곳곳에 채워 넣으면 된다.

목차 구성 방법은 여러 가지가 있으며, 특히 가이드북의 목차는 건축물로 따지면 핵융합센터 정도로 복잡하고 까다롭다. 일단 여기서는 가장 보편적이고 단순한 구성인 '2단계 구성'을 한번 소개하도록 하겠다(출판계에서는 '단계'보다는 'depth'라는 표현을 쓴다. 사실 이게 좀 더 정확하긴 하다).

2단계 구성은 전체 구성을 몇 개의 '장章'으로 나누고, 그 장을 다시 하위의 '절節'로 나누는 구성이다. 그 각각의 장과 절에 제목을 붙이면 목차 완성이다.

①**장 나누기**: 전체의 내용을 큼직큼직한 단위로 나눈다. 각 장마다 그 장을 관통하는 주제가 필요하고, 각 단위가 완성된 하나의 독립적인 구성을 가질 수 있으면 좋다. 다짜고짜 예를 들어 설명해보겠다. 이것만 봐도 대충 감이 올 거라 믿는다.

예 1) 〈나의 30일간의 유럽여행〉

　　　1장. 프랑스

　　　2장. 이탈리아

　　　3장. 독일

　　　4장. 동유럽……

예 2) 〈내가 경험해본 일본의 맛집〉

　　　1장. 전국 라멘 맛집

　　　2장. 전국 오코노미야키 맛집

　　　3장. 도쿄의 맛집

　　　4장. 오사카의 맛집……

예 3) 〈태국을 알려주마〉

　　　1장. 태국의 역사

　　　2장. 태국의 음식 문화

　　　3장. 방콕을 알려주마

　　　4장. 치앙마이를 알려주마……

②**절 나누기**: 절은 장을 다시 잘게 나누는 구성단위이다. 출판업계 전문용어로는 '꼭지'라고도 한다('전문용어'가 아니라 '전문 속어'가 아니냐고 시비 걸지는 말자). 절은 각 장의 세부 내용으로 구성된다. 각 절은 독립

된 완결성을 가진 하나의 칼럼 내지는 에세이라고 생각하면 된다. 시간 순서대로 구성된 여행기일지라도 각 절의 내용은 하나의 독립된 완결성을 지니는 것이 좋다. 이것도 다짜고짜 예를 들어보겠다.

예 1) 〈나의 30일간의 유럽여행〉

　1장. 프랑스

　1절. 파리 첫날 / 2절. 몽마르트를 오르다 / 3절. 베르사유의 장미를 보다 / 4절. 스트라스부르그로 향하다 / 5절. 프랑스 끝!……

예 2) 〈내가 경험해본 일본의 맛집〉

　2장. 전국 오코노미야키 맛집

　1절. 오사카 미즈노 / 2절. 히로시마 신텐치 / 3절. 오사카 후게츠……

예 3) 〈태국을 알려주마〉

　2장. 태국의 음식 문화

　1절. 태국에서 꼭 알아야 할 식사 예절 / 2절. 태국의 궁중요리 / 3절. 태국의 가정식 문화 / 4절. 태국 요리의 기초……


**잘 읽히는 문장을 쓰라**

재료를 모으고 얼개를 갖췄다. 음식으로 따지자면 재료와 레시피를 준비한 셈이다. 그렇다면 재료를 다듬고 본격적으로 음식을 만들 차례이다. 여기저기서 산발적으로 주워 모은, 정리되지 않은 메모며 기록들을 매끈한 문장으로 가다듬자. 여기까지 마치면 정말 '완성 원고'를 갖게 되는 거다.

글 좀 쓴다고 생각하고 있는가? 평소 문장 좋다는 얘기를 좀 듣는가? 그럼 그냥 밀고 나가면 된다. 그렇지 않다면 일단은 '잘 읽히는 글'

을 지향하자. A4 두 장 분량의 글을 썼을 때 한 번도 끊기지 않고 읽을 수 있으면 된다.

문장이 아주 뛰어나거나 철학적인 에세이가 아닌 다음에는 몇 번씩 곱씹어 읽기보다 한 번에 쓱 읽히는 것이 콘텐츠에 대한 매력을 높이는 길이다. 특히 정보서의 경우 읽기 힘든 글은 상품의 가치까지 떨어뜨린다. 읽자마자 감동과 의미가 확 와 닿으면서도 몇 번씩 곱씹으면 더욱더 맛이 우러나는 문장을 쓰는 방법은 없냐고? 아마 둘 중 하나가 아닐까. 타고나거나, 긴 세월을 들여 연마하거나.

잘 읽히는 글의 기본 요건은 다음 세 가지를 들 수 있다.

### ① 간결체가 최고다

문학적 글쓰기가 익숙한 사람이라면 한 호흡에 네다섯 줄 되는 문장도 문제없을지 몰라도, 익숙하지 않은 사람에게는 간결체가 최고다. 문장의 호흡을 짧게 끊어주고, 접속사나 부사의 사용을 되도록 자제하는 것. 하나의 짧은 내용 단위가 하나의 문장에서 끝나기 때문에 글 전체가 깔끔하고 호흡이 빠르며 글솜씨에 따라 리듬도 살릴 수 있다. 즉, 훨씬 읽기 쉽다. 이렇게 정리하다 보면 문장에 마구 뒤엉켜 있던 내용들도 깔끔하게 정리 가능하다.

백문이 불여일견. 아무 생각 없이 쓰다 보니 만연체가 된 글 하나를 간결체로 정리해보겠다.

예) 어젯밤에 잘츠부르크에서 만나서 계속 동행했다가 헤어진 ○○이랑 카톡을 하다 보니 이 동생이 파리에 있다고 해서 귀국하기 전에 아침을 같이 먹자고 약속하고 오늘 아침 우리 호텔 로비에서 만나기로 했다.

=> 어젯밤에 ○○이와 카톡을 했다. 잘츠부르크에서 만났다가 계속 동행했던 동생이다. 알고 보니 ○○이도 파리에 있다고 한다. 그러나 나는 귀국을 앞두고 있는 몸. 마지막으로 아침이나 같이 먹자고 약속했다. 만나기로 한 곳은 우리 호텔 로비였다.

### ② 문법에 맞게 쓴다

문법이란 우리가 글을 쓸 때 지키기로 한 약속이다. 이 약속은 한국어로 글을 짓고 읽는 모든 사람에게 유효한 것이기 때문에, 어떤 문체든 결국 문법에 맞게 쓴 글이 잘 읽히기 마련이다. 문법을 본격적으로 배우면 좋겠지만, 가장 기본적이면서 흔히 틀리는 것들, 이를테면 주술의 호응 일치, 수동태의 남발 금지, 조사와 접속사 제대로 사용하기, 한 문장에 주어 하나만 쓰기, 주어를 지나치게 길게 수식하지 않기, 맞춤법과 띄어쓰기에 유의하기 정도만 지켜도 문장이 훨씬 좋아진다.

### ③ 논리적이고 구성이 잘된 글이 잘 읽힌다

글은 사고와 이야기를 문장으로 구성하는 것이다. 그 사고와 이야기를 엮는 것은 논리와 구성이다. 잘 읽히는 글은 문장의 흐름 이상으로 논리의 흐름이 좋다. 논리적인 사고는 하루 이틀에 길러지는 것이 아니긴 하나, 당장 써먹을 수 있는 논리적 구성으로는 두 가지가 있다. 사실 초등학교나 중학교 때 다 배운 것이다. 실제 프로의 세계에서 이러한 구성이 고스란히 쓰이는 일은 잘 없지만, 글쓰기 훈련을 하는 사람이 논리를 연습하기에는 가장 좋은 방법이다.

• 기-승-전-결 : 의견이 있는 짧은 글을 구성할 때 인스턴트로 써먹기 가장 좋은 구성이다. '기'는 이야기의 시작으로 운을 띄우는 것이고, '승'은 '기'에서 띄워놓은 이야기를 설명하고 발전시키는 단계, '전'은 반전이나 의외의 사실 또는 생각의 전환, '결'은 마무리를 뜻한다.

이 구성에서 가장 중요한 곳은 '전'이다. 기와 승에서는 주로 사실이 나열되는데, 전에서 한 차례 보는 이의 주의를 환기시킨 뒤 본인의 의견을 넣고 마무리로 간다. 이 부분에서 얼마나 매력적인 의견이나 지식을 선보이느냐가 글의 품질을 좌우할 수 있다.

예) 태국 요리의 기초

기 : 태국 요리에는 신선한 채소와 해산물을 이용한 국물 요리가 많다.

승 : 대표적인 국물 요리에는 똠얌꿍이 있고, 우리가 흔히 먹는 쌀국수도 국물 요리라 할 수 있다.

전 : 그런데 태국 국물 요리에는 의외로 화학조미료가 많이 쓰인다. 특히 시장 등의 저렴한 음식점에서는 국자로 퍼 넣기도 한다.

결 : 이는 재료비를 절감하기 위한 그들 나름의 고육지책이라고 한다. 어쨌든 태국 요리는 맛있다.


• 발단-전개-위기-절정-결말 : 학교 다닐 때 배운 소설의 전통적인 구성법이다. 이야기의 전체를 지배하는 '갈등'이 있고, 이 갈등이 시작되고 점점 몸집을 키우다가 전면으로 드러나며 긴장이 조성되고 결국 폭발한 뒤 마무리되는 구성이다. 이 '갈등'이란 단지 등장인물끼리 머리채를 잡아 뜯거나 독약을 먹이는 등의 표면적인 '갈등'만을 말하지 않는다. 이야기 내부의 요소끼리 맞부딪쳐 뭔가 '사건', '에피소드'

를 만들어낼 수 있는 건 죄다 '갈등'으로 보면 된다. 추리 소설로 따지면 탐정과 사건 사이에 갈등이 일어나고, 연애 소설로 치자면 두 남녀의 밀땅이 바로 갈등이다.

시간 순서대로 진행되는 여행기를 구성할 때 가장 쓸 만한 구성이다. 특히 소설처럼 재미있는 여행기를 지향한다면 꼭 한번 연습해보자. 소설의 '갈등'은 저자가 지어낸 것이지만 여행기의 '갈등'은 여행자와 새로 만난 세계가 맞부딪치면서 일어난다. 재미있는 에피소드, 가슴속에서 일어난 격렬한 기쁨이나 환희, 누군가와의 대화 등이 모두 '갈등'이다. 다시 말하면 이러한 '갈등', 특히 '위기'나 '절정' 등으로 빵 터뜨릴 수 있는 무언가가 없는 여행이라면 재미있는 여행기로 읽히기 쉽지 않다는 뜻도 된다.

예) 〈나의 30일간의 유럽여행〉

1장. 프랑스

1절. 파리 첫날

발단 : 파리에 도착해서 숙소에 묵었다. 아직까지 제대로 시내 구경을 못했다. 오늘의 일정을 펼쳐본다. 루브르 박물관에 가기로 했다.

전개 : 루브르 박물관으로 향한다. 숙소가 있는 동네도 예쁘다. 진짜 유럽에 온 기분이다. 지하철은 좀 지저분하다.

위기 : 루브르 박물관에 도착했다. 세상에. 다른 세상에 온 기분이다. 예전에 궁전이었다더니 겉모습만 봐도 그 위용이 대단하다. 지금까지 다른 사람들의 감상에서 루브르 궁전의 겉모습에 대한 찬사를 들어본 적 없다. 그렇다면 이 안은 더 엄청나다는 얘긴데, 두근거린다.

절정 : 루브르의 내부로 들어와 감상을 했다. 위대하다. 이 말밖에는 할 말

이 없다. 사방의 위대한 작품들이 나를 공격하고, 나는 기꺼이 그 앞에 무릎을 꿇는다. 특히 들라크루와의 〈민중을 이끄는 자유의 여신〉을 보고는 눈물이 날 뻔했다. 교과서에서 볼 때는 이런 감동과 생동감이 없었다.

결말 : 앞으로의 유럽 여행에서도 이런 기분 좋은 충격을 받을 수 있을까? 처음부터 너무 위대한 박물관을 본 것 같아 걱정이 된다.

### ④ 쉽게 또 쉽게 쓰자

당신이 아주 지적이고, 철학적이고, 학문적으로도 몹시 높은 성취를 이루고 있고, 여행도 그 성취의 일환으로 다녀왔으며, 비슷한 지적 수준을 가진 사람들과 소통하기 위해 여행 글도 쓰는 것이라면, 상관없다. 어렵게 써라. 현학적이고 전문적인 단어를 쓰고, 고도로 정교하게 조직된 비유도 쓰고, 그 분야에 조예가 깊지 않으면 알아듣지 못할 전문 지식을 마구 뽐내도 된다.

그런 게 아니라면 쉽게 쓰자. 가급적이면 쉬운 단어와 표현을 고르고, 전문용어는 풀어 쓰거나 친절한 주석을 단다. 그 어떤 계층이나 지식 수준의 사람이 봐도 쉽게 이해할 수 있는 글이 좋다. 특히 정보서는 더더욱 쉽게 쓰는 것이 좋다. 가뜩이나 길고 복잡한 타지의 지명이나 이해하기 어려운 교통 시스템 때문에 머리가 복잡한 사람들이 저자의 지적 수준 및 문장력 뽐내기까지 봐줘야 할 이유는 없다.

### 충분히 두었다가 다시 보는 퇴고의 과정

얼추 책 한 권 치의 원고가 꼴을 갖췄다. 다음 단계는 무얼까? 출판사로 가져가는 것? 친구에게 자랑하는 것? 자신의 글이 너무 자랑스럽다면 그렇게 해도 되지만, 내가 진짜 권하고 싶은 건 그와 정반대다. 일단 묵혀두라는 거다.

잘못 들은 거 아니다. 묵히라고 했다. 어딘가 눈에 잘 안 띄는 곳에 폴더를 만들어두고 한두 달 잊어버리자. 기간은 길면 길수록 좋다. 언젠가 생각나면 한번 슬쩍 꺼내 보는 거다. 아마 높은 확률로 깜짝 놀랄 정도로 부끄러울 것이다. 쓸 때는 그렇게도 자랑스럽고 그럴듯해 보이더니, 막상 몇 달 있다 보니까 이렇게 허술할 수 없다. 파일에서 마법이 일어나느냐고? 아니다. 누군가 바꿔치기하지 않는 한 파일이 변할 일은 없다. 변한 건 내 마음이다.

써놓고 끝이 아니다. 글은 쓰는 것만큼 고치는 것이 중요하다. 그런데 글을 한참 쓰고 있을 때는 이게 문법에 맞는지, 논리에 맞는지, 이야기가 전체 흐름에 방해가 되는지 어떤지 잘 안 보인다. 꼭 넣어야 하는 괜찮은 문장도 생각 안 나서 못 넣을 때도 많다. 그리고 솔직히 다 괜찮아 보인다. 고칠 것 없는 것 같다. 글을 쓸 때의 감정이 고스란히 남아 있는 상황이라면 더욱 힘들다. 콕 짚어 말하면, 내 새끼라서 그렇다. 내 마음과 사고를 모두 기울여 만든 내 새끼라서 단점이 잘 보이지 않는다.

'묵혀두기'는 내가 마음으로 낳은 자식 하나를 떼어두고 객관화하는 과정이다. 한동안 눈에서 안 보이면 마음에서도 멀어지기 때문에 다시 볼 때는 어느 정도 남의 글 보듯 대할 수 있다. 잘라내면 피가 철철 날 것 같았던 문장도 서슴없이 쳐낼 수 있고, 금쪽같던 접속사나 신의 한 수처럼 보였던 부사도 미련 없이 버릴 수 있다.

몇 번씩 읽고, 몇 번씩 고치자. 퇴고는 글을 손상하는 것이 아니라 쓸모없이 뚱뚱해진 문장의 건강한 다이어트다. 인생은 후회해도 되돌릴 수 없지만 잘못된 글 정도는 되돌릴 수 있다. 나중에 그대로 세상에 빛이라도 보게 되는 날이면 부끄러움은 온전히 내 몫이다. 반은 지운다고 생각하고 칼춤을 추자.

## 글쓰기 훈련을 위한 몇 가지 팁(내지는 꼼수)

### ① 책을 읽고 또 읽자

책 읽기는 작가며 여행가의 기본 소양이다. 내가 좋아하고 내가 읽었던 글들이 내가 쓰는 글의 밑재료가 된다. 떡에 고추장을 넣고 볶았는데 스테이크가 되는 일은 없다. 맛이 있든 없든 떡볶이가 된다.

기력 떨어진 사람들이 곰탕 찾아 먹듯이 나는 글이 안 풀리면 책을 읽는다. 아무 글도 쓸 수 없고 모니터에 하얀 백지만 떠 있는데다 머릿속은 그보다 더 새하얗다면, 무엇이든 닥치는 대로 읽는다. 책을 반 권쯤 읽고 나면 비로소 무언가가 나오기 시작한다. 글이 막힌다고 느껴지면 어김없이 바쁘다고 책을 한 줄도 못 읽고 있던 날들이었다.

책 읽기는 글쟁이의 기초체력이면서, 급할 때 핏줄에 꽂는 영양제로도 그만이다. 내 경우 가이드북을 쓸 때는 주로 사전이나 교양서적, 에세이를 쓸 때는 좋은 소설을 읽는 것이 가장 효과적이었다.

### ② 문장이 도저히 안 써진다면 녹음을

머릿속에는 뭔가 잔뜩 들어 있고, 말로 하라면 얼마든지 할 것 같은데 컴퓨터 앞에만 앉으면 흰 것은 바탕이고 검은 것은 글자. 도저히 재료조차 모으기 힘든 사람이라면 녹음을 한번 해보자. 글로 쓰고 싶지만 도저히 손가락 끝으로는 나오지 않는 것들을 일단 말로 옮겨 녹음한 뒤 그것을 글로 옮긴다.

글쓰기란 뇌 속에서 일어나는 수다를 손끝으로 옮기는 행위이다. 뇌에서 손끝으로 바로 옮기는 것이 익숙지 않다면 일단 말로 한번 내뱉어본 뒤 그것을 옮기는 것도 하나의 방법이다.

### ③ 스타일의 첫걸음은 모방부터

문법과 논리가 이치에 맞고 읽기 좋은 글은 모든 글쓰기의 기본이지만, 문학적인 글을 쓰고 싶다면 그것만으로는 부족함을 느낄 것이다. 여행 콘텐츠에서도 에세이를 쓰려면 기본적인 글쓰기 외에 한 가지가 더 필요하다. 글 속에 작가 자신을 남겨두는 지문과 같은 것, 스타일 또는 문체文體다.

스타일을 만드는 법은 여러 가지가 있지만, 그중 의외로 효과 좋은 것이 바로 '모방'이다. 내 취향에 맞고 나와 스타일이 비슷한 대가의 글을 흉내 내어 문장 구조, 비유법, 단어 사용, 리듬 등을 따라 글을 써보는 것이다. 나는 딴지일보나 일본 소년 만화에 나오는 웃기는 표현들을 많이 따라했고, 소설가 성석제의 문장을 동경해서 모방해본 적도 있다. 다만 이러한 모방은 아마추어 시절에서 끝내야 한다. 프로가 된 뒤에도 모방을 한다면 그것은 표절이 된다.

### ④ 프린트를 해보자

완성된 글을 고치는 '퇴고'는 내 글을 객관적인 시선에서 보는 것에서 출발한다. 그러나 워드 프로그램에 줄줄이 친 글을 컴퓨터 모니터 화면에서 보는 것으로는 객관화에 한계가 있다. 처음 원고를 집필할 때와 달라진 것이 없는 환경이기 때문이다. 이때 쓸 수 있는 방법이 프린트. 종이로 출력해서 보면 한결 종합적이고 객관적으로 볼 수 있다. 실제 책을 출판할 때도 교정 과정에서는 모든 페이지를 종이에 출력해서 작업한다.

### ⑤ 남들에게 보여주자

글을 나 혼자 써서 나 혼자 보다 보면 꾸준히 쓰기 힘들고 늘지도 않는다. 블로그도 좋고 SNS도 좋고 각종 커뮤니티나 게시판 다 좋으니 어딘가에 글을 계속 공개하자. 칭찬도 받고 비판도 받고 때론 욕도 먹으면서 피드백을 받는 거다. 작가의 기질 중에는 기본적으로 타인의 주목을 받고 싶어 하는 이른바 '관심병'이 포함되어 있다. 칭찬을 양분으로 삼고 비판으로 가지를 치다 보면 조금씩 글이 좋아지는 걸 느낄 수 있다.

# 여행 에세이
## 쓰기

글쓰기의 기초, 특히 '책이 되는 글쓰기'의 기초를 살펴보았다. 이제부터는 각 장르별 글쓰기의 특징과 몇 가지 주의사항을 가장한 잔소리를 하려 한다.

제일 먼저 시작할 것은 에세이다. 모르긴 몰라도 '여행작가가 되고 싶다'거나 '내 이름으로 된 여행 책을 하나 내고 싶다'는 욕망을 가진 사람들이 가장 써보고 싶은 것이 근사한 여행기가 아닐까 한다. 내 눈으로 본 풍경과 내 발로 걸었던 길에 대해 나의 시각과 감상을 적는 여행 에세이. 워낙 자유롭게 쓰는 글이기 때문에 '원칙'이라고 말할 만한 것은 적으나, 현재까지 통용되는 '팔리는' 에세이의 특징과 좀 더 좋은 여행 에세이를 쓰기 위한 노하우를 몇 가지 적어볼까 한다.

## '팔리는' 여행 에세이의 매력 분석

여행 에세이는 누구나 쓸 수 있는 글이다. 여행 좀 한 사람이라면 가슴 속에 남에게 들려주고 싶은 여행 얘기가 한 보따리씩은 있기 마련이고, 이것을 읽기 좋게 구성하고 다듬어진 문장으로 풀면 바로 여행 에세이가 된다.

문제는 이것이 '팔리느냐'는 것. 여기서 팔린다는 것은 유명 베스트셀러로 등극한다는 얘기가 아니다. 책으로 정식 출간되거나 매체에 연재할 수 있을 정도, 또는 블로그나 페이스북 등 인터넷 공간에 올렸을 때 어느 정도 화제가 되는 정도, 즉 최소한의 상품 가치를 갖는다는 뜻이다. '팔리는' 여행 에세이를 구성하는 매력 포인트 중 대표적인 것을 꼽자면 다음과 같다. 적어도 두세 가지 요소가 조화를 이루면 비로소 '잘 팔리는' 여행기가 될 확률이 높다.

①**글이 좋다**: 문장의 개성이나 문학성이 뛰어나 읽는 맛이 있으며 세상과 사물의 이치를 헤아리는 뛰어난 사색과 직관이 돋보이는 여행기. 또는 글솜씨는 다소 거칠더라도 여행의 흥분을 고스란히 담아내는 진정성 가득한 문장이라면 더 많은 사랑을 받을 수도 있다. 재미있는 에피소드들을 흥미진진하고 맛깔나게 엮어내는 것도 이에 해당한다.

②**시각적 요소가 돋보인다**: 훌륭한 테크닉으로 눈부시도록 아름다운 풍경을 담아내거나 뛰어난 감수성과 예리한 시선으로 자칫하면 놓칠 수 있는 여행의 순간들을 잘 포착한 사진들을 사용한 여행기는 언제나 큰 호응을 받는다. 예쁜 일러스트가 돋보이거나 편집 디자인이 뛰어난 경우도 사랑받는 요건 중 하나.

③ **여행 방식이 흥미롭다**: 남들이 잘 하지 못하는 독특하고 모험적인 방식이나 흥미로운 콘셉트로 여행한 경우. 오지 여행, 도보 여행, 바이크·자전거·캠핑카 등의 독특한 이동수단, 노모나 어린 아이 등 이색적인 동행자와 함께한 여행 등을 들 수 있다.

④ **테마가 독특하다**: 흔하게 가는 여행지라도 자신만의 시각과 테마, 또는 특정 분야에 대한 해박한 지식과 애정으로 색다른 매력을 부여하는 경우. 예술, 문화, 음식, 서브 컬처, 자동차, 문화유산 등 다양한 주제가 가능하다.

⑤ **지역이 차별화된다**: 사람들이 일반적으로 잘 가지 않는 여행지를 여행하고 그곳에 대한 이야기를 흥미진진하게 풀어놓은 경우. 재미있는 에피소드와 적당한 정보까지 첨가되면 금상첨화.

⑥ **저자가 눈에 띈다**: 고령이나 저연령, 장애인, 종교인 등 여행을 쉽게 다닐 수 있을 것 같지 않은 조건의 여행자, 다양하고 화려한 이력의 소유자 등이 낸 여행기는 글이나 콘텐츠의 퀄리티가 어떻든 그 사람에 대한 흥미 자체로 사람들의 눈길을 끈다. 연예인이나 저명인사가 낸 여행기도 이 부류라 할 수 있다.

## 에세이를 쓸 때 우리가 알아야 할 것들

여행 에세이의 본질은 두 가지라고 생각한다. 첫째는 남에게 들려주는 나의 여행 이야기. 둘째는 현실을 재료로 한 문학. 나의 여행 이야기를 남들에게 좀 더 재미있고 매력적으로 들려주면서 어느 정도 문학성도 갖출 수 있는 몇 가지 방법을 소개한다.

① **표현과 묘사는 디테일하게** : 여행 중 만나는 풍경은 대충 다 멋지고 아름답다. 여행의 순간들도 대충 다 좋다. 이걸 그냥 '멋지고 아름다웠다' 내지는 '좋았다'로 끝내서는 안 된다. 어떻게 멋지고 아름다웠는지, 왜 좋았는지 그 세세한 표사와 감정을 기억해내서 써라. 디테일하면 디테일할수록 좋다.

■ 무라카미 류는 《무라카미 류의 요리소설집》에서 고기의 부드러운 식감을 표현하기 위해 '입 저 안쪽의 점막을 아기의 혀가 애무하는 듯한 느낌'이라는 표현을 썼다.

② **솎아내라** : 여행의 모든 순간은 특별하다. 그중 가장 특별하고 중요한 사건과 순간을 뽑아내고 나머지는 모두 가지치기해야 한다. 주제의 맥락과 상관없는데다 딱히 재미나 의미 있게 엮어낼 수 없는 소소한 순간들은 미련 없이 뽑아낸다. 모든 여행의 순간을 주르륵 나열한 것은 에세이라기보다 그냥 일기다.

③ **그곳의 이야기를 들어라** : 여행으로 떠난 모든 곳에는 사연과 역사가 깃들어 있다. 먼저 이곳을 밟고 간 선인들이 남긴 기록도 좋고, 현지인들에게 전해 내려오는 전설과 에피소드, 또는 그곳을 담았던 영화나 방송, 기타 문화 콘텐츠도 좋다. 여행지와 연관 지을 수 있는 명언이나 절구, 시구 등이 있다면 글 안에 담아보자.

④ **나만의 표현법을 찾아내자** : 남들도 다 쓰는 표현이 아닌, 나만의 느낌을 온전히 담아낼 수 있는 표현법을 찾아내보자. '근사하다', '가슴이 두근거렸다', '눈을 빼앗겼다', '뜻깊은 시간이었다' 등 클리셰조차 못

되는 평범한 표현 말고, 좀 더 나만의 감정과 시선에 가까운 표현을 찾아내는 거다. 가장 쉬우면서도 효과적인 것은 비유법. 독창적이고 기발한 비유는 언제나 유효하다.

⑤ **구어체와 유행어, 속어를 삼가자** : 비속어와 유행어를 누구보다도 현란하게 사용할 줄 아는 내가 하는 말이니 믿어도 된다. 구어체나 유행어, 속어 등은 언뜻 몹시 발랄하고 트렌디할 것 같지만, 인쇄 매체에 얹어놓으면 정말 부끄러울 정도로 없어 보인다. '내박,' '핵간시'보나는 평범하기 짝이 없는 '근사하다', '멋지다'가 차라리 낫다. 이모티콘은 절대 금물.

## 에세이를 쓰려는 당신에게 필요한 조언

① **미문에 집착하지 마라** : 아름다운 문장으로 쓰인 에세이는 시대를 막론하고 사랑받는다. 그래서 에세이를 쓰고 싶은 사람들 대부분은 아름답고 세련된 수사와 비유를 사용한 미문을 선호하는 경향이 강하고, 자신의 글이 수준에 미치지 못한다고 생각하면 자괴감에 빠지곤 한다.

결론만 말하자면, 전혀 그럴 필요 없다. 물론 주제에 상관없이 문학성이 뛰어난 글을 쓰는 재능을 가지고 있으면 참 좋다. 매우 좋다. 몹시 좋다. 평범한 여행이거나 식상한 테마일지라도 문장력이 받쳐주면 급이 다른 작품이 탄생할 수 있다.

그러나 필수는 아니다. 오히려 어깨에 힘 잔뜩 주고 현란한 수사로 도배해가며 미문을 '흉내' 낸 글은 재미도 감동도 없고 오로지 읽기만 힘들 뿐이다. 또한 실제보다 과장된 수식으로 도배한 여행 에세이는 다음 여행자에게 독이 될 수 있다. 화려하고 예쁜 옷이라도 내 몸에 안 맞으면 다 소용없다. 수수하고 평범하지만 내 체형에 잘 맞고 맵시 있는 옷처럼, 아름답지는 않더라도 내 여행과 세계관에 가장 어울리는 글을 쓸 수 있다면 충분하다.

미문은 타고난 재능에 수많은 인생 경험, 다독과 사색이 만들어내는 결과다. 당신의 여행과 글이 무르익도록 시간을 두고 기다리며 쓰고 또 쓰기를 바란다(나도 아직 기다리는 중이다!).

② **거짓말하지 마라**: 내가 하지 않은 여행 경험, 내가 느끼지 않은 감정, 내가 보지 않았던 풍경을 마치 내 것인 양 쓰지 말자. 이것은 작가로서 뿐 아니라 인간으로서 양심에 대한 문제다. 요즘 세상에는 언젠가 반드시 들통난다. 당신의 여행을 함께했던 사람들과 앞으로 그 길을 밟아가며 의심하게 될 모든 사람을 암살할 수 있는 게 아니라면, 사람들은 어느 순간 당신의 거짓말을 반드시 알아챈다. 만일 아무에게도 들키지 않을 정도로 완벽한 거짓말로 여행의 순간과 풍경을 꾸며낼 수 있다면, 여행 에세이가 아니라 소설을 쓰는 게 더 적성에 맞을 것이다.

③ **허세 부리지 마라**: 여행자는 멋져 보인다. 그 자체로 누군가의 동경의 대상이 되기 충분하다. 당신의 가장 진솔한 모습, 지금 눈높이에서 바라본 세상의 모습을 있는 그대로 쓴대도 그것이 매력적이기만 하면 사람들은 충분히 박수를 쳐줄 준비가 되어 있다. 애쓰지 않아도 된다. 잘 알지 못하는 어려운 단어를 용법에 맞지 않게 쓴다거나, 다른 여행자들의 머리 꼭대기에라도 있는 양 훈계를 늘어놓는다거나, 이렇다 할 조예를 갖추지 못한 얄팍한 지식을 전문가라도 되는 양 늘어놓으면, 세상의 반응은 당신이 원했던 것의 정반대로 돌아오게 될 것이다. '와,

저 사람 우스워 보인다'라고.

④ **기죽지도 마라**: 에세이를 쓴다는 것은 자기 자신을 고스란히 드러내는 행위다. 책이 더 많이 팔리고 이름이 세상에 알려질수록 나를 덮고 있던 흙이 조금씩 씻겨 나가고 장마 후의 돌부리처럼 말간 민낯이 세상을 향해 모습을 드러낸다. 때로는 공격받을 일도 생긴다. 어떻게 책 한 권 보고 그 사람을 판단할 수 있냐고 생각하겠지만 불행히도 세상에는 그렇게 판단해버리는 사람들이 존재한다. 그것도 꽤 많이.

그러나 두려워하지 말자. 글이라는 건 내 생각을 엮은 타래다. 내 생각, 내 사고방식 그 자체를 파는 거다. 그런 거 할 사람이 기껏 낯짝 좀 팔리고 멘탈 좀 무너지는 게 무서우면 어떻게 하나. 스스로에게 당당하자. 나를 세상에 드러내는 데 그에 따라올 수 있는 비호의적인 시선에 너무 쫄지 말자.

⑤ **내가 재밌어야 독자도 재밌다**: 독자들은 예민하다. 이 에세이가 그냥 출판사 계약 때문에 어거지로 쓴 건지, 아니면 정말 작가 자신에게 의미 있는 여행 경험이었는지, 독자들은 하나도 모르면서 다 안다. 전해지기 때문이다. 글은 비록 엉망이고 사진조차 볼 것 없을지라도, 작가의 재미와 애정과 흥분과 에너지는 행간과 페이지 구석구석에 고루 묻어 독자를 찾아간다.

그래서인지 여행 에세이 분야의 베스트셀러 중에는 작가의 첫 작품이 상당히 많다. 가장 순수한 자세에서 여행의 흥분과 감동을 고스란히 써내려갔기 때문이 아닐까 한다. 그러니 가장 재미있는 여행기를 쓸 수 있는 지금 이 시점에, 괜히 어깨에 힘주지 말기를 당부한다.

# 여행 가이드북

## 쓰기

나는 가이드북 작가야말로 여행작가의 본령에 가까운 사람이라 생각한다. 한 지역을 여행의 관점으로 깊숙이 이해하고, 발로 뛰며 정보를 샅샅이 찾아낸 뒤, 글과 사진으로 가공하여 책으로 펴낸다. 여행에 대한 글을 '전문적'으로 쓰는 사람이라는 정의에 이보다더 가까울 수 있을까?

가이드북 만드는 법을 제대로 쓰자면 책 한 권을 다 써도 모자랄 것이다. 여기서는 어떤 과정으로 만들어지는지, 가이드북 글쓰기에서 알아야 할 것은 무엇인지 간단하게 알리려 한다.

### 가이드북 기획, 이렇게 진행된다

가이드북은 기획 단계에서부터 아주 섬세하고 치밀하게 진행된다.

어느 정도 윤곽이 드러난 기획이 있어야 저자는 취재와 집필의 가이드라인을 잡고, 출판사는 제작 기간과 과정 및 예산 집행의 계획을 세울 수 있다. 모든 서적류를 통틀어 가장 많은 제작 시간과 품과 비용이 들어가는 것이 가이드북이고, 한번 잘 만들어 놓으면 업데이트를 통해 10년 이상도 살아남는 것 또한 가이드북이다. 그래서 어느 회사든지 혹은 어느 여행 시리즈든지 기획 단계부터 저자와 출판사가 힘을 합쳐 꼼꼼하게 공을 들이는 과정이 필수적이다.

### ① 시리즈의 성격을 결정한다

모든 가이드북은 기획 단계에서 시리즈를 염두에 둔다. 한 권 한 권 마케팅을 하기보다는 시간을 두고 시리즈 자체의 브랜드 가치를 키워가는 전략을 짠다. 단권으로 출간된 가이드북도 있긴 하지만 정말 소수이고, 그 또한 시리즈를 염두에 두었지만 뜻대로 되지 않아 낙동강 오리알이 된 경우가 태반이다(시리즈를 원활히 운영할 제작 시스템과 노하우가 없으면 제대로 된 가이드북을 만들기는 쉽지 않다).

시리즈의 성격과 포맷은 대부분 출판사에서 결정하는데, 시장 상황과 회사의 역량, 편집진의 취향 등 여러 요소가 고려된다. 이후 기획과 제작의 키 또한 아주 베테랑 저자 아닌 다음에야 출판사 쪽에서 쥐고 움직이는 경우가 많다. 현재 시장에 유통되고 있는 가이드북 시리즈의 성격 유형은 대략 다음과 같다. 한 시리즈가 여러 유형을 망라하는 경우도 있고, 한 유형만 집중하는 시리즈도 있다.

• 국가/대륙/지역 가이드북 : 미국·유럽·호주·남미·인도·중국·동남아 등 한 나라 및 넓은 지역을 전체적으로 다루는 가이드북. 주로 한 나라나 대륙을 장기간 일주하는 여행자들을 타깃으로 하여 국가 및 도시 간 이동 정보와 대표적인 국가 또는 도시의 유명 관광지 중심의 정보를 다룬다. 지역의 범위가 좁으면 좁을수록 좀 더 세밀한 스폿 설정이 가능하다. 그야말로 대공사가 필요한 작업이다.

• 시티 가이드북 : 도시 한 곳을 집중적으로 탐구하는 가이드북. 지역에 따라서 3~4개 도시를 엮어서 만들기도 한다. 최장 2주, 일반적으로는 3~5일 일정으로 도시 여행을 즐기는 휴가 여행자 중심의 여행 정보를 다루는 경우가 많다.

• 테마 가이드북 : 최근 등장한 형태로 일반 가이드북처럼 여행에 필요한 정보를 백화점식으로 나열하는 것이 아니라, 저자의 취향에 따라 선별 및 발굴한 정보를 테마 단위로 묶어서 소개하거나 아예 일정 테마에 집중된 정보를 선보인다.

### 에세이형 가이드북 : 두 가지 욕구를 모두 충족시킨다

독자가 여행서를 읽는 이유는 여행의 대리 만족과 다음 여행을 위한 정보이다. 보통 전자는 에세이, 후자는 정보서의 역할이지만 독자들은 어떤 장르의 책을 읽어도 두 가지를 다 원하는 것이 사실이다. 한 권으로 정보와 대리 만족을 동시에 얻고 싶어하는 욕구가 있는 것이다.

이런 욕구에 맞춰 정보서의 글을 다소 부드럽게 쓴다거나 에세이에 정보를 싣는 등으로 타협하곤 했는데, 최근에는 아예 에세이에 추천 스폿, 지도, 노선도, 여행 팁 등의 가이드북 요소를 도입한 에세이형 가이드북이 나오고 있다. 지면의 한계로 정보는 일반 가이드북에 비해 훨씬 적지만 독자들에게 편하게 다가가는 에세이 덕분에 여행 초보들에게는 높은 지지를 받곤 한다.

## ② 지역을 선정한다

어떤 지역의 가이드북을 만들 것인지는 대부분 출판사에서 정한다. 시리즈를 론칭하는 단계라면 가장 보편적이고 시장성이 큰 지역 위주로 선정하고, 궤도에 올라간 시리즈라면 다소 실험적이고 덜 알려진 지역도 만든다.

'가장 보편적이고 시장성이 큰 지역'은 어디일까? 우리가 일반적으로 자유여행으로 가장 많이 가는 곳이 시장도 가장 크다. 내륙이나 나라로 치면 유럽, 미국, 일본이고, 도시로 치자면 뉴욕, 파리, 오사카, 홍콩, 싱가포르이다. 이런 지역은 판매가 보장되기 때문에 어떤 시리즈를 구상하든 가장 먼저 염두에 두게 된다.

그다음 지역은 방콕, 상하이, 베이징, 쿠알라룸푸르, 이탈리아, 런던 및 영국, 프라하를 위시한 동유럽, 캐나다, 스페인, 터키, 오키나와, 홋카이도 등의 지역으로, 앞서 얘기한 메이저 지역보다는 약간 떨어지지만 어느 정도 시장성이 있는 곳들이다. 이 지역들은 시리즈가 시장에 안착했거나 확실한 저자가 확보되었을 경우에 진행한다. 최근에는 대만, 크로아티아, 하와이가 급부상하며 이러한 '괜찮은 시장성'의 대열에 합류했다. 특히 대만은 무섭게 성장하고 있어 조만간 '무조건 기본 이상'의 메이저 여행지가 될 듯하다.

인도, 동남아시아, 남미, 아프리카, 몽골, 아이슬란드, 코카서스 등 여행자들이 동경하지만 쉽게 가지 못하는 지역은 가이드북을 만들면 무조건 잘 팔릴 것이라고 생각하는 사람들을 꽤 많이 봤다. 여행 정보를 찾기도 쉽지 않고 시중에 책도 거의 없으니 내놓기만 하면 팔리지 않겠냐는 것이다. 안타깝지만 현실은 그렇지 않다. 가이드북은 시장의

영향을 크게 받는 상품이기 때문에, 시장이 없으면 판매도 없다. 독자는 못 가는 여행지에 대해서는 책도 안 사본다. 이와 반대로 리조트만 잘 잡으면 별 정보 없이도 즐길 수 있는 휴양지나 패키지 여행으로 주로 가는 여행지도 시장성이 떨어지는 마이너 지역으로 본다.

그러나 아무리 마이너 지역이라도 잘 팔리는 책이 딱 한 권은 나오곤 한다. 잘나가는 지역의 기본만도 못할지라도 꾸준히 팔리고 바이블 소리도 듣는다. 그런 책의 이유를 분석해보면 딱 하나. 가장 잘 쓴 책이다. 정보가 많든, 문장이 좋든, 지식의 깊이가 있든, 종합 점수로 따지면 그 지역에 대해 다룬 가이드북 중 가장 완성도가 높은 책 딱 한 권은 살아남는다.

### ③ 저자를 섭외한다

가이드북 저자 섭외는 7할의 '혹시 이 지역 가이드북 한번 써보실래요?'와 3할의 '제가 이 지역 가이드북 좀 써보면 안 될까요?'로 구성된다. 즉, 출판사 쪽에서 섭외하는 경우가 대부분이나 저자 쪽에서 먼저 제안하기도 한다.

출판사 측의 저자 선정은 주로 편집자들이 갖고 있는 기존 작가 인맥 안에서 이뤄진다. 여행서 및 실용서 분야에서 잔뼈가 굵은 편집자들은 오랜 신뢰를 쌓아온 작가군을 보유하고 있기 마련이고, 이 작가군 안에서 대부분의 메이저 지역을 소화한다. 그러나 인맥에는 한계가 있기 때문에 소화하지 못하는 지역도 분명히 나오게 된다. 이럴 때는 파워 블로거 섭외나 지인 루트 등 외부 픽업 과정으로 충당하는데, 기존에 투고를 했던 작가 지망생 중 괜찮아 보이는 필자에게 연락을 하는 경우도 있다(나는 21페이지에서 언급한, 유럽 여행기를 거절인 듯 거절 아닌 거절을 했던 출판사로부터 그 이후 미국 가이드북에 저자로 참여해보지 않겠냐는 제의를 받은 바 있다).

대부분 저자는 출판사 쪽에서 섭외하지만, 해당 시리즈에서 아직 출간되지 않은 지역이라면 얼마든지 저자 쪽에서 먼저 제안할 수 있다. 이 경우도 인맥과 안면으로 엮이는 것이 대부분이나 직접 연락 및 투고도 불가능하지는 않다. 출판사는 언제나 좋은 콘텐츠에 목이 마르다.

만일 지금까지 가이드북 작업을 전혀 해보지 않은 아마추어 지망생이거나 아직 여행서 시장에 눈이 밝지 않은 신인작가가 스스로 지역을 골라서 작업해보고 싶다면, 다음의 두 가지 내적 동기에서 출발하는 것을 권하고 싶다. 첫 번째는 '나는 이 지역을 매우 사랑하고 잘 알기 때문에 남들에게도 알려주고 싶다', 두 번째는 '긴 시간 지켜보니 방문객 수는 충분한데 이 여행지를 제대로 다룬 책이 없으니 내가 하나 써보겠다'이다.

첫 번째는 해당 지역에 대한 애정과 노하우, 두 번째는 그 지역 여행 시장에 대한 체험에서 비롯되는 동기로서, 둘 다 해당 지역에 대한 경험과 지식이 어느 정도 쌓이지 않으면 결코 나올 수 없다. 이러한 동기에서 출발한 책들이 충실하고 노련하게 만들어지고, 여행작가들은 대부분 이런 마음으로 책을 만든다. 그러니 '요즘 뜨는 것 같아서'나 '그 동네 책 내면 잘 팔릴 것 같아서' 정도의 동기라면 아마 계약 근처까지 가는 것도 쉽지 않을 것이다. 이미 그 지역에 대한 애정과 전문성으로 똘똘 뭉친 작가들이 근사한 기획서와 목차를 들고 출판사를 선점하고 있을 테니까 말이다.

### ④ 목차를 구성한다

기획 단계의 하이라이트이자 가장 힘든 고비다. 이 고비를 넘기면 취재와 집필이라는 본격 작업 과정이 기다린다. 안정적으로 자리 잡은 시리즈는 목차의 포맷이 정해져 있기 때문에 그나마 수월하지만, 새로 론칭하거나 전면 개편할 때는 포맷 정하는 데만 몇 달씩 소요하기도 한다.

목차는 작가와 편집진의 이전 여행 경험과 각종 문헌 자료, 인터넷 검색, 주변인 탐문 등의 재료로 만들어지고, 1차 완성된 목차를 바탕으로 취재 리스트 또한 결정된다. 취재 후 현지의 사정과 저자의 판단, 취재의 완성도에 따라 목차를 몇 차례 수정하는 일도 흔하다. 세부적인 요소는 회사나 시리즈마다 천차만별이지만, 가장 기본이 되는 포맷은 다음과 같다.

• 앞부속 : '앞붙이'라고도 한다. 해당 여행지에 대한 개괄적인 소개 및 여행 욕구를 자극할 수 있는 다양한 특집 정보로 구성된다. 각종 화보, 개괄적인 지리를 소개하는 지도, 여행지 하이라이트, 국가 및 지역의 역사적·지리적·인구통계학적 정보, 여행 준비 정보, 출입국 정보, 교통 정보, 추천 루트 등이 들어간다.

• 본문 : 여행지에 대한 본격 정보가 들어간다. 가장 고전적인 포맷은 소개 지역을 세분화하여 각 세부 지역의 관광, 음식, 쇼핑, 숙박 정보를 싣는 것이다. 예를 들어 스페인 가이드북이라면 스페인을 바르셀로나-마드리드-세비야-말라가 등의 도시로 세분화하고, 각 도시를 다시 행정구역 및 관광 지구별로 세분화한다. 바르셀로나라면 라 람블라·고딕 지구 주변-몬주익 지구 주변 등으로 분류하고, 각 지구의 관광지, 맛집, 쇼핑 스폿, 추천 숙소를 싣는 것이다. 아웃도어 액티비티를 비롯한 각종 체험이 중요한 여행지나 그 지역에서 중요한 스폿이나 예술가, 여행 테마 등이 있으면 특집 페이지를 만들 수도 있다. 최근의 테마 가이드북은 관광, 음식, 쇼핑, 숙박의 고전적인 분류 대신 저자가 설정한 다양한 테마로 정보를 묶는다.

• 뒷부속 : 여행에 필요한 자잘한 정보 및 색인이 들어간다.

### 가이드북 취재의 7가지 기본기

작가가 주인공이 되어 자신의 시각으로 세계를 담기 위해 떠나는 것이 에세이의 여행이라면, 가이드북의 취재는 철저하게 다른 여행자의 입장이 되어 그들이 알아야 하고 필요로 하는 정보를 발굴해내기 위해 떠난다. 그렇기 때문에 리스트 작성부터 실제 취재 과정까지 상당한 성실성과 꼼꼼함이 요구된다. 원칙은 하나. 리스트의 모든 곳을 직접 발로 뛰어 오감으로 확인하는 과정을 거친다. 요령과 꼼수를 부리면 독자가 가장 먼저 안다.

① **공부하고 취재하자** : 가이드북이란 독자를 이전에 경험하지 못한 곳으로 안내하는 책이고, 그 경험하지 못한 모든 것은 그 나라의 역사적·사회적 맥락 안에 구축되어 있다. 관광 정보뿐 아니라 역사와 문화에 대해서도 지식을 구축하도록 공부하는 것을 권한다. 내가 알아야 남도 가르쳐준다.

② **리스트는 언제나 +α** : 목차를 정하면 그에 따라 취재 리스트도 얼추 정해진다. 부분 집필이나 업데이트 취재는 출판사에서 취재 리스트를 아예 정해주기도 한다. 그러나 책상 위에서 경험과 자료만 가지고 만드는 리스트에는 한계가 있기 마련이고, 현지에 가면 새로운 정보와 아이템, 스폿 들이 눈에 보인다. 취재 리스트에는 언제나 빈자리를 넉넉히 마련해둘 것.

③ **귀는 얇게, 눈은 높게** : 어디에 진짜배기가 숨어 있을지는 아무도 모른다. 그러므로 현지 취재에서 만난 새로운 정보나 아이템에 대해서는 '귀가 얇게' 굴 것. 곳곳에서 들려오는 '저 집 맛있어요', '거기 괜찮던데요?' 등에 '흥, 너희가 뭘 알아'라는 시건방은 저 멀리 치워둘 것. 시간이 허락하는 한 무조건 경험해보고 판단하자. 다만 해본 뒤의 판단

175

은 아주 까다롭고 엄정하게 내려야 한다.

④ **뭔지 몰라도 일단 찍어라** : 여행작가는 안구에 카메라를 심는 것이 좋다고 했지만, 가이드북 취재라면 양손에 하나씩 더 심어도 좋을 정도다. 책 작업 시, 어떤 사진과 정보가 필요하게 될지 모르므로 성당의 내부, 거리의 벽화, 어쨌든 멋진 건물, 사람들이 줄 서 있는 건물이나 식당 등등 심상치 않은 오라를 풍기는 건 일단 무조건 찍어두자.

⑤ **여행자에게 필요한 디테일** : 관광지와 맛집, 쇼핑 명소와 숙소가 가이드북의 기본이지만, 여행자에게 필요한 정보는 그뿐만이 아니다. 공항과 기차역의 구석구석, 곳곳을 잇는 교통수단, 대형마트·약국·편의점·ATM·우체국·관광 안내소·빨래방 등의 편의 시설 또한 빼놓지 말아야 한다. 만일의 상황을 대비하여 파출소의 위치도 꼭 체크해둘 것.

⑥ **구글맵을 너무 믿지 마라** : 가이드북 취재에서 빼놓을 수 없는 중요한 작업은 바로 지도 제작. 책 속 실측 지도에 들어갈 각 스폿의 위치를 정확하게 파악해야 한다. 최근에는 구글맵이라는 괴물이 과거보다 오만 배는 정교하게 스폿의 위치를 특정해주지만, 불행히 만능은 아니다. 아시아는 방콕 같은 대도시조차 정확하지 않을 때가 흔하고, 유럽의 작은 시골 마을은 등고선과 길 몇 개로 끝날 때도 있다. 직접 눈으로 확인하고 종이 지도 위에 위치를 표시해둘 것.

⑦ **입장료와 개폐 시간 정확히** : 어느 스폿을 취재하든 제일 먼저 입장료와 개폐 시간을 확인하여 메모하거나 사진으로 찍어둘 것. 요즘은 인터넷으로 알 수 있기도 하지만, 작은 레스토랑이나 성당, 인터넷이 발달되지 않은 국가의 스폿들은 아무리 뒤져도 나오지 않을 때가 많다.

## 본격 가이드북 글쓰기 작전

취재를 통해 재료를 잔뜩 구비했다면 이제는 본격적으로 요리를 할 차례다. 일단 가이드북 글쓰기의 기본은 '책이 되는 문장의 기본'과 크게 다르지 않다. 깔끔하고 문법에 맞을 것. 간결하고 명료할 것. 이게 뭔 소린지 한 번 읽고 파악할 수 있을 것. 즉, '읽기 좋은 것'이 최소의 미덕이라고 생각하면 된다.

미리 말해두지만 가이드북은 정말 대공사다. 절대적인 글의 작업량도 많은데다 사진이니 지도니 각종 노선도니 챙겨야 할 정보도 징그러울 정도로 많다. 언뜻 보기에는 거의 모든 콘텐츠가 짧은 토막글로 이루어져 있으니까 글쓰기가 그나마 만만해 보일 수 있으나, 쉽게 봤다가는 큰 코 다친다.

① **6~8줄에 삼라만상을 담는다** : 한글프로그램에서 함초롬바탕체에 자간 행간 전부 디폴트로 놓고 폰트 10으로 했을 때 6~8줄, 원고지 매수로 1~1.5매가 세부 스폿, 레스토랑, 숙소 등을 소개하는 글의 적정 분량이다. 정해진 규칙은 아니며, 시리즈나 작가마다 쓰는 분량은 천차만별이다. 그러나 일단 6~8줄이면 어떤 스타일의 편집에도 무난하게 맞다. '글을 6~8줄만 쓰면 된다'는 천진난만한 생각보다는 '긴 역사와 다양한 디테일을 자연스럽게 잘 읽히는 문장으로 6~8줄으로 압축해서 써야 한다'는 부담을 갖는 쪽을 권한다.

② **초보의 눈높이에 맞추자** : 가급적이면 처음 떠나는 여행자의 눈높이에 맞추자. '여행 선수가 보고 욕하면 어떡하지?'라는 생각에 눈높이를 올리는 사람들이 있는데, 그럴 필요 없다. 비행기 티켓과 여권만 있으

면 어디든 갈 수 있는 사람들이 가이드북을 왜 구매하겠는가. 가끔 '어디 얼마나 잘 썼는지 내가 판단해주마'라는 태도로 책을 보는 여행 선수들이 있긴 한데, 그런 비뚤어진 비판 정신까지 챙기다 보면 내가 늙는다. 오히려 생초보용 정보는 필요할 수도 있다. '이거 모르는 사람이 어딨어?'라고 생각할 수 있겠지만, 초보 입장에서는 '그것도 모르기 때문에' 사는 것이다.

③ **필수 요소를 챙기자**: 주소, 전화번호, 영업시간, 휴무일, 입장료, 홈페이지는 그 어떤 스폿에서도 기본적으로 들어가야 한다. 못 쓰는 경우는 어쩔 수 없다. 산꼭대기에 있는 돌부처상 하나 덜렁 놓여 있는 곳이라면 영업시간이니 홈페이지 따위가 아예 존재할 수 없으므로 어쩔 수 없이 패스. 그러나 엄연히 있는 곳을 안 적는 것은 직무유기다. 나중에 교정 교열 과정에서 가장 시간을 많이 쓰는 것도 이런 주소나 전화번호 등을 크로스체크 하는 것이다.

④ **객관적인 사실만 건조하게 쓴다**: 가이드북의 글은 역사, 유래, 맛, 질감, 특징, 가격, 여행 팁 등 오로지 사실만으로 구성된다. 간결하고 건조한 문체로 전달할 것. 추상적인 수사 및 복잡하고 문학적인 표현은 자제한다. 다만 여행자의 판단을 해치지 않을 정도의 적절한 위트나 감성적인 표현은 글의 윤활유 역할을 할 수 있다.

⑤ **저자의 모습은 감춘다**: 교과서의 글이나 신문 기사처럼 사실을 전달하는 글에서는 저자의 모습이 보이지 않는다. 가이드북도 마찬가지로, 적어도 본문 안에서는 저자의 개인적인 감상이나 에피소드는 가급적 자제하고 모든 감상과 평가는 전적으로 여행자의 몫에 맡기는 것이 좋다. 저자가 모습을 드러낼 필요가 있을 때는 별도의 칼럼 형태로 쓰는 편을

권한다. 다만 최근의 테마 가이드북이나 에세이형 가이드북에서는 저자가 주인공으로 전면에 등장하여 자신의 목소리를 내기도 한다.

⑥ **부정적인 표현은 삼갈 것** : 감상은 독자에게 전적으로 맡기는 것이 이상적이지만, 긍정적인 감상은 여행에 대한 기대를 높일 수 있으므로 어느 정도 허용되는 편이다. 다만 부정적인 표현과 수사는 되도록 삼가는 것이 좋다. 독자에게 '그래서 가라는 거야 말라는 거야?'와 같은 혼란을 줄 수 있기 때문. 부정적인 표현이 꼭 필요한 경우에는 그 부정적 상황을 피할 수 있는 정보가 필수이다.

⑦ **크로스체크는 의무다** : 책에 들어가는 모든 팩트, 특히 역사적 사실이나 중요 정보는 반드시 여러 차례 확인해야 한다. 한 곳의 정보만 보고 '맞네?' 하고 넘어가지 말고, 적어도 서너 곳을 뒤져서 크로스체크를 할 것. 한 책에서 표기를 잘못한 것을 여러 책에서 확인 없이 받아 적는 바람에 지금까지도 틀린 지명地名이 종종 돌아다니는 걸 볼 수 있다. 이 업계의 부끄러운 점 중 하나라고 생각한다.

가이드북은 기획과 제작의 키를 출판사 측에서 쥐고 있기 때문에 어떤 출판사, 어떤 시리즈인가가 성패를 좌우할 때가 많다. 그렇다면 좋은 가이드북 출판사의 요건은 무엇일까. 시중의 가이드북 시리즈 중 오랫동안 사랑받으며 유지되고 있는 시리즈는 이런 요건을 갖춘 회사에서 제작했다고 봐도 무방하다. 적지 않은 비용과 품이 들어가기 때문에 어지간한 출판사에서는 마구 졸라도 잘 안 해주는 것들이다.

**① 전문 편집자의 협업** : 가이드북을 만드는 동안 편집자는 전지전능한 사람이 되어야 한다. 기획과 제작에 모두 능하며 꼼꼼해야 한다. 페이지 하나하나마다 디자인이 들어가는데다 저자가 쓴 정보를 일일이 크로스체크해야 하기 때문이다. 여행서, 특히 가이드북 분야에서 잔뼈가 굵은 전문 편집자만이 이 모든 환란의 과정을 체계적이고 능수능란하게 해낼 수 있다. 다른 실용서 장르를 만드는 편집자가 여행서도 함께 만드는 경우는 흔하지만 가이드북만은 여행서 전문, 기왕이면 가이드북 전문 편집자가 만드는 것이 좋다.

**② 정확한 지도 제작** : 정확하고 보기 쉬운 실측 지도를 싣는 것은 가이드북

의 기본이다. 가이드북 시리즈 〈론리 플래닛〉이 세계적으로 칭송받는 큰 이유 중 하나도 바로 지도이다. 제작이 쉽지 않고 별도 비용이 지출될 수도 있기 때문에 출판사에서 상당히 어렵게 생각하는 부분이다. 좀 과장해서 말하면 지도에 대한 태도가 그 회사의 가이드북에 대한 태도라고도 볼 수 있다.

**③정기적인 업데이트 개정판 작업**: 책이 유통되는 동안 바뀐 현지 정보를 모아 책의 내용을 수정하여 개정판을 내는 것. 여행 정보는 변화무쌍하게 살아 움직이므로 시리즈를 제대로 운영하려면 당연히 정보 수정을 해줘야 한다. 보통은 1~2년 단위로 업데이트 개정판을 내고, 사소한 정보는 수시로 고친다. 업데이트는 가이드북의 신뢰를 유지시키는 방법이자 책을 시장에서 오랫동안 존속시키는 길이지만, 개정판을 내기 위해서는 편집도 다시 손봐야 하고 재고 관리도 까다롭기 때문에 '차라리 신간을 한 권 더 내겠다'며 달가워하지 않는 출판사나 편집자도 많다. 그러나 가이드북은 1년만 지나도 정보가 낡기 때문에 업데이트를 하지 않는다는 것은 책을 1~2년만 유통하고 말겠다는 얘기랑 똑같다.

# 기획물 쓰기 :
## 《금토일 해외여행》을 중심으로

여행 기획물이란 지역 가이드북을 제외한 모든 여행 정보서를 말한다. 여기서 '기획물'이라고 부르는 종류의 책에는 바로 '기획'에 그 핵심이 있다. '기획'의 영역인 핵심 아이템과 문장 스타일, 사진 사용 방식, 편집 등은 아주 다양하게 구현될 수 있으나 이후 취재, 집필, 제작 과정은 가이드북과 거의 대동소이하다.

내가 작업한 책들 중에서 기획물인《금토일 해외여행》의 기획-제작 과정을 통해 기획물 쓰기를 소개해보려 한다. 가장 오랜 기간 공을 들여 기획한 책이라 얘깃거리도 많거니와 내가 낸 책 중에 가장 높은 판매고를 기록하여 한동안 경제적으로 윤택하게 만들어준 효자 아이템이므로 부끄럽지 않게 그 과정을 공개한다.

## 3가지 키워드 : 주말여행, 일정, 여행의 제철

첫 번째 키워드는 '주말여행'이었다.

가이드북 《밤도깨비 도쿄》 작업 이후, 나는 줄곧 주말 해외여행에 대한 관심을 놓지 않고 있었다. 2007년과 2008년에 걸쳐 두 번 도쿄에 장기 체류를 했었는데, 밤도깨비 상품 덕인지 주말마다 도쿄 시내 구석구석에서는 일본어만큼 한국어가 많이 들려왔다.

나는 시장조사를 꼼꼼하게 해보았다. 실제로 주5일제의 본격 실시 이후로 직장인들의 주말 해외여행은 성황을 이루는 중이었다. 주로 주말에 휴가 하루만 붙이면 충분히 여행 가능한 일본의 도쿄, 오사카, 후쿠오카와 홍콩, 방콕, 세부 등이 주말 여행지로 각광받고 있었다. 게다가 곧 저가 항공이 국제노선을 취항한다는 소식도 솔솔 들려왔다.

그러나 정작 여행서 시장에서 주말여행이란 썩 각광받는 주제가 아니었다. 주말여행용을 표방한 콤팩트 시티 가이드북이 몇 권 나와 있기는 했는데 성적은 시원치 않았다. 이 부분이 흥미로워 나는 좀 더 조사를 했다. 그 결과, 가이드북을 구매하는 사람들은 여행 기간에 관계없이 두껍고 상세한 책을 선호하는 경향이 있다는 결론을 내렸다. 어차피 두꺼운 책으로 만들려면 주말여행으로 한정 지을 필요는 전혀 없을 터였다. 나는 지역 가이드북은 배제하기로 했다.

가이드북이 아닌 주말여행 책. 아무리 생각해도 가능성은 충분한 아이템인데. 이걸 어떤 식으로 구현해야 시장에서 먹히는 걸까. 무언가 단서가 더 필요했다.

두 번째 키워드를 준 것은 내 동생이었다.

2008년 정도로 기억한다. 일본 여행을 준비하던 동생이 가이드북을 한 권 사들고 왔다. 쓱 훑어봤더니 세상에 300페이지짜리 가이드북에 추천 일정이 절반인 거다. 이런 책이 무슨 도움이 되겠냐고 동생을 마구 비난했다. 그러나 동생은 꿋꿋했다. 자기는 여행 초보이고 회사 다니느라 바빠서 가이드북 한 권 제대로 읽을 시간이 없기 때문에 이렇게 숟갈로 일일이 떠먹여주는 추천 일정이 큰 도움이 된다는 것이었다. 볼거리며 식당같이 조금만 뒤지면 흔하게 나오는 정보보다는 이것을 어떤 식으로 조합해야 괜찮은 여행이 될지가 진짜 조언이 필요한 부분이라는 애기였다. 나는 동생에게 책을 뺏어 판권 페이지를 펼쳐보았다. 책의 중쇄 수를 보고 판매 실적을 한번 가늠해보려는 목적이었다. 잘 팔리는 책이었다. 그것도 꽤나.

그 후 나는 시선을 바꿔보았다. 정말 '일정'이라는 것이 예비 여행자들에게 얼마나 중요한 정보인지 궁금했다. 친구들과도 얘기를 나눠보고, 여행자들이 많이 모이는 게시판도 기웃거렸다. 한참을 그렇게 뒤져본 뒤 결론을 내렸다. 일정이란 여행을 떠나기 전에 내 여행의 모양새를 한눈에 가늠하게 해주고, 파편적인 정보만으로는 해소하지 못하는 불안감을 크게 덜어주는 역할을 한다고. 특히 잘 모르는 낯선 여행지에 대해서는 '그것만 따라 해도 될' 정도의 강한 가이드라인을 원하는 경향이 있다고.

문득 나는 이것을 주말 해외여행과 합쳐보면 어떨까 하는 생각이 들었다. 그러니까 주말 해외여행의 일정을 짜주는 책 말이다. 나쁠 것 같지는 않았지만, 뭔가 아직은 모자랐다.

그 후로 여러 번의 여행에서 다양한 경험을 했다. 주변 사람들의 여행 애기도 부지런히 주워 모았다. 9월 태풍 철에 도쿄에 머무르며 사흘 동안 밖으로 한 발자국도 못 나가기도 하고, 4월 초 히메지 성에서 활짝 핀 벚꽃을 보기도 하고, 6월 우기에 태국 여행을 간 지인이 온종일 비만 와서 아무것도 못했다는 감상도 듣고, 10월 싱가포르가 너무 더워서 '아 한 달만 더 늦게 왔으면 좋았을걸'이라고 중얼거리기도 했다. 이런 일련의 경험을 통해 나는 어렴풋이 한 가지를 깨달았다. 어느 여행지나 가장 좋은 때, '제철'은 따로 있다는 것. 내가 부족하다고 생각했던 '뭔가'가 바로 이거라는 확신이 들었다.

세 번째 키워드 '여행의 제철'.

이게 마지막 퍼즐이었다. 마지막 퍼즐을 뽑자, 새 아이템의 모양새는 금세 선명하게 모습을 드러냈다. 주말을 이용해 여행을 갈 수 있는 가까운 나라들에서, 계절과 이벤트를 고려하여 그 시즌에 가장 제철인 여행지를 뽑아, 1박에서 4박까지의 짧은 여행의 추천 일정을 묶은 책.

그런데 제목은 뭐로 한다? 그냥 '주말여행'은 좀 재미없는데, '주말'이라는 말을 대체하면서도 좀 신선한 표현 없을까? 이거 괜찮네.

금. 토. 일.

여기까지 생각이 미쳤을 때, 근거 없는 확신 하나가 찾아왔다. 이건 책으로 만들면 무조건 된다. 팔린다. 그러므로 꼭 써야 한다. 꼭 책으로 내야 한다고 말이다.


### 공저자와의 만남 그리고 본격적인 기획

이 책을 만드는 데 큰 문제가 하나 있었다. 한국에서 주말여행으로 가능한 해외 도시나 여행지의 대부분을 다뤄야 할 텐데, 나에게는 그 정도의 콘텐츠가 없었다. 새로 취재를 하자면 족히 3년은 잡아먹을 것 같았다.

그렇다면 방법은 하나. 콘텐츠를 가지고 있는 다른 작가를 찾아서 공저를 하는 것. 여행 정보서는 각종 작업량이 살인적이기 때문에 두 명 이상의 공저자가 작업하는 일이 몹시 흔하다. 나는 그때까지 한 번도 공저를 해본 적이 없었지만, 어차피 이 기획에서 문체는 전혀 중요하지 않으므로 아무 문제가 없을 것 같았다.

공저를 하겠다고 생각했을 때 떠오른 인물은 딱 한 명이었다. 내가 워낙 업계에 인맥이 없어 부탁할 사람이 그녀밖에 없기는 했다. 윤영주 작가. 다행히 그녀는 아무리 생각해도 이 기획에 너무 딱 맞는 사람이었다.

윤영주 작가를 처음 알게 된 건 딴지관광청 노매드에서 일할 때였다. 그녀는 주로 여행 잡지 기자 생활을 하며 중간중간 1~2년씩 프리랜서로 책을 쓰는 패턴으로 일하고 있었다. 그동안 근황을 들으며 다녀온 여행지에 대해 어느 정도 파악하고 있었는데, 그중 많은 수가 '금토일' 기획에 적합했다. 나는 자리를 만들어 기획에 대해 설명했고, 윤영주 작가는 재미있겠다며 흔쾌히 승낙했다. 생각했던 대로 윤영주 작가가 보유하고 있는 콘텐츠는 무척 풍부했다.

그 후 내가 1년 가까이 인도차이나 지역을 여행하게 되면서 기획이 잠시 중단되었다가, 그다음 해 여름부터 재가동되었다. 기획 과정은 순탄했다. 선수 두 명이 머리를 맞대니 크게 어려울 것이 없었다. 목차 구성은 1년을 열두 달로 나누고 다시 한 달을 4주로 나누어 총 48주의 여행 일정을 짜는 걸로 확정했다. 확정 목차를 만들기 전 항공사 사이트와 각종 여행사 사이트를 뒤져 3박 4일, 최대 4박 5일 이내로 여행

가능한 도시 및 여행지를 모두 찾아 리스트업하고, 리스트 내 도시 및 여행지들의 월별·계절별 이벤트와 최적의 여행 시즌, 가장 저렴한 시즌, 계절별 풍경 등등을 모두 체크했다. 그 결과에 따라 여행지를 가장 최적의 주에 배치한 것이 최종 목차가 되었다. 이 작업은 기획 단계를 넘어 집필을 할 때도 계속되었다. 정말 몇 차례 수정했는지 모른다. 주로 내가 수정하자고 진상을 부리면 윤영주 작가가 한숨을 쉬며 받아주는 패턴이었다.

집필의 가이드라인이 되어줄 샘플 원고 작업은 내가 일차로 만든 것을 윤영주 작가가 수정하는 패턴으로 진행했다. 나는 본문을 크게 세 절로 나누었다. 여행자들이 가장 궁금해하는 기본 정보, 여행지 소개, 그리고 본격적인 일정 페이지.

기본 정보에서는 '계절별 여행'이라는 점에 착안해 그 계절에 필요한 옷차림과 준비물을 집중적으로 다루었다. 무지 귀찮은 작업이 될 것이라는 걸 알면서도 예산은 비교적 상세히 다루었다. '경비는 대충 얼마 들까'가 여행자들이 해외여행을 준비할 때 가장 궁금한 정보라고 확신했기 때문이었다. 여행지 소개 페이지는 사실 불필요한 정보일 수 있었으나 꼭 넣어야 한다고 판단했다. 일정 페이지는 주로 세부 스폿의 사진이 작게 들어가게 될 터라 비교적 큰 사진이 들어갈 페이지가 필요했는데, 그러기 위해서는 여행지의 간단하고 개괄적인 소개가 가장 효율적이었다.

그렇게 책 한 권의 얼개가 거의 나왔다. 이제 책을 출간할 출판사를 찾기만 하면 되었다.

## 고생한 만큼 보람이 찾아왔다

이후의 과정에 대해서는 간단하게 정리하도록 하겠다. 우리 둘 다 기존에 일하던 출판사가 있긴 했지만, 이번에는 새로운 곳을 한번 뚫어보자는 것으로 마음을 모았다. 여러 곳과 조건을 비교해보고 가장 마음에 드는 곳에서 진행하기로 했다.

기존 인맥을 통해 두 곳의 회사와 접촉했지만 모두 반려당했고, 그냥 새로 두 곳의 회사를 더 알아보았다. 두 곳 모두 호의적인 반응이었으나 한 곳은 출판사의 기존 시리즈에 편입되라는 제안을 했고, 나머지 한 곳은 전적으로 저자들의 기획안대로 진행하겠다고 했다. 우리는 후자를 택하여 계약했다.

본격적인 집필 과정에 들어갔다. 완성된 목차와 원고 구성에 따라 세상도 순탄하게 돌아가주면 참 좋으련만. 그게 맘 같지 않았다. 동일본 대지진이 터지며 일본 부분에 대거 수정을 해야 했던 것. 그러나 순탄하게 돌아갔다고 해도 힘든 작업이기는 마찬가지였을 거다. 작업량이 끔찍하게 많아 밥 먹을 시간도 제대로 없었다. 짧은 기간 여러 차례 취재를 하러 들락거리다 보니 체력이 완전히 떨어져 마지막 취재를 마치고 나서는 둘 다 독감으로 사경을 헤맸다. 아마 저자들뿐 아니라 편집하는 분들도 체력 정신력 소모가 장난 아니었을 것이다. 그렇게 《금토일 해외여행》은 여러 사람을 탈진시키며 2011년 7월에 출간되었고, 그해 여행서 부문 1위를 휩쓸며 서점 두 곳에서 올해의 책 후보에 선정되었다.

요즘 나는 '쇼핑'과 '허니문'을 키워드로 한 여러 여행 동호회와 여행상품을 주목 중이다. 쇼핑은 키워드를 2단계까지 뽑았는데 허니문은 가본 적이 없어서 그런지 1단계에서 계속 맴도는 중이다. 쇼핑의 3단계 키워드를 뽑게 된다면, 아마도 여러분은 내가 쓴 쇼핑 여행 기획물 하나를 서점에서 만나게 될 것이다. 쇼핑에 관심이 많다면, 내일 밤쯤 쇼핑의 신께서 내 꿈을 방문하기를 기원해주길 바란다.

기획물의 성패를 가르는 것은 단연 아이템이다. 출판사에서 가장 눈여겨보는 것도 아이템이고, 서점의 진열대에서 독자를 사로잡는 것도 결국은 아이템이다. 어떻게 하면 '팔리는' 아이템을 만들어낼 수 있을까? 지금까지 여행서 시장에서 사랑받은 베스트셀러 및 스테디셀러들을 분석한 내 나름의 결론은 이러하다.

**① 초보에게 눈높이를 맞춘다**: 여행 기획물 베스트셀러 중에는 가끔 '왜 팔리는지 모르겠다'는 반응을 얻는 책들이 있다. 너무 뻔하고 쉽지 않느냐는 것. 도대체 이렇게 누구나 다 알 것 같은 정보를 누가 사 보는지 모르겠다고 입을 모아서 말한다. 특히 여행서 만드는 작가나 편집자, 책 많이 읽는 리뷰어들 사이에서 좀 더 격한 반응이 나온다.

나는 대답할 수 있을 것 같다. 누가 보냐고? 여행 초보가 본다. 아직 변변한 여행이라고는 가보지 않았지만 동경은 가득하고, 어딜 가야 할지 어떤 방법으로 해야 할지 전혀 모르는 초보들이 사서 본다. 아예 떠나는 법조차 몰라 누군가 등을 밀어줬으면 하는 초보 및 잠재 여행자들이 여행서 시장의 가장 큰 잠재 고객이다. 의식하고 초보 시장을 공략하는 경우보다는 저자 자신이 초보의 눈높이일 때 본능적으로 써내는 경우가 많다.

②**시장을 대놓고 좁히지 않는다**: 핵심 소비자 계층을 정해서 그곳을 집중 공략하는 '타깃팅'은 마케팅 및 아이디어 발상에서 아주 사랑받는 방법이지만, 슬프게도 여행 기획물 시장에서는 잘 통하지 않는다. 국내 도서 시장이 워낙 작기 때문에 세밀한 타깃팅은 안 그래도 얼마 안 되는 독자의 범위를 더 줄이는 꼴이다. 대상 시장은 되도록 '한글을 읽을 수 있는 모든 사람'으로 잡는 것이 좋고, 어느 정도 타깃을 좁힌다고 해도 '여성', '직장인', '대학생', '유럽 여행자' 정도의 큰 범위로 잡는 것이 좋다.

③**틈새를 찾는다**: 평범하고 유명하고 뻔한 것에서 비범하고 유명하지 않으며 생각지 못한 틈새를 찾아내어 그것을 공략한다. 렌터카로 여행하는게 상식이었던 제주도를 버스로 여행하는 책이라거나, 오사카-나라-고베-교토로 묶어서만 소개되던 교토를 따로 책 한 권으로 펴낸다거나, 유럽 가이드북 안의 곁들이 반찬처럼 취급되던 여행 준비 방법을 본격적으로 책 한 권으로 펴내어 꾸준히 사랑받는 책 등이 이에 속한다. 시장을 언제나 주시하며 예비 여행자와 독자들의 필요와 욕망을 세심하게 지켜봐야 이러한 틈새를 찾아낼 수 있다.

④**잠복하고 기다리다 반보 치고 나간다**: '10년을 앞서가는 감각'이라는 말은 언뜻 참 멋지고 존경스럽게 들리지만 콘텐츠 분야에서는 그다지 쓸모없는 감각이라고 생각한다. 10년 앞서가면 10년 먼저 보이고 10년 먼저 잊힐 뿐이다. 그러나 10년을 내다보고 꾸준히 준비하는 경우라면 얘기가 달라진다.

여행 콘텐츠 시장에서는 딱 반보 앞서가는 것이 가장 이상적이다. 현재 필요와 욕망이 정점으로 끓어오르기 직전의 상황이지만 시장에는 전혀 나와 있지 않거나 있어도 시원치 않은, 그럴 때 딱 치고 나와주는 것이 가장 좋다.

그러나 그 타이밍을 맞추는 것은 주식의 상투 잡기만큼 힘들다. 어떤 아이템이 상투를 잡을지 지켜보기 위해서는 적어도 5년, 길게는 10년 전부터 해당 아이템을 지켜보고, 꾸준히 기다리며, 콘텐츠를 모으는 준비 과정이 필요하다. 최근 여행서 최고의 핫 이슈라면 단연 〈꽃보다 00〉 시리즈에 등장한 대만과 크로아티아였는데, 사실 두 곳 모두 몇 년 전부터 업계에서는 언젠가는 터질 '핫 루키'로 손꼽히던 중이었고, 오래전부터 준비한 작가들이 좋은 타이밍에 관련 서적을 출간하여 좋은 결과를 거두었다.

# 블로그와 SNS
## 운영하기

인터넷은 수많은 여행 콘텐츠가 올라오는 곳이다. 여행 동호회와 블로그에는 사람들이 올려놓은 여행기가 있고, 가장 최신 여행 정보가 오간다. 트위터와 페이스북에는 여행자들의 실시간 소식이 올라오고, 인스타그램과 텀블러, 플리커는 아름다운 여행 사진으로 넘쳐난다. 스타도 탄생한다. 어지간한 작가들이 부럽지 않을 정도의 영향력을 가진 파워 블로거와 SNS 스타들이다.

나는 아주 초창기 파워 블로거였고(현재는 개점 휴업 상태), 네이버 포스트에 주간 업데이트를 하고 있으며, 소소하게 페이스북 페이지를 하나 운영하고 있다(사실 개인 계정도 있긴 한데 친구들과 하도 거칠게 수다를 떨어대고 있어 정말 어디다 내놔도 부끄럽기 때문에 친구 추가를 거의 받지 않는다).

그래서 주변 사람들을 괴롭혔다. 다행히 주변에는 활발히 활동 중인 파워 블로거도 있고, 단 사흘 만에 2,000명의 친추와 수천 팔로우를 끌어낸 페북 스타도 있다. 이들과의 대화와 면밀한 관찰을 통해 얻어낸 결론을 가볍게 소개해본다.

### 잘나가는 인터넷 콘텐츠 스타들의 공통점

블로그, 페이스북, 인스타그램. 인터넷 및 모바일을 기반으로 하는 온라인 공간에서의 콘텐츠 활동으로 호응을 끌어내는 사람들을 보면 보통 다음과 같은 공통점을 갖고 있다.

① **꾸준하다**: 보통 매일, 적어도 이틀에 한 번씩은 꼬박꼬박 업로드를 한다. 그리고 그 상태를 적어도 1년 이상은 유지하며 신뢰와 네임 벨류를 함께 쌓아간다. 네이버 블로그는 콘텐츠 숫자가 많아지면 검색에 걸릴 가능성도 같이 올라간다.

② **캐릭터가 매력적이다**: 콘텐츠의 성격이든, 본인의 캐릭터든, 글 톤이든, 사진이든 분명한 자기 색깔이 있다. 아주 유별난 개성은 아닐지라도 그 사람의 콘텐츠를 떠올리면 '아, 그런 사람'이라고 떠오르는 이미지 정도는 확실하게 잡힌다. 이러한 캐릭터 때문에 콘텐츠 이상으로 그 사람 자체에 흥미와 친근감을 갖게 된다.

③ **얻어갈 게 있다**: 사람들이 여행 관련해서 웹 서핑을 하거나 동호회를 가입하는 이유는 결국 정보 때문이다. 블로그나 SNS에 다음 여행에 참고가 될 만한 정보가 자주 보이는 경우 사람들은 주저 없이 구독 버튼을 누르거나 친추를 날리게 된다.

④ **친절하게 소통한다** : 수많은 리플에 모두 답글을 달아주거나 좋아요를 찍어주는 것은 기본, 개인적인 메시지나 안부 글에도 시간이 닿는 한 모두 답해준다. 본인이 적극적으로 이웃이나 친구를 늘리는 경우도 심심치 않게 있다. 온라인에서의 인연을 오프라인까지 잇는 사람들도 많다.

## 파워 블로거 지망생을 위한 6가지 팁

파워 블로거는 여행작가 지망생이 반드시 올라야 할 경지라고 봐도 과언이 아닐 것 같다. 프로 여행작가로 가는 최단거리이기도 하지만, 파워 블로거쯤 되면 군이 여행작가가 되어야 할 필요가 있을까 싶다. 작가가 부럽지 않을 정도로 높은 영향력을 인정받고 여행계 안팎으로 다양한 혜택과 지원을 받는 것도 그렇지만, 군이 물질적인 혜택 같은 게 없더라도 내 여행 이야기를 즐겁게 봐주는 사람들을 수천 수만씩 확보하고 그들과 소통하며, 때로는 영향력도 행사할 수 있다는 건 큰 매력이 아닐 수 없다.

내 비록 10여 년 전 블로그계를 떠났지만, 요즘도 통하는 (주변 파워 블로거들에게 인정받은) 여행 블로그 운영법 몇 가지를 공개한다. 태그나 검색어 단어 반복처럼 블로그를 띄우는 기술적인 방법도 있긴 하겠지만 내가 그런 걸 전혀 모른다. 콘텐츠 만드는 사람답게 콘텐츠로 승부를 본다. 앞서 말했던 글쓰기의 기본이나 인터넷 콘텐츠 스타의 공통점은 모두 기본으로 깔고 간다.

① **전문 분야를 갖자** : 책은 정보의 범위를 너무 좁히면 시장을 줄이는

꼴이 되지만 블로그나 SNS는 오히려 그런 점이 포인트가 된다. 시작은 고기 블로거, 동유럽 소품 블로거, 일본 료칸 블로거 등 독특한 전문 블로거를 노려보자. '캐릭터' 측면에서도 도움이 된다. 이름을 얻은 후 관심 분야 전체로 범위를 넓혀가는 것도 OK.

②**리뷰는 꼼꼼히**: 블로그 광고로 꽤 높은 수입을 올리던 지인이 귀띔해준 얘기인데, 여행 콘텐츠 중 가장 많은 주목도와 클릭율을 기록하는 건 뭐니 뭐니 해도 숙소 및 맛집 리뷰라고 한다. 여행 전 가장 꼼꼼하게 검색하는 정보가 어떤 것인가를 생각해보면 충분히 수긍이 가능한 얘기다. 내가 갔던 여행지의 숙소와 맛집 리뷰는 꼬박꼬박 성실하게 올려둘 것.

③**유머와 착한 감성, 언제나 먹히는 두 가지 코드**: 파워 블로거들 모두가 능숙한 문장가라고는 할 수 없지만, 글에 최소한의 매력조차 없는 사람이 파워 블로거가 되는 경우 또한 잘 없다. 언제나 보편적으로 잘 먹히는 코드는 유머와 착한 감성. 세상을 바라보는 따뜻한 시선과 위트 있는 표현이 어우러지면 가히 최고라고 할 수 있다.

④**스토리와 디테일이 살아있는 사진**: 여행 블로그는 글 이상으로 비주얼이 중요하다. 사진과 글의 비중은 7:3이 적절하고, 정말 문학성이 뛰어난 문장을 구사할지라도 5:5는 넘기지 않는 것이 좋다. 종이 매체에서는 절대 구현하지 못하는 블로그만의 특장점이 바로 여행의 사소한 순간까지 모두 사진으로 보여줄 수 있다는 것. 아무 맥락도 설명도 없이 단순하게 나열하는 것보다 사진으로 스토리를 구성한다고 생각하자. 글 없이 사진만으로도 어느 정도 스토리 파악이 가능한 것이 좋다. 직접 찍은 사진 외에도 자신의 콘텐츠 성격에 맞는 이미지를 곳곳

에 활용할 것. 재미있는 '짤방'을 이용하는 것도 고려할 만하다.

⑤ **스크롤 압박은 적당히** : 사람들은 인터넷에서 긴 글을 읽지 않는다. 조금만 포스팅이 길어도 마음속에서는 '길다. 세 줄 요약 좀'이 바로 떠오른다. 여행 콘텐츠를 보는 사람들은 정보 탐색욕이 일반적인 블로그 구독자보다는 강한 편이므로 잘 만들어진 콘텐츠라면 어느 정도 시간을 투자해서 읽곤 한다. 그럼에도 불구하고 지나친 스크롤 압박은 곤란하다. 아무리 길어도 5분 이내로 읽을 수 있는 분량이 바람직하다.

⑥ **완결을 내라** : 지난 여행기를 연재 중인가? 그렇다면 반드시 마무리하자. 완결한 여행기를 가지고 있는지 어떤지는 본인의 자신감에 직결하는 문제다. '쓰기 싫은데 일단 중단했다가 나중에 쓰자'라고 생각하면 영영 못 끝낼 수도 있다. 기왕이면 그 여행의 느낌이 생생히 살아있을 때 한 호흡에 끝내버리자.

travel writing

# 4. 여행작가의
## 첫걸음

# 사람들은 어쩌다
## 여행작가가 되는가

이번에는 제일 궁금해할 얘기를 해봐야겠다. 과연, 여행작가라는 건 어떻게 되는 건지. 도대체 어떤 방법으로 될 수 있는 건지. 그 얘기를 본격적으로 해보려고 한다.

이 바닥의 진입 루트라는 게 참으로 모호하기 짝이 없지만, 앞서 얘기했던 대로, 여행작가를 '글과 사진으로 된 여행 콘텐츠를 글값을 지불하는 매체에 싣는 것을 직업적으로 하는 사람 또는 여행 콘텐츠를 저술 활동의 중심으로 삼는 사람'으로 정의하자면, 현재까지 가장 확실한 진입 루트로는 다음 두 방법으로 압축할 수 있다.

### 진입 루트 1. 책을 출간한다
벼는 모판에서 자랄 때까지는 '모'라고 불리다가 모내기를 해서 논에 심긴 후에 비로소 '벼'가 된다. 세상 모든 종류의 창작자·예술가·문필가 들은 아마추어에서 프로페셔널로 진화하기 위해 일종의 모내기 과정을 거치게 된다. 이 모내기는 크게 보아 두 종류가 있는데, 첫 번째는 신춘문예나 공모전, 전문가 추천 등의 정식 등용문을 거치는 것이고, 두 번째는 대뜸 세상에 자신의 결과물을 발표해버리는 것이다.

여행작가라는 직업에는 공모전처럼 똑 부러진 등용문이 없다. 각종 여행사나 항공사, 포털사이트 등에서 간혹 여행 콘텐츠 관련 공모전을 하긴 하는데, 문학 등 다른 분야의 공모전과 달리 '작가 데뷔'로 쳐줄 만한 규모나 권위를 담보하지는 않는다. 그러니까 방법은 후자밖에 없다. 자신의 결과물을 대중에게 발표하는 것. 그 자체가 데뷔이자 신고식이 되며, 여행작가에게 가장 확실한 결과물은 '책'이다.

사실 '작가 지망생' 내지는 '재야의 고수'를 '프로 작가'로 모내기하는 데 책만큼 당당하고 확실한 매개체도 없긴 하다. 책만큼 필자의 필력이나 사진 실력, 시선, 전문성, 내공 등이 종합적으로 담기는 매체가 또 있을까. 사람들이 흔히 생각하는 '작가는 책 내는 사람'이라는 고정관념에도 무리 없이 부합할 수 있다. 책 한 권 치의 여행 이야기를 모으는 것부터 그것을 결국 써내고, 다시 책의 형태로 담아내는 과정까지 뭐 하나 쉬운 게 없다. 이 과정을 다 거쳐서 출간까지 한 사람이라면 작가라는 이름을 얻기에 부끄러움이 없는 것 같다. 국내에서 권위를 인정받는 여행작가 관련 협회나 커뮤니티들에서도 대부분 입회 조건으로 한 권 이상의 여행서 출간을 내걸고 있다.

그렇다면 책은 어떻게 내는가? 아마 이 책을 보고 있는 독자들 중 '작가까지는 몰라도 책 한 권 정도는 내보고 싶다'고 희망하는 사람들이 꽤 많을 것이라고 짐작하는 바이다. 그런고로, 여행 책을 내는 데 어떤 경로가 있는지 내가 아는 것들을 죄다 털어보도록 하겠다.

### ① 직접투고

원고를 직접 출판사에 보내는 것을 투고投稿라고 한다. 가장 일반적이고 정석적인 루트이다. 출판사의 투고용 대표메일로 보내도 되지만 좀 더 효과적인 전달을 원한다면 담당자에게 직접 보내는 것이 좋다 (담당자 연락처를 찾는 법은 221페이지를 참고하자).

작가 지망생들은 보통 투고를 꺼리는 편이다. 이유를 간단히 말하자면 '묻힐 것 같아서'. 투고 메일이 하루에도 수십 통씩 들어올 텐데 그걸 설마 다 읽을까 싶은 거다.

그런데, 다 읽는다. 담당자 개인 메일로 투고된 메일은 물론이고, 회사 대표 메일로 들어온 것도 다 읽는다. 예전에 모 출판사 편집자가 회사 직원들에게 회람으로 돌리는 메일에 실수로 나를 끼워 넣은 적이 있었다. 그 메일 내용이 하필 투고 원고 검토 내용 공유였다. 그래서 정말 확실히 말할 수 있다. 정말 다 읽더라. 한 명만 읽는 것이 아니라 부서나 회사 차원에서 공유한다.

과일가게는 과일이 들어와야 팔고, 세탁소는 다리미에 열이 올라야 장사를 할 수 있듯 출판사는 책을 만들 수 있는 원고가 원활히 수급되어야 돌아간다. 출판사에서 투고 원고를 안 읽는다는 건 과일가게 아저씨가 수박으로 농구를 하고, 세탁소 아저씨가 다리미에 고기 구워 먹는 얘기다. 그러니까 그런 걱정은 안 해도 된다.

## ② 출판사 픽업

출판사 측에서 출간 제의를 받는 것이다. 연예인 길거리 캐스팅의 명소가 명동과 청담동이라면 여행서 및 비소설 편집자들에게 새 아이템 및 작가 발굴의 명소는 블로그와 각종 게시판, 대형 여행 커뮤니티, SNS 등이다. 특히 '파워' 붙은 블로거들은 아주 좋은 주시의 대상이 된다. 기성작가들 중에도 블로그나 페이스북을 통해 출판사에게 제의 받는 경우가 적지 않다.

블로그 등에서 스카우트되는 유형은 두 가지로 볼 수 있다. 첫째는 인터넷에 올렸던 내용이 그대로 책이 되는 것이다. 주로 장기 여행기나 감성적인 여행 에세이 등으로 게시물일 때부터 완성도가 있던 것을 책에 맞게 편집해서 출간하는 경우이다.

두 번째는 출판사 기획물을 쓸 저자로 픽업되는 경우이다. 일단 출판사에서 기획을 만든 뒤 필력이나 사진 실력, 콘텐츠의 성격 등을 보고 자신들의 기획에 맞는 필자를 찾아내어 저자로 섭외하는 것이다. 주로 여행 부문 파워 블로거들이 주로 데뷔하는 경우가 많으며, 특히 최근 출간되는 가이드북의 저자 섭외는 이런 식으로 많이 이루어진다.

## ③ 지인 찬스

여행정보서 또는 비소설류를 출간하는 출판사에 아는 사람이 다니고 있거나 또는 출판계에 인맥이 넓은 지인이 있어 출판사를 소개받는 경우를 말한다. 가장 확실하고 속 편한 케이스라고 할 수 있다. 뒤에 언급할 '유관 직업 종사자'들이 본격적으로 프리랜서 여행작가로 뛰어들려고 할 때 가장 많이 택하는 루트이다. 필드에서 뛰고 있는 선수가 지인을 끌어들여 자신의 컨트리뷰터나 공저자로 삼는 경우도 이에 해당할 수 있다. 여행 관련 유명 커뮤니티에서 알음알음으로 소개받아 데뷔하는 경우도 있다.

### ④ 사설 교육기관

대학의 평생 교육원이나 신문사 및 백화점의 문화센터, 또는 현직 작가들이 설립한 사설 교육기관 등의 여행작가 관련 강좌를 통해 데뷔하는 것이다. 이런 교육 과정의 특강이나 전임 강사 중에는 출판사의 사장님이나 편집장님이 있기 마련이며, 그분들의 회사 내지는 추천을 통해 출간 및 데뷔 기회를 얻을 수 있다. 체계적인 커리큘럼을 통해 교육을 받아보고 싶다면, 또는 업계에 인적 네트워크를 만들어보고 싶은 사람에게 추천한다. 다만 이런 교육을 받았다고 100퍼센트 책을 내거나 작가로 데뷔할 수 있을 거라는 기대는 금물이다.

### ⑤ 자비출판과 독립출판

저자 자신이 출판사에 제작비를 지불하고 책을 내는 것을 자비출판이라고 한다. 종이값, 인쇄비, 각종 제작비에 인건비까지 호탕하게 지불하고 책을 낸다. 나이 드신 어르신들 중에 책을 내보고 싶은 분들이 의외로 많이 택하는 방법이다. 글도 본인이 직접 안 쓰시고 대필 작가를 고용해서 책을 만드는 경우도 있다. 대부분 책을 소량으로 제작하여 저자 본인이 지인에게 증정하는 식으로 소화되는데, 콘텐츠의 질이 높은 경우에는 시중에 판매를 하기도 한다.

독립출판은 자본을 스스로 댄다는 점에서는 자비출판과 같지만, 그보다는 좀 더 능동적이다. 저자 자신이 편집장도 되고 교정자도 되었다가 때론 디자이너도 겸하며 책을 내는 것을 뜻한다. 종이책보다 제작 과정이 좀 더 간단한 전자책은 독립출판 하기 가장 좋은 수단이다. 아직까지는 전자책으로 만들어진 여행서의 판매가 시원찮기는 한데, 앞으로 이 퍼블리싱e- publishing 툴이 어떻게 진화하느냐에 따라 가장 유리한 것이 여행 콘텐츠라는 예상이 상당히 많다. 최근에는 종이책으로 독립출판 하는 경우도 심심찮게 볼 수 있다. 독립출판물만 전문으로 다루는 서점 등에서 유통하거나 온라인상으로 판매한다.

"결과가 아닌 과정에 얻는 순수한 기쁨"

떡은 떡집에서 만들고, 빵은 빵집에서 만들며, 책은 출판사에서 만든다. 글을 쓰는 것은 작가의 몫일지라도 이것을 편집하고 디자인하여 종이에 인쇄한 뒤 책 꼴로 만들어내는 것은 출판사의 고유 영역이다. 지금까지 나는 이렇게 믿어왔다.

이런 나의 믿음은 요즘 유쾌하게 배신당하는 중이다. 몇 년 전부터 '독립출판'이라는 개념이 조금씩 싹트기 시작하더니, 스스로 야무지게 편집과 제작까지 끝내는 DIY 정신의 독립군들이 최근 상당히 멋진 활약을 보여주고 있다. 독립출판물의 많은 수가 여행을 다루고 있다는 것도 주목할 만한 사실. 호기심이 생겨서 독립출판물을 출간하고 있는 이미영 작가를 만나보았다. 이미영 작가는 〈어슬렁의 여행드로잉〉이라는 제목으로 동유럽, 지중해, 오사카, 남미, 이탈리아 등 다섯 권의 책을 냈고, 작은 서점에서 여행 드로잉 북 만들기 수업도 진행 중이다.

**__당연히 미술 전공자일 것이라고 생각했는데 아니라서 놀랐습니다.**

네, 미술 전공 아니에요. 학부는 공대 나왔고요, 대학원은 사회학과 나왔습니다. 전 공자가 아니라니까 '그래도 어릴 때는 그림에 소질을 좀 보이지 않았냐'고들 많이 물어보시는데요, 그냥 질문하신 분의 마음의 평화를 위해 '예, 그렇습니다'라고 대답해요. 확실한 건 이 작업을 시작하기 전에는 그림이니 드로잉이니 하는 것과는 전혀 인연 없는 인생이었다는 거죠. 전 사실 그림은 누구나 그릴 수 있는 것이라고 생각해요. 이것이 팔리거나 사랑받을 수 있는가는 또 다른 문제겠지만요.

**__그럼 어쩌다가 여행 드로잉을 시작하게 된 건지요?**

누구나 자신의 여행을 기록하는 방법이 있잖아요? 글, 영상, 녹음 등등. 가장 흔한 건 사진일 거고요. 저도 예전엔 사진을 찍었어요. 커다란 DSLR에다가 필름 카메라까지 들고 다니면서요. 그런데 점점 카메라 장비가 거추장스럽게 느껴지더라고요. 그래

©이미영

서 그림을 떠올리게 됐죠. 사진에 비하면 장비도 훨씬 가볍고 준비도 번거롭지 않은데다 차별화까지 되잖아요. 이젠 예전 같지 않아서 여행 가면 마구 돌아다니는 시간 이상으로 앉아서 보내는 시간도 많고요. 아무리 생각해도 저한테 딱 맞는 기록 수단일 것 같았어요.

마침 2011년에 직장을 그만두고 여행을 떠나게 됐어요. 아, 이번 여행에서는 그림을 좀 그려야겠다, 마음은 먹었는데, 제가 그렇게 마음먹는다고 선뜻 실천할 정도로 행동력 강한 사람이 못 돼요. 강제성을 좀 부여하지 않으면 절대 안 할 것 같더라고요. 그래서 클라우드 펀딩 사이트인 텀블벅tumblbug.com에 프로젝트를 하나 올렸어요. 드로잉 여행을 떠날 건데, 여기에 후원을 해주면 나중에 돌아와서 드로잉 북을 제작한 뒤 나눠드리겠다고요. 후원자가 50분 정도 모였는데, 절반가량은 지인이었지만 나머지는 전혀 모르는 분들이었어요. 댓글을 읽어 보니 그림과 여행 모두 자신의 로망인데 대신 실천해주는 게 기쁘고 설렌다는 내용이 많았어요.


__**책의 제작 과정이 궁금합니다. 원래 출판 관련 지식이나 경험이 있었나요?**

아니요. 전혀라고는 할 수 없겠지만요. 예전에 몸담고 있던 곳에서 출판 기획 비슷한 것은 해봤거든요. 하지만 편집이나 제작 실무에는 일자무식이었어요.

여행을 통해 그림이 모이고, 텀블벅에 공언한 대로 책을 만들 차례가 왔는데, 아는 건 없고. 처음에는 한글프로그램으로 대충 짜 맞춰봤어요. 그런데 아무것도 모르는 눈으로 봐도 너무 아마추어 같더라고요. 인터넷도 뒤지고 주변에서 물어보기도 하면서 어도비의 편집프로그램인 인디자인을 알게 됐어요. 인쇄도 여기저기 수소문하니 소량 인쇄를 받아주는 곳들이 심심찮게 있더라고요. 제가 만난 인쇄소 사장님은 제 그림을 몹시 맘에 들어 하시면서 제가 알아야 할 여러 가지 출판이나 인쇄 관련 지식을 전수해주셨죠.

제가 맨땅에 헤딩을 하며 터득하게 된 가장 중요한 사실은요, '생각보다 어렵지 않다'였어요. 인디자인은 초보자도 쉽게 배울 수 있고요, 디지털 인쇄 덕에 소량 인쇄도 예전보다 훨씬 저렴한 가격에 할 수 있게 됐어요. 과거에는 출판제작 실무라는 게 출판사라는 조직을 갖추지 않으면 몹시 힘든 일이었지만, 많은 것이 디지털화되면서 장벽이 아주 많이 낮아졌어요. 그 장벽을 넘을지 말지를 결정하는 게 개인의 능력이 아니라 선택이 될 정도로요.

**__독립출판물은 어떤 식으로 유통하나요?**

사실 첫 책은 딱히 유통할 생각이 없었어요. 후원자분들께 보내고 제가 좀 보관할 용도로 100부 정도만 인쇄하려고 했거든요. 그런데 주변에서 아깝다는 얘기들이 나오더라고요. 알고 보면 이런 소규모 독립출판물도 판로가 꽤 많다는 거예요. 부수를 좀 늘린다고 인쇄비 차이가 많이 나는 것도 아니었고요. 큰맘 먹고 200부를 찍었죠.

그러고는 독립출판물을 유통하고 판매하는 여러 루트들을 찾아다니기 시작했어요. 우선 열린 장터들이 있어요. 가장 대표적인 곳을 꼽자면 소소시장(정식 명칭은 세종예술시장 소소). 세종문화회관 뒤쪽에서 한 달에 한 번씩 열리는 예술 창작 시장이에요. 홍대 상상마당이나 와우북 페스티벌에도 독립출판물 제작자를 위한 기회를 마련해주고요. 가장 큰 시장이라면 1년에 한 번씩 열리는 '언리미티드 에디션'이겠죠. 올해(2015년) 언리미티드 에디션은 진행되는 이틀 내내 비가 쏟아졌는데도 1만 3,000명이나 다녀갔어요. 판매 부스도 원래 130팀 정도만 받으려고 했는데 무려 390팀이나 신청을 했다고 하네요. 요즘은 독립출판물을 판매하는 소규모 서점들도 많이 생기는 추세예요. 제가 아는 바로는 지금 전국에 약 80곳 정도 있다고 해요. 저는 20곳 정도에 책을 넣고 있고요. 가방에 몇 권씩 넣고 직접 찾아가서 배본해요. (하하)

크게 의미 있는 액수는 아니지만 수입도 생기긴 해요. 제작비를 건지는 정도? 딱히 돈을 바라고 책을 판매하는 건 아니에요. 그 과정에서 마주치는 수많은 재미 때문에 하는 거죠. 우선 열린 장터 등에 참여하면 재미있는 인연들을 많이 만나게 돼요. 사람들이 제 책이나 엽서를 사가는 모습도 고마우면서도 재밌고요. 독립출판물을 취급하는 작은 서점들은 공간 자체가 너무 근사하고 예뻐요. 찾아갈 때마다 '아니 이렇게 좋은 곳을 왜 지금까지 몰랐지?'라는 생각이 들 정도예요. 무엇보다 책이 제 손을 떠나 저 대신에 사람들을 만나고 다닌다는 사실이 가장 기쁘고요.

**__제도권 출판 시스템을 통해 책을 내면 더 많은 독자에게 다가갈 수 있을 텐데요.**

네. 그럴 거예요. 하지만 제가 독립출판 작업을 하는 건 단순히 책을 낸다는 '결과'가 아닌, 책을 만드는 동안 거쳐가는 모든 작업을 제 손으로 해내는, '과정'에 방점이 찍혀 있어요. 제도권 출판에서 작가의 역할은 아무래도 수동적이잖아요. 원고가 채택되기를 기다려야 하고, 그 원고가 상품이 되는 과정에서도 타인의 입김이며 시장의 논리가 더해지고요. 하지만 독립출판 작업은 전 과정을 제 손으로, 제 맘대로 할 수 있잖아요? 좀 거창하게 말하자면 산업의 하위 소비자가 아닌 진짜 생산자가 된 기분을 즐길 수 있어요.

**__여행 드로잉을 독립출판 하는 수업을 진행 중인 걸로 알고 있어요.**

상암동에 있는 서점에서 여행을 주제로 드로잉 수업을 하고 있어요. 여행을 간다고 갑자기 글을 잘 쓰는 게 아니듯, 일상을 여행처럼 관찰하고 그림으로 표현하는 방법을 익힌 후 여행지에서도 본 것과 느낀 것을 기록할 수 있는 근육을 키우는 수업이에요. 수업이 끝나고 실제 여행을 가서 그림을 그려오는 분들이 여럿 생겼는데 그냥 혼자만 간직하거나 SNS에 흘려 보내기 아쉽더라고요. 그래서 처음과 끝이 있는 '작은 드로잉 책'을 만들어보자고 제안한 게 자연스럽게 독립출판에 관한 수업으로 연결되었어요.

다만 독립출판 수업은 여행으로 굳이 한정되지 않고요.

**__독립출판 경험을 권하고 싶은 사람들이 있다면요?**

출판사를 통해 자기 책을 내고 싶다는 욕심이 강하신 분은 독립출판을 꺼려하는 경향이 있어요. 성에 안 차는 거죠. 덜 번듯해 보이고. 저는 그런 분들일수록 독립출판 경험을 해보는 게 좋지 않을까 생각해요. 일단 출판사에서 채택이 되려고 해도 이야기를 한번 처음부터 끝까지 풀어놓고 정리하는 과정은 필요하잖아요? 그 과정을 가장 진하게 경험할 수 있는 기회일 거예요.

그 외에 자신의 이야기를 날것 그대로 잘 담아 누군가에게 전달해보고 싶은 욕구를 가진 사람이라면 누구라도 도전해볼 만해요. 적어도 재미있는 놀이가 될 거예요. 그것도 꽤 보람 있는 놀이가.

**독립출판 여행작가 이미영**
traveldrawing@gmail.com
facebook.com/traveldrawing
그림을 그리고 이것저것 만드는 사람. 여행지에서 그림 그리는 게 멋져 보여서 그림을 시작했고, 동유럽, 지중해, 일본, 남미 여행에서 그린 그림으로 독립출판을 했다. 모든 소풍과 여행에는 큰 카메라 대신 스케치북과 펜을 가지고 다닌다.

## 진입 루트 2. 유관 직업에 종사 후 넘어온다

여행작가라 불리는 '프리랜서'들 외에도 여행 콘텐츠를 다루는 직종은 생각보다 많다. 이러한 유관 직업 종사자들이 회사를 그만두고 프리랜서 신분으로 여행 콘텐츠를 만들면 자연스럽게 '여행작가'라는 명칭을 쓰곤 한다. 책을 출간하지 않았어도 유관 직업 경력이 책 한두 권 낸 것보다 결코 못하다고 볼 수 없기 때문에 자연스럽게 받아들여진다. 이런 경우에도 책을 내고 나시야 '작가'라는 타이틀 및 정체성을 갖는 경우가 많긴 하지만 기고 등 여타 영리적인 콘텐츠 활동을 하고 있다면 '여행작가'의 타이틀을 쓰지 못할 이유는 없다.

현직에서 가장 활발히, 그리고 꾸준히 활동하고 있는 작가들을 보면 대부분 유관 직업 출신들이다. 우리나라의 여행 콘텐츠 바닥은 읍면리 단위보다 좁고 분야의 경계가 그다지 높지 않아 대부분의 종사자들은 경계를 헐렁헐렁하게 넘나들며 다양한 직업을 거친다. 기자로 일하다가 회사를 그만둔 뒤 책 작업을 하며 블로그를 운영하다 출판사에 취업할 수도 있고, 프리랜서 기고가로 시작해서 주간지와 일간지를 거치며 기자 생활을 하다가 다시 프리랜서로 돌아갔다가 여행사에 취업할 수도 있다.

그렇다면 여행작가가 아닌 여행 콘텐츠 유관 직업에는 무엇이 있는지 한번 소개해보도록 하겠다.

### ① 여행 기자

각 일간지와 방송국, 잡지의 여행·레저 담당 기자 및 여행 전문 매체(여행 잡지, 여행 전문 신문, 여행 웹진 등)의 기자를 말한다. 여행 업계 안팎의 소식과 새로운 여행지 및 여행 방법을 소개하는 기사를 쓰고 편집에 참여한다. 여행 전반에 대한 소식에 가장 빠르고, 여행 관련 업계 전반에 발을 넓힐 수 있으며, 정기적으로 결과물을 발행해야 하므로 취재도 가장 활발하게 다니는, 그야말로 여행 콘텐츠 분야의 해병대 내지는 특공대라고 할 수 있다.

일간지나 방송국은 일명 '언론고시'라고 하는 혹독한 입사 시험을 치러야 하지만 여행 전문 매체 쪽은 그렇게까지 문턱이 높지는 않다(물론 썩 낮지도 않다). 58페이지에서 설명한 정도의 학력에 외국어 가능 여부, 기사 작성 능력, 여행 경험 정도가 입사를 위한 주요 능력치라 할 수 있다. 신입 채용보다는 알음알음 경력자 채용이 많은 편이긴 하지만, 그래도 연 1회 정도는 신입 공채가 있고 인턴 기자 채용 기회도 종종 나온다. 관심 있는 지면과 매체 홈페이지를 꾸준히 체크하자. 여행 콘텐츠 쪽의 직업을 꿈꾼다면 한번쯤은 여행 기자 커리어를 쌓으라고 권하고 싶지만, 월 내지 주 단위로 취재와 마감을 해내야 하는 강행군이 이어지며 여행 전문 매체의 경우 급여가 박봉인 곳이 적지 않다는 슬픈 현실 정도는 미리 각오하길 바란다.

### ② 출판사 편집자·기획자

여행 서적을 만드는 일을 한다. 신간을 기획하고, 저자를 섭외하고, 원고를 받아 책의 꼴로 깎고 조이고 기름 치고, 디자인과 인쇄까지의 모든 과정을 관리 감독하고, 때로는 글을 쓰기도 한다. 여행 서적의 사령관 내지는 행보관이라고 할 수 있다. 여행 책에 대해서는 누구보다 잘 알기 때문에 본인이 작가가 된 후에도 하나부터 물 흐르듯 알아서 할 수 있으며, 업계 사정에도 환하기 때문에 책을 내줄 출판사도 쉽게 섭외할 수 있다. 나만 여행의 기회가 썩 많은 직업은 아니므로 역마살이 심한 사람이라면 일이 답답할 수도 있다.

편집자에 관심이 있다면 출판인 전문 사이트인 북에디터bookeditor.org 구인구직란을 참고해볼 것. 처음부터 여행서 편집자로 들어갈 수 있으면 좋겠지만 그렇지 못하다면 실용서를 많이 내는 회사나 편집팀에 들어가 여행 관련 아이템을 기획해보는 것도 한 가지 방법이다. 경력이 어느 정도 쌓인 기자들이나 프리랜서 작가들이 아예 출판 기획사 또는 소규모 출판사를 차리는 경우도 종종 있다.

### ③ 여행사 직원

여행사 경력을 시작으로 여행 콘텐츠 업종으로 들어오는 사람들도 있다. 개인적인 체감으로는 여행사 내의 여러 분야 중에서도 마케팅 담당자 쪽이 여행작가와 연관성이 높아 보인다. 마케팅 분야에서 담당하는 매체 홍보, 인쇄물 제작, 인터넷이나 모바일을 통한 콘텐츠 마케팅, 여행 콘텐츠 데이터베이스 확보 및 축적 같은 일은 여행 콘텐츠 제작과 아주 넓게 맞닿아 있다.

언뜻 생각하면 현지 가이드가 여행작가 및 콘텐츠 관련 업종에 가장 가까울 것 같기도 하다. 특히 일정 지역에 대한 여행 정보라면 현지 가이드 이상으로 잘 알 만한 사람도 없긴 하다. 그러나 알고 보면 가이드와 여행작가 사이에는 꽤 큰 벽 하나가 자리하고 있는데, 바로 말과 글의 차이이다. 말을 고스란히 글로 옮기면 될 것 같지만 그게 생각만큼 쉬운 일이 아니다. 나는 앙코르와트 지역 가이드북을 쓰며 현지 베테랑 가이드 친구의 도움을 아주 많이 받은 적이 있었다. 직접 만나거나 메신저로 채팅을 하면 대학교수급의 지식을 줄줄 쏟아내던 친구였는데 막상 '글로 쓰려고 하면 머리가 텅 비어버리는 느낌이다'라며 몹시 힘들어하는 모습을 본 적 있다. 물론 필력을 겸비한 가이드라면 책을 내거나 작가로 활동하기 가장 좋은 잠재력을 가진 사람이라고 봐도 무방할 것 같다.

# 책을 출간하기 위한
## 출판사 공략법

　　자, 당신 앞에 책 한 권 치에 준하는 이야기가 쌓였다. 이걸 혼자만 알고 있는 건 아무래도 억울하고 아까워서 어딘가에 공표하고 작가가 되어야겠다. 이렇게 마음먹은 사람들을 위한 본격 출판사 및 각종 매체 공략법을 알려드리도록 하겠다. 맨몸으로 부딪치는 용감하고 씩씩한 방법이니 마음의 각오를 단단히 하자.

### 출판사를 공략하는 5단계

#### ① 완성 원고를 준비하자

　책을 여러 권 낸 기성작가거나 여행 관련 매체에서 오랫동안 종사한 사람이라면, 또는 책 여러 권 분량의 콘텐츠를 가지고 있는 파워 블로거라면 완성 원고가 필요 없을 수도 있다. '나 어떤 책 내고 싶어요!'라는 말 한마디면 며칠 뒤 계약서가 날아올지도 모른다. 그렇지 않다면, 사실은 그렇다고 해도, 원고는 완성 형태로 가지고 있는 것이 좋다. 기성작가들이라도 계약 후 막상 취재와 집필에 들어가보면 각종 상황이 아이디어 구상 단계와 전혀 다르게 전개될 때가 많고, 그런 경우가 쌓이면 완성을 못하고 계약 파기하는 최악의 사태가 벌어질 수도 있다. 완성 원고가 없으면 아예 투고를 받지 않는 출판사도 있다.

### ② 기획서를 쓰자

원고를 완성했으면 투고 메일을 던지고 싶어 안달이 날 것이다. 그러나 한 템포만 참자. 원고 전체를 다 보내는 건 위험하다. 가볍게는 편집자가 읽다 지칠 위험이 있다. 초보의 원고는 아무래도 문장이나 논리 전개가 서투르기 때문에 잘 안 읽힌다. 무겁게는 도용이나 표절을 당할 위험이 아주 미미하지만 엄연히 존재한다.

그럼 어떻게 한다? 정답은 기획서이다. 책의 골자를 일목요연하게 A4 1~2장으로 정리한 기획서가 있으면 좀 더 쉽고 명쾌하게 아이템의 매력을 어필할 수 있다. 편집자 입장에서는 원고 전체를 낑낑거리며 읽는 것보다 가부의 판단도 쉬워진다. 검토하겠다고 원고를 한도 끝도 없이 붙들고 있는 출판사의 연락을 기다리는 일, 작가 입장에서 생각보다 꽤 심한 고문이다.

기획서는 필자 자신을 위해서도 꼭 써볼 만한 과정이다. 내가 써놓은 것 또는 쓰고 싶은 것을 단순하고 일목요연하게 정리하다 보면 무엇이 부족하고 필요한지 한눈에 보인다. 원고 없이도 계약이 가능한 기성작가들도 처음 일하는 출판사에는 기획서를 제출하는 것이 일반적이고, 오랜 신뢰가 쌓인 회사와 일할 때도 최소한의 목차는 짜서 보낸다. 기획서에 꼭 들어가야 할 내용은 다음과 같다(각 출판사 홈페이지 투고란에 기획서 양식을 올려놓는 경우가 있으니 참고하기 바란다).

• 제목 : 당신의 여행, 당신의 책을 표현할 수 있는 가장 핵심적인 단어 또는 문장을 찾아 세목으로 붙여본다. 아주 기발하거나 근사한 제목이 아닌 이상 출간될 때 바뀔 확률이 높지만, 아이템의 성격을 한눈에 보여주는 제목은 꼭 필요하다.

• 콘셉트·기획의도 : 책의 주제와 줄거리, 핵심 콘셉트와 차별점 등을 서술한다. 어느 지역을 다룰 것인지, 전체적인 내용의 흐름은 어떠한지, 문체는 어떠한지 등등 10줄 이내에 이 책이 어떤 책이 될 것인지 한눈에 파악할 수 있도록 기술한다.

• 주요 타깃 : 주요 예상 독자층의 윤곽을 그려본다. 이 책에 흥미를 느끼고 집어 들 사람들은 주로 어떤 연령과 성별이며 이들이 어떤 식으로 흥미를 느낄 수 있을지 기술한다.

• 저자 소개 : 학력이나 토익 점수 등은 하나도 쓸데없고, 주로 이 아이템에 관련한 자신의 배경에 초점을 맞춘다. 블로그 운영, 여행 업계 및 언론 매체 관련 경력, 여행한 국가 수, 독특한 인생 이력 등은 신뢰도를 높이는데 도움이 되므로 꼭 적는다.

• 목차 또는 구성안 : 기획서의 핵심이다. 앞에 언급한 것들 다 없어도 목차나 구성안만 있으면 그럭저럭 괜찮다. 책의 흐름과 주요 콘텐츠가 어떤 것이 될 것인지 한눈에 알아볼 수 있도록 꾸민다. 각 소단

위, 즉 장이나 절의 제목은 되도록 붙여준다. 출간 후에 전부 바뀔 수도 때로는 제목이 없이 갈 수도 있지만, 기획서 단계에서는 소단위의 내용을 구체적으로 파악할 수 있는 역할을 수행한다.

---

### 샘플 원고를 쓰자!

샘플 원고는 원고의 일부를 발췌하거나 새로 작성한다. 문체와 단락 구성, 원고량 가늠 등 여러 가지 목적이 있다. 기획을 진행하다 보면 언젠가 한번은 반드시 거치는 작업이다. 완고가 있다면 재미있는 부분을 뽑아내면 되고, 없다면 실제 원고를 작성하듯 쓴다. 원고가 책이 됐을 때 어떤 식으로 구현할지를 어느 정도 생각하면서 쓰는 것이 좋다.

---

### ③ 나와 맞는 출판사를 찾자

아기가 태어나려면 우선 남자와 여자가 만나야 하듯이, 한 권의 책이 태어나려면 저자와 출판사가 만나야 한다. 혼자서 글 쓰고 편집하고 디자인하고 제본하고 인쇄하고 판매까지 할 수 있다면야 굳이 출판사에 맡길 필요 없겠지만, 애초에 그런 슈퍼 능력자가 이 책을 읽고 있을 거라는 생각은 들지 않는다.

국내에는 약 4만 4,000여 곳(2013년 기준, 한국출판연감)의 출판사가 등록되어 있는데, 그중 10퍼센트 정도가 꾸준히 책을 낸다고 한다. 그중 여행서를 출간하는 회사는 정확하지는 않아도 아마 200여 곳 이하일 것이다. 그 200여 곳의 회사 중 나의 책을 출간할 만한 곳이 어딘지를 찾는 게 가장 먼저 할 일이다. 주로 회사의 유명세와 규모로 시선이 가기 마련이지만, 사실 진짜 중요한 것은 어떤 편집자와 일하느냐, 편집팀이 내 아이템에 애정과 확신이 있느냐, 회사 내에서 여행서의 비중이 얼마나 되는지 등이다. 회사나 편집자마다 방침이나 취향, 보는 눈이 모두 다르고, 그에 따라 책의 스타일도 판이하게 달라진다. 인문서·문학 전문 출판사는 사진 들어가는 책을 거의 내려고 하지 않는다. 당신의 여행기가 가벼울 정도로 재치가 넘치는 코믹한 책이라면 미문을 선호하는 편집자에게는 못마땅하기만 하다. 여행서 전문 출판사 중에서도 에세이는 전혀 내지 않거나 아주 까다롭게 내는 경우도 있다. 가이드북은 전문으로 출간하는 회사만 낸다. 어느 회사에서 내가 만들고 싶은 책을 내는지부터 파악하는 것이 좋다.

초보 작가가 출판사를 한눈에 알아보기란 쉽지 않다. 만일 책이 그냥 나오기만 하면 된다는 마음이라면 200여 곳을 다 찔러보는 호연지기를 발휘해도 무방하지만, 그렇지 않다면 일단 서점에 한번 나가보자. 가급적 큰 서점이 좋다. 여행 서적 코너를 샅샅이 뒤지며 책 하나하나를 꼼꼼하게 보자. 표지, 내지 디자인은 어떠한지, 글의 성격은 어떠한지, 장르는 어디 속하는지 등등. 내가 내고 싶은 책에 가장 가까운 스타일의 책을 찾아보고, 출판사가 어딘지 확인한다. 넉넉하게 10곳 정도는 찾아두자.

집으로 돌아와 인터넷 서점에 접속한다. 인터넷 서점은 의외로 많은 것을 말해주는데, 특히 출판사의 이전 여행서 판매 실적, 책의 업데이트 여부가 확실히 드러난다. 판매 실적이 정확히 공개되는 곳은 없지만 예스24나 알라딘의 판매지수, 인터파크의 누적 판매 집계를 보면 얼추 잘 팔리는지 아닌지 정도는 알 수 있다. 또한 이 회사가 이전에 내 아이템과 비슷한 책을 출간했는지도 확인해야 한다. 아주 좋은 반응이 있던 것이 아닌 이상, 비슷한 아이템을 두 번 내려는 회사는 거의 없고, 심지어 그 책이 아직 판매 중이라면 의리상으로도 못 낸다. 여기까지 하면 10곳의 회사 중 제외할 곳이 생긴다. 뺄 곳을 다 빼고 남은 곳이 당신이 첫 번째로 투고해야 하는 회사들이다.

### ④투고하자!

마음에 드는 출판사를 찾아냈으면 투고를 하자. 일단 출판사 홈페이지나 블로그를 찾아가보자. 거의 반드시 투고를 받는 이메일 주소가 적혀 있을 것이다. 일단 적어두고, 전화번호를 찾아내자. 홈페이지나 그 회사에서 낸 최신간의 판권 페이지를 보면 대표 전화번호를 찾을 수 있다. 책의 제목과 발행일, 참여 스태프가 줄줄이 나와 있는 페이지가 판권 페이지다.

전화번호를 찾아냈다면 용기를 내어 전화를 하자. 협찬 문의와 마찬가지로, 용기 내기가 사실 가장 어렵다. 그러나 힘을 내자. 상대방이 전화를 받으면 '원고 투고 때문에 그러니 여행서나 실용서 담당자를 부탁한다'고 말하자. 그리고 담당자가 받으면 개인 메일 주소를 받아서 기획서를 보내자. 대형 출판사일수록 더더욱 분야 담당자를 찾아 보내는 것이 좋다.

### ⑤마음을 비우고 기다린다

이제 할 수 있는 것은 다 했다. 담당 편집자는 당신의 기획서를 검토하고, 다른 편집자들과 회의를 하고 브레인스토밍도 할 것이다. 가능성이 있다는 결론이 나면 당신에게 완성 원고나 샘플 원고를 달라고 요청할 것이다. 원고를 주고 나면 또다시 꽤 긴 시간을 거쳐 출간의 가부가 결정된다. 결정이 나기 전까지는 일단은 기다려야 한다.

기다린다고 해서 100퍼센트 책을 낼 수 있는 것은 아니다. 로버트 드니로가 뉴욕예술대학 졸업식에서 '예술가는 평생 거절당하는 인생을 산다'고 했다는데, 작가도 크게 다르지 않다. 조앤 K. 롤링도 《해리포터》를 출간하기 전 12개의 출판사에서 거절당했다고 하지 않던가. 적어도 열두 번은 문을 두드려보기를 권한다. 다 거절당하면 그땐 정말 포기해라.

## 출판 수익 지급의 기본, 인세와 매절

까다로운 검토 과정을 마치고 드디어 출판사에서 출간 확정이 났다. 이제 눈앞에 남은 것은 계약. 기쁨에 날뛰며 계약서에 도장을 찍기 전, 먼저 출판을 비롯한 모든 콘텐츠 저작 관련 계약에 꼭 필요한 개념 하나만 알고 넘어가자. '인세印稅'와 '매절買切'이다. 출판사에서 책을 팔든, 잡지사에 기고를 하든, IT회사에 콘텐츠를 팔든, 저작물 사용자가 저작권자에게 돈을 지급하는 방식은 둘 중 하나, 인세 아니면 매절이다.

### ① 인세

판매 금액의 일정 지분을 받는 것. 출판사에서 저자가 자신의 이름을 건 작품을 출간을 할 때나 전자책, 스톡사진 등 인터넷 오픈마켓에서 콘텐츠를 유통할 때 주로 인세 방식을 쓴다.

출판 계약 시 인세는 책 정가의 6~10퍼센트 선이다. 서너 권 이상 펴낸 기성작가는 인세 10퍼센트 기준으로 기타 조건을 조정하며, 신인 작가는 원고의 완성도나 기타 여러 가지 조건에 따라 6~8퍼센트 선에서 결정된다. 다만 책을 처음 내는 작가라 할지라도 다른 활동을 통해 인지도를 쌓았거나 거의 손댈 필요 없는 완벽한 원고를 가지고 있다면 9~10퍼센트를 요구해도 된다. 아주 드물게는 10퍼센트를 넘게 받는 작가도 있긴 한데 정말 아주 드물다. 그냥 10퍼센트가 상한선이라고 봐도 무방하다.

출판사에 따라서는 기성작가에게도 초반 인세 7~8퍼센트를 지급한 뒤 판매량에 따라 인세율을 올려주는 곳도 있고, 인세를 적게 잡는 대신에 초판 부수를 넉넉하게 잡아주는 회사도 있다. 개인적으로는 이런 거 다 필요 없고 그냥 10퍼센트를 주는 것이 제일이라고 생각한다. 또한 책을 세일할 때에는 인세를 원래 계약보다 낮춰서 지급하는 게 예전 관례였는데, 2014년 11월부터 정가의 10퍼센트까지만 할인이 허용되는 도서정가제가 시행되어 이 부분은 앞으로 어떻게 될지 지켜봐야 할 것 같다.

인세 계약을 할 때 중요한 사항이 두 가지 있다. 초판 부수와 선인세이다. 초판 부수는 책의 1쇄를 펴낼 때 찍는 양을 말한다. 책은 출판사의 역량, 시장 상황, 작가의 인지도, 아이템의 매력 등을 종합적으로 판단하여 초도 생산량을 결정하고, 이후 판매량을 보아 추가로 제작하곤 하는데, 이때 한 번에 찍어내는 단위를 '쇄'라고 하며 최초로 제작하는 분량을 일컬어 초판 또는 1쇄라고 한다.

이게 왜 중요하냐면, 현재까지의 출판 관행상 초판 부수에 대한 인세는 실제 판매량에 상관없이 저자에게 모두 지급해주기 때문이다. 책을 한 권 냈을 때 저자가 무조건 확보할 수 있는 최소한의 원고료인 셈이다. 현재까지 일반적인 초판 부수는 3,000부이지만, 신인 저자는 2,000부 이하일 경우도 있다. 판매량이 보장되는 작가나 인세율을 적게 잡을 경우에는 5,000부까지도 가능하다. 연예인이나 초특급 유명 작가의 경우는 초판 계약을 몇 만 부씩 하기도 한다. 다만 최근에는 출판 시장이 악화되면서 기성작가도 3,000부 아래로 계약하는 경우가 허다하며, 계약상 초판 부수를 아예 없애고 실제 판매량으로만 정산하는 방식이 점점 늘어나고 있다.

선인세는 일종의 계약금으로서, 인세의 일부를 계약 성사 시 출판사가 저자에게 지급한다. 액수는 회사 정책에 따라 모두 다르나 적게는 30~50만 원, 여행서는 보통 100~200만 원선인데, 아이템이 좋으며 작가 지명도가 높다면 수백만 원까지 올려 받기도 한다.

출간 후 정산 시스템은 출판사마다 모두 다르다. 일단 계약 당시 초판 부수에 대한 내용이 들어 있다면 그 금액은 출간 1~2개월 내에 바로 정산된다. 그 이후 판매분에 대해서는 쇄 단위, 월 정산, 분기 정산, 반기 정산, 연간 정산 등 회사마다 각양각색이다. 개인적으로 가장 싫어하는 것은 쇄 단위 정산, 가장 좋아하는 것은 월간 또는 분기 정산이다. 쇄 단위 정산은 책이 안 팔리기 시작하면 정산이 몹시 불투명해지기 때문이다. 예를 들어 2쇄 인세는 보통 3쇄를 찍을 때 받게 되는데, 만약 3쇄를 찍지 못할 정도로 판매가 부진하다면 판매분에 대한 인세 정산을 한도 끝도 없이 기다려야 하기 때문이다. 일례로 나는 2009년에 찍은 보 책의 3쇄 인세를 계약이 끝난 2015년에야 받기도 했다.

아주 드물기는 하지만, 일반적인 쇄 단위 정산과는 달리 찍자마자 바로 인세를 지급하는 경우도 있다. 2쇄 찍으면 3쇄를 찍든 말든 2쇄 인세는 그냥 다 주는 거다. 저자 입장에서는 가장 좋지만, 출판사의 부담이 너무 크기 때문에 멸종해가는 안타까운 정산법이다. 한 여행 전문 출판사에서 이런 방식으로 인세를 지급했는데, 최근 일반 쇄 단위 정산으로 바뀌었다는 슬픈 소식을 들었다.

---

### 전자책의 인세율

전자책을 비롯한 인터넷 오픈마켓의 인세율은 회사마다 천차만별이다. 전자책 오픈마켓의 경우는 적게는 정가의 30~40퍼센트에서 많게는 50~70퍼센트까지(최근에는 매출액 기준으로 인세를 정하기도 한다). 스톡사진은 30퍼센트 안팎이다. 전자책의 인세율이 종이책보다 훨씬 높긴 한데, 전자책의 가격이 종이책보다 저렴하고 현재까지는 매출도 시원치 않기 때문에 실제로 손에 남는 것은 많지 않다. 개인이 출판 등록을 하고 편집과 디자인까지 맡아 '완성품' 형태로 올리는 것이 가장 높은 수익을 얻는 길이다.

---

②매절

저작물에 대한 대가를 판매량과 관계없이 사전에 약속한 일정 금액으로 받는 방식이다. 출판사에서 기획한 서적에 부분 저자나 윤문 작가 등으로 '고용'될 경우 또는 관공서·단체·회사 등에서 만드는 비매품 책자의 필자로 섭외되었을 경우에 주로 매절 계약을 한다. 잡지나 신문, 인터넷 등에 기고했을 때 받는 원고료 또한 크게 보아 매절의 개념으로 볼 수도 있다. 판매량을 산정하기 어려운 경우의 지급 방식이라고 보면 틀리지 않다. 계약 조건은 소위 '케이스 바이 케이스'로서, 작업 건마다 천차만별이다. 보통은 회사에서 금액을 제시하면 작가가 기존 작업과 비교하여 조정을 요청하는 식으로 진행된다(지금까지 내가 해본 작업 중 가장 재미있었던 매절 조건은 모 가이드북의 맛집 정보 업데이트에 참여했을 때다. 그 조건이란 '취재하고 영수증을 가져오면 쓴 금액의 두 배를 지급해주겠다'였다).

매체 기고나 비매품 책자를 작업하는 경우에는 매절이 일반적이다.

'우리 잡지가 이번 달에 2만 부 나가고 정가는 8,000원인데 총 500페이지 중 당신 글이 4페이지 실렸으므로 인세는……' 이렇게 계산하는 건 생각만 해도 서로 피곤한 일이다. 비매품 책자는 그야말로 '비매품'이므로 판매량이라는 게 있을 수 없으므로 매절이 당연하다.

그러나 출판사의 일반 판매용 책자나 IT계열의 오픈마켓 등 시중에 '판매'가 되는 콘텐츠를 매절로 계약하는 건 조심스럽게 생각해야 한다. 일반 판매용 책자나 콘텐츠라도 전체의 아주 일부만 작업하는 경우, 별책 부록처럼 인세 산정이 어려운 콘텐츠를 만드는 경우에는 사실 매절 외에는 답이 없긴 하다. 그런데 콘텐츠의 주요 부분을 작업하거나 아예 책 한 권을 다 쓰는 경우에도 회사 측에서 매절 계약을 제안할 때가 있다. 저자가 제공하는 콘텐츠만으로는 완성품을 만들기 힘든 경우 또는 기획의 주체가 회사이고 저자는 일종의 '용역'으로 일할 때, 특히 저자의 경력이 그다지 많지 않을 때 이런 제안이 들어온다. 여행 출판 분야에서는 가이드북 작업 시 이런 경우가 많다.

이 경우, 보통 제안하는 액수가 크다. 부분 필자일 경우는 분량에 따라 수백만 원대, 책 한 권을 다 쓰거나 내 콘텐츠가 완성품의 핵심일 경우는 천만 원 이상까지도 올라간다. 언뜻 보기에는 작업 분량이나 내용에 비해 페이가 후하다고 생각될 수 있다.

그러나 꼭 알아두자. 시중 판매용 프로젝트에서 저자 및 콘텐츠 제공자에게 큰 액수를 선뜻 제시하는 경우는 판매에 어느 정도 자신이 있는 케이스라고 봐도 좋다. 즉, 판매 수익으로 작가에게 지급한 돈 정도는 충분히 다 뽑을 수 있는 아이템인 것이다. 매절 비용을 작가가 만족할 정도로 지급받고 회사도 괜찮은 수익을 내는 정도라면 전혀 문제될 것 없다. 나도 예전에 매절 계약으로 부분 작업한 책이 하나 있는데, 당시는 작업비가 후하다고 좋아했지만 나중에 계산해보니 인세로 계약했다면 두세 배는 더 받을 수 있었다는 걸 알게 되었다. 그렇지만 그때 나는 눈에 보이지 않는 수천만 원보다 당장 확실한 몇 백만 원과 괜찮은 경력을 쌓는 게 훨씬 더 중요한 상황이었기 때문에, 지금도 불공정 계약이라는 생각은 전혀 하지 않고 있다.

문제는 '대박'이 났을 때다. 천만 원 정도를 받고 책 한 권을 작업했는데 나중에 수만 권이 팔려나간 베스트셀러가 되어 인세로 받았다면 억대 가까운 금액이 산출된다거나 하는 일도 충분히 벌어질 수 있고, 사실 이미 여러 차례 벌어졌다. 이런 일은 비단 여행 콘텐츠나 출판뿐 아니라 콘텐츠 산업 전반에서 종종 벌어진다. 매절로 계약한 뒤 저작권까지 넘긴 캐릭터가 알고 보면 수십 억의 이익을 냈다거나, 온라인 게임에 만화 원작을 제공했는데 나중에 천문학적인 수익을 내는 바람에 작가가 불공정거래로 소송을 거는 등의 말이다. 최근 최초 계약 시점보다 수익이 크게 발생할 경우 수익 배분을 재산정하는 법안을 만드는 움직임이 일어나고 있다는 얘기를 들었는데, 긴말 안 하겠다. 쌍수 들어 환영한다.

그러고 보니 최근 출판 쪽에서 매절 계약 제안은 들어본 지 좀 된 것 같다. 출판 시장이 악화일로를 걸으며 점점 판매량에 대한 희망적인 예측이 힘든 상황이 되고 있기 때문일 테다. 예전 같으면 큰 액수를 걸고 매절로 작업했을 원고들도 인세로 계약하는 일이 늘어나는 추세다. 살짝 쓸쓸하다.

## 출판 계약을 할 때 꼭 챙겨야 할 5가지

자, 본격적으로 계약서를 뜯어보자. 처음 책을 내는 작가는 책을 낸다는 자체로 기뻐서 계약 내용이 어떠하든 무조건 도장부터 찍고 보는 경향이 있는데, 진짜 잘 생각해야 한다. 계약 한 번에 기본 5년은 묶이게 되므로 잘못하다 나중에 땅을 치는 경우도 발생할 수 있다.

**① 금전적 계약 조건** : 인세율과 선인세, 초판 부수는 어떤 계약을 하든 가장 먼저 봐야 하는 내용이다. 가장 얘기하고 싶은 건 선인세 액수에 크게 집착하지 말라는 것. 취재 여행을 떠나야 하는 경우나 개인 사정상 급전이 필요한 경우가 아니라면 그냥 주는 대로 받는 것이 가장 좋다. 나중에 받을 것을 당겨서 받는 것이고, 계약이 파기되면 토해내야 한다. 그래서 '계약금'이 아니라 '선인세'인 것이다. 선인세를 많이 받을수록 원고에 대한 부담도 커진다. 개인적으로 선인세는 무이자 담보 대출이라고 생각한다.

**② 계약 기간** : 일반적인 계약 기간은 5년이고, 양쪽에서 딱히 언급이 없는 한 2년씩 자동 연장되는 경우가 가장 흔하다. 이때 연장 횟수를 1~2회로 제한하는 경우가 있고, 무제한 연장인 경우가 있다. 당연히 연장 횟수를 제한하는 편이 좋다. 또한 '다시 5년 연장한다'는 식으로 계약하는 경우도 있는데, 이 부분도 수정을 요구하여 2~3년으로 줄이자.

**③ 계약 중도 해지** : 책을 출간했는데 판매가 너무 시원치 않다면 작가 입장에서는 얼른 계약을 끝내고 출판권을 회수한 뒤 다른 내용으로 개작하거나 다른 책에 콘텐츠를 쓰고 싶을 것이다. 이럴 때를 대비해

서 계약 중도 해지 내용을 넣어달라고 하는 것이 좋다. 보통 6개월에 100부 이하 등 구체적인 기간과 판매 부수를 설정하여 그 이하일 경우 협의 하에 중도 해지를 한다고 명시하게 된다.

④ **저작권과 사용권** : 매절이나 용역으로 된 계약서를 받아보면 정해진 기간 없이 콘텐츠의 저작권이 사용자 측에 귀속된다는 조항이 있는 경우가 상당히 많다. 이 부분은 분명하게 짚고 넘어가자. 일단은 계약 기간을 확실히 정하는 것이 좋고, 적어도 '콘텐츠가 시장에 유통되는 동안' 정도라도 기간을 정해둬야 한다. 또한 저작권을 전적으로 넘기는 것에 대해서는 다소 논쟁의 요지가 있다. 동일 분야가 아닌 곳에서는 본 저작물의 일부 또는 전부를 사용할 수 있다고 계약서에 명시해두는 편이 좋다. 출판의 경우, 출판권 외에 2차 저작권(해외 판권 수출, 영상 등 타 매체 활용, 디지털 콘텐츠의 개발 등) 사용에 대한 내용이 들어가므로 자세히 살펴보고 인지하자.

⑤ **마감과 출간 일자** : 계약서상의 마감 일자는 되도록 넉넉하게 잡는다. 마감을 어겼다고 해도 계약 위반으로 파기당하는 일은 거의 없지만(아예 없진 않다. 있긴 있다), 그래도 굳이 작가 스스로 자신의 목을 조여야 할 이유는 없다. 출간 일정은 계약서상에 명시되어 있는 경우가 드물고, '완성 원고 인도 후 00개월 이내' 정도로만 적혀 있다. 실제 상황에서는 이런 건 다 소용없는 얘기고, 여행서는 무조건 대목 타이밍을 맞춰야 한다. 1차 대목은 4~7월, 동남아시아 관련 책은 12~2월도 나쁘지 않다. 이 두 시기를 벗어나서 출간할 경우에는 판매량에 꽤 큰 차이가 난다. 계약서상의 마감이 언제든 간에 4~7월 또는 12~2월에 출간할 수 있도록 마감할 것. 보통 에세이나 기획물의 제작 기간은 2~3개

월에서 6개월 정도이고, 가이드북은 최소 5~6개월에서 1년 이상씩도 걸린다.

### 전자책 셀프 퍼블리싱

종이책 출판사나 전자책 전문 출판사를 통할 경우에는 일반 종이책 출간과 크게 다르지 않은 과정을 거친다. 이 경우에는 사실 '전자책을 냈다'는 기념적인 의미 외에는 이렇다 할 무언가를 찾기가 힘들다. 아직까지 전자책은 종이책만큼의 위상도 갖지 못했고, 매출도 그다지 만족스럽지 못하다. 출판사와 수익을 나눈다면 실제 수입은 생각보다 더 미미할 것이다.

그러나 204페이지에서 언급한 독립출판은 얘기가 조금 다르다. 작가 본인이 출판사 역할까지 해내기 때문에 수익을 모두 가져갈 수 있고, 완벽한 내 취향으로 책을 낼 수도 있다. 종이책의 독립출판은 유통과 재고 관리가 까다롭지만, 전자책은 디지털 파일을 만들어 유통하는 형태이기 때문에 물류며 재고며 전혀 신경 쓸 필요 없이 그냥 파일을 여기저기 쭉 돌려놓고 매출만 체크하면 된다.

편집과 디자인을 배워야 하는 게 조금 문제이긴 하나, 미리 배워두는 것도 전혀 억울한 일은 아니다. 앞으로는 분명 1인 콘텐츠 제작 시대가 올 것이기 때문이다. 지금부터 전자책 독립출판의 절차를 살펴보자.

①**출판사 설립**: 먼저 구청이나 시청에 찾아가 출판사 등록을 한다. 등록을 하기 전 출판사/인쇄사 검색 시스템book.mcst.go.kr을 이용하여 출판사명 중복 검색을 해야 한다. 그러고는 세무사나 홈택스를 이용하여

개인사업자 등록을 한다.

②**발행자번호 받기** : 모든 책은 ISBN이라는 코드로 관리되고, 이 코드를 생성하기 위해서는 출판사 고유의 발행자번호를 받아야 한다. 서지정보유통지원시스템seoji.nl.go.kr에서 간단한 교육 후에 받을 수 있다.

③**유통사와 계약하기** : 현재 한국에서 전자책을 유통하는 곳은 서점에서 운영하는 전자책 서점과 북큐브, 리디북스, 에피루스 등의 전자책 전문 유통사, 네이버나 통신사 등에서 운영하는 전자책 오픈마켓 등이 있다. 이 모든 곳과 일일이 계약을 맺을 수도 있고, 한 곳과 독점 계약으로 전체 유통까지 총괄하게 할 수도 있다. 보통 일일이 계약을 맺는 편이 수익률은 더 좋으나 관리가 귀찮다는 단점이 있다.

④**제작하기** : 원고 집필, 취재, 사진 찍기는 종이책과 완전히 동일하다. 문제는 편집과 디자인. 디자인을 직접 하는 것이 불가능하다면 전문 디자이너에게 시안을 구입할 수도 있다. 편집 프로그램은 어도비의 인디자인이 가장 쓰기 좋으나 가격이 비싸 무료로 배포되는 편집 툴을 사용하는 사람들도 많다.

⑤**배포하기** : 책이 완성되면 epub 파일로 출력하여 결과물을 만들고, 이것을 계약된 회사에 이메일 등으로 배포한다. 마케팅은 유통사에서 담당하지만 그것만으로는 부족하므로 상당 부분 본인이 알아서 해야 한다. 블로그, SNS, 지인 루트 등 수단과 방법을 가리지 않고 홍보하자!

책을 내는 일은 생각보다 잔손이 많이 가는 작업이다. 글을 쓰고 사진을 찍어 완성 원고를 출판사에 넘기면 바로 책이 나올 것 같지만, 희망사항에 불과하다. 어느 책이든 반드시 거치게 되는 과정 몇 가지를 소개해보겠다.

①**수정**: 작가가 준 원고가 그대로 출간되는 일은 정말 거의 없다. 편집자는 원고를 꼼꼼히 살펴본 뒤 자기의 의견을 첨가한 피드백 원고를 돌려주고, 작가는 그 내용에 따라 원고를 수정한다. 때로는 편집자의 빨간 펜 내용이 작가가 쓴 원고보다 길 때도 있다.

②**보충**: 초고 집필 당시 빼먹은 부분이나 편집 과정에서 생긴 빈 페이지를 채운다. 인터넷에서 자료를 찾거나 기존 지식을 활용하여 원고를 쓰고, 각종 공개 자료실이며 스톡사진을 뒤져 필요한 사진을 얻어낸다.

③**지도 작업**: 작가가 일차로 지도에 대한 기초 자료를 넘기면 출판사에서 내부 디자이너에게 작업을 맡기거나 전문 디자이너를 고용하여 작업한다. 종이 지도에 점을 찍어서 넘겨도 되고, 구글 맵을 캡처해서 쓸 수도 있다.

④**교정**: 원고를 책의 꼴로 디자인하여 편집한 뒤 깎고 조이고 기름 치는

과정이다. 넘쳐나는 원고를 빼고 모자라는 원고는 채워 넣으며 틀린 맞춤법이나 오타를 잡아낸다. 한 권의 책을 위해 전체 교정을 3~5회 정도 실시하고 그중 작가는 1~2회 정도 참여한다. 가이드북은 교정 횟수가 훨씬 많고, 거의 전 교정 과정에 작가가 참여한다.

⑤ **부속글 쓰기**: 본문 내의 각종 캡션, 책날개에 들어갈 작가 소개, 머리말과 꼬리말, Thanks to 등을 쓴다. 작가 소개는 편집자가 써주는 경우도 있지만 남에게 맡기면 인간적으로 너무 부끄럽고 오그라들게 쓰는 경우가 있어 나는 직접 쓰는 편을 선호한다.

⑥ **표지 셀렉트**: 디자이너가 시안을 3~5개 정도 뽑으면 그중 하나를 골라서 결정한다. 보통은 출판사 내외의 여러 사람에게 의견을 물은 뒤 다수결로 결정하게 되며, 작가는 'One of them'이 되어 한 표를 행사한다.

기고, 강연, 방송, 온라인 콘텐츠 등도 여행작가의 주요 영역임에도 '그 밖에'라고 퉁쳐버리는 이 무성의에 일단 사과드린다(사실은 하나하나 따로따로 떼어서 다뤄보고 싶었지만, 원고를 쓰다 보니 꼭지마다 다 똑같은 얘기를 떠들고 있던 것을 깨닫고 재빨리 하나로 합쳤다). 책 중심으로 활동하며 다른 일거리를 부업으로 틈틈이 받아서 일하던 한 작가가 10년 동안 쌓아온 흐릿한 노하우는 다음과 같다.

①눈에 띄게 존재하라: 일정 수준의 인지도나 성과를 내고 나면 기고나 온라인 콘텐츠, 강연, 방송에 대한 섭외 연락을 종종 받을 수 있다. 내 경우 주로 신간을 냈을 때 가장 많은 연락이 오며, 스테디셀러의 경우는 몇 년이 지나도 관련 일거리가 들어오곤 한다. 이때 방송이든 잡지든 IT회사든 어디든 담당자가 나를 알게 되는 루트는 둘 중 하나. 주변의 추천 아니면 인터넷이다. 만일 두 명의 작가가 후보에 올랐는데, 블로그에 자신의 경력과 포트폴리오 정리를 깔끔하게 해두고 개인 연락처도 공개해놓은 사람과 블로그조차 없는 사람 중 연락은 과연 누구에게 갈까? 여행작가로서 기타 활동도 열심히 하고 싶다면 반드시 블로그 하나 정도는 깔끔하게 운

영할 것. 파워 블로그로 키우는 것이 가장 좋으나, 그 정도 시간과 정성이 없더라도 본인의 저서와 기고, 강연, 방송 출연 등의 경력을 정리하는 용도로는 꾸며놓는 것이 좋다. 최근에는 인스타그램과 페이스북도 괜찮다. 네이버 등의 검색엔진에 인물 검색이 되는 것도 필요하다.

② **기고 – 적극적으로 영업하라** : 먼저 연락이 오는 경우는 1년에 몇 차례 단발성에 그치고 말 가능성이 높다. 기고를 통해 유의미한 경력 및 수입을 만들고 싶다면 조금 더 적극적인 자세가 필요하다. 우선 평소 즐겨보던 매체에 단발 칼럼 등을 보내볼 것. 신문이나 잡지는 원래 청탁이 오기 전에 기고를 보내도 상관없는 곳이다. 지면에 싣는 것은 편집진의 판단이긴 하나, 꾸준히 보내다 보면 언젠가 자리를 얻을 수도 있다. 담당 기자와 어느 정도 얘기가 오가고 몇 차례 지면을 얻은 후에는 연재를 노려봐도 좋다. 연재를 위해서는 출판사 투고와 마찬가지로 기획서를 만들 것. 6~12회 정도 연재 가능한 분량의 콘텐츠를 갖추고 있는 것이 좋다.

③ **강연 – 전문 업체와 손잡아보자** : 강연에 몇 번 나가봤더니 아무래도 이쪽에 소질이 있는 것 같다면, 그래서 좀 더 활발한 강의·강연 활동을 해보고 싶다면 전문 업체와 한번 손잡아보자. 강의나 강연이 필요한 단체·행사·기업 등에 강사를 파견하는 업체도 있고, 다양한 프로그램을 자체적으로 개발하여 수강생을 받는 곳들도 많다. 단발 강연은 1~2시간 정도, 고정 강의는 10~20회 정도 분량의 레퍼토리를 준비해야 한다. 고정 팬층이 있고 진심으로 강의에 자신이 있다면 온오프믹스onoffmix 등을 통하여 직접 강의를 개설해보는 것도 추천한다.

④ **답은 결국 네트워킹** : 다시 말해, '인맥'이다. 책도 그렇지만 이쪽 일의 대부분은 '알음알음'으로 이뤄지는 경우가 많다. 빈 칼럼 자리가 났을 때도,

강사를 찾을 때도, 라디오 방송 출연자를 찾을 때도, 가장 먼저 고려되는 것은 유명한 사람 아니면 아는 사람이다.

인맥을 만들기에 가장 좋은 방법은 여행 콘텐츠 유관 직업을 거치는 것, 콕 짚어 기자가 최고다. 작가 및 유관 직업 사람들이 많이 모이는 커뮤니티에 가입해서 활동하는 것도 좋다. 함께 일했던 사람들과는 꾸준히 연락하기를 권한다. 출판, 기고, 방송, 강연 모두 한 번 하고 나서 '수고하셨습니다'로 돌아서고 끝낼 수도 있지만, 그 사람들이 계속 그 자리에 있는 한 다시 일하게 될 가능성은 언제나 열려 있다. 주소록을 만들고 나에게 무언가 '이야깃거리'가 생길 때마다 꾸준히 연락할 것. '저는 이번에 발리를 갑니다. 차후 여행 칼럼 계획에 참고해주세요.'나 '저는 덴마크를 가는데 영상 필요하십니까?' 정도는 전혀 부끄러울 것도 손해 볼 것도 없는 프러포즈다.

# 여행작가의
## 사진 찍기

이 책에 실린 사진들을 보면 쉽게 알 수 있듯, 나는 사진을 썩 잘 찍지는 못한다. 카메라 잡은 지도 10년이 다 되어가고 그동안 찍은 사진만 수만 컷은 될 텐데, 이 정도다. 타고난 재주는 확실히 없는 것 같다. 머리로는 아는데 막상 찍을 때는 잘 안 되는 것도 참 많다.

그래서 나는 사진의 기술을 크게 향상시키거나 기가 막힌 인생 컷을 건지는 방법 등은 할 말이 없다(솔직히 그쪽으로는 내 앞가림이 시급하다). 다만 궁금한 독자들을 위해 사진가 한 명을 초대하여 간단한 인터뷰를 진행했으므로 뒤에 나올 페이지를 참고하면 되겠다.

내가 얘기할 수 있는 건, '최소한'이다. 이를테면 전문 포토그래퍼의 도움 없이 혼자 해나갈 수 있을 정도, 편집자나 담당자에게 욕먹지 않

■ 내가 찍은 2002년의 에펠탑과 2012년의 에펠탑.

을 정도, 사진 때문에 결과물을 망치지 않을 정도의 최소한. 아울러 나는 대학교 때 이후로 필름 카메라를 거의 만지지 않았기 때문에 앞으로 진행될 얘기는 모두 디지털카메라라는 것을 미리 알린다.

### 부끄럽지 않은 사진이 되기 위한 최소한의 요령

나의 옛날 사진들을 보면 알겠지만, 이 정도도 정말 일취월장한 것이다. 그때는 왜 그렇게 어디다 내놔도 부끄러운 사진을 찍었는지 여러 가지 이유가 있겠지만 가장 큰 이유는 단연 '아무 생각 없이 찍었기' 때문일 것이다. 생각 없는 사진을 만들지 않기 위해 무슨 생각을 해야 하는지, 그 최소한을 알리려 한다.

①맞춰라: 노출, 초점, 균형을 맞춘다. 사진의 기본 중에 기본으로, 이 세 가지만 맞춰도 정말 확 좋아진다. 노출이 맞지 않아서 허옇게 뜨거나 껌껌하게 죽은 사진, 초점이 아무 데도 맞지 않거나 엉뚱한 데 맞은

사진, 좌우상하 밸런스가 맞지 않아 불안정한 사진들은 책이나 기고는커녕 개인 SNS에 올려도 욕먹는다. 무턱대고 셔터를 누르기 전 뷰파인더나 LCD 화면이 비뚤어지지 않았는지 확인하고, 반셔터 기능을 이용해서 초점과 노출을 맞춘다. 반셔터, 초점, 노출 등의 단어가 생소하다면 사진 입문 서적을 하나 골라서 읽어볼 것.

②**치워라**: 구도 잡기의 가장 기초다. 화면 속에서 피사체 외의 잡스러운 요소들을 치운다. '잡스러운 요소'란 쉽게 말하자면 건물 앞에 어정쩡하게 서 있는 자동차나 그다지 아름답지 않은 자세로 프레임 안에서 서성대는 사람, 테이블 위에 어지럽게 널린 냅킨과 소지품, 방 안에 널브러진 옷가지와 가방 등이다. 이런 방해 요소만 치워도 최소한 '쓸 수 있는' 사진이 된다.

■ 이 풍경을 살리고 싶었다면 문 앞의 신문지와 왼쪽에 삐져나온 자동차를 치웠어야 한다.

■ 일본 닛코의 주젠지에서 찍은 사진이지만 그것을 증명하거나 설명할 그 무엇도 없다. 심지어 어딘지 궁금하지도 않다. 도대체 뭘 찍었는지, 왜 찍었는지, 여기는 어딘지, 나는 누군지 알 수 없는 휑뎅그렁한 호수 사진.

③정해라: 사진에 재주가 없다고 생각하는 사람들은 주로 양으로 승부하는 경향이 있다. '와 이 골목 이쁘다', '와 이 산 멋지다'며 무조건 셔터를 눌러대다 보면, 수천 컷 중에 한 컷 정도는 건질 사진이 나온다는 것. 그러나 매번 한 장소에서 수천 컷을 찍어서 정성 들여 고르기에는 시간이 아깝다. 프레임 안에서 명확하게 찍고 싶은 주인공 하나 정도는 정할 것.

④살려라: 인물 사진이나 동상, 건축물 등 확실한 주인공을 찍을 때는 프레임 안에 대상물 전체를 확실히 넣는다. 머리나 다리를 어정쩡하게 자른다거나 가장자리를 어슷썰기로 쳐내버리면 쓸 수 없다. 보통 콤팩트 카메라나 스마트폰 카메라, 보급형 DSLR의 경우 렌즈의 화각이 모

자라 높은 건물을 찍을 때 부득이 잘리는 경우도 있긴 하지만, 그냥 아무 생각 없이 발목 자르고 머리 날리게 되는 경우가 더 많다. 세심하게 주의를 기울일 것.

⑤**찍어라**: 사진은 내가 찍은 컷수만큼 성장한다는 말이 있다. 그립감 좋고 가격대 적당한 초보용 DSLR이나 미러리스 등을 구입해서 매일 찍을 것. 시간이 안 나면 일주일에 한 번씩이라도 찍어라. 밤에도 찍고 낮에도 찍어라. 출사도 나가라. 좋은 사진들을 많이 보고 어떤 사진을 찍고 싶은지 생각하라. 본 게 많으면 찍고 싶은 것도 많아진다. 책은 백 번 읽으면 뜻이 절로 이해가 된다는 말이 있듯이, 사진은 만 컷 단위로 성장한다고들 한다.

## 좀 더 좋은 사진을 찍기 위한 5가지 기술

사진에 대해서 관심이 없었거나 사진 잘 찍는다는 소리를 들어본 적 없지만, 여행작가는 꼭 되고 싶은 사람이라면 아래를 주목해주시길 바란다. 갓 초보를 뗀 실력으로도 욕먹지 않는 사진을 만들기 위한 최소한의 꼼수를 알려드리겠다.

### ①좋은 장비를 쓰자

생초보 딱지를 뗐는가? 그렇다면 카메라를 바꾸자. 유능한 목수는 연장을 가리지 않는다는 말도 있지만 그건 유능한 목수가 되고 난 다음의 얘기다. 재주를 타고나지 못한 사람일수록 카메라가 커버해줘야 하는 부분이 많다. 최소한 DSLR 중급기 이상을 사용하는 것이 좋고 가능하면 풀 프레임 카메라를 쓰는 것이 좋다. 렌즈도 가급적이면 좋은 것을 쓰는 것을 권한다. 본격적으로 프로 대열에 들어있다면 적어도 광각, 표준, 망원 화각의 렌즈는 모두 갖고 있는 것이 좋다.

그래서 사진 찍는 사람들 중에서는 일명 '장비병'을 앓는 사람들이 많다. 좀 더 성능 좋은 바디를! 좀 더 밝고 좋은 렌즈를! 등등 일정 수준에 만족하지 못하고 끝없이 고가의 장비를 사들인다. 사진이 크게 발전한다면야 뭐라고 할 수 없지만 딱히 그렇지도 않으면서 카드 값만 불려가는 것은 문제가 있다. 장비를 세 번쯤 업그레이드 했는데도 사진이 나아지는 기미가 안 보인다면 타고난 재주가 없거나 기본부터 잘못된 것이다. 구입을 멈추고 기초부터 차근차근 공부할 것.

### ②제일 큰 사이즈로 찍자

여행 다니다 보면 사진을 가장 작은 사이즈로 찍는 여행자들을 많이 보게 된다. 여행 중 백업은 귀찮은 일이므로 메모리 카드 용량 내에서 소화하려는 의도일 테다. 혼자 보거나 블로그, SNS 등에 올릴 용도라면 상관없지만 여행작가를 염두에 두고 있다면 그 카메라가 지원할 수 있는 가장 큰 사이즈로 찍자. 그 이유는 인쇄 때문이다. 사진 파일의 용량은 종이 지면에 구현할 수 있는 사진의 크기와 정비례한다. 큰 잡지 한 페이지를 차지하는 정도라면 3~5MB는 되어야 하고, 책의 작은 귀퉁이에 조그맣게 들어가려고 해도 최고 200~300KB는 되어야 한다. 100KB 이하는 아예 못 쓴다. 잘라서도 쓸 수 있어야 하는 것 또한 사소하지만 중요한 이유다.

가장 이상적인 것은 RAW 파일이다. 디지털카메라로 사진을 찍으면 기계 안에서 기초 데이터 파일을 만들고 이것을 내부의 처리를 거쳐

JPG 등으로 출력을 하는데, 여기서 기초 데이터 파일이 RAW 파일이다. 즉, 필름과 비슷한 것이라고 생각하면 된다. '필름 비슷한 것'이므로 그대로 쓸 수는 없고, 필름의 인화에 해당하는 과정을 거쳐 JPG 등의 사진 파일로 바꿔줘야 한다. 여기서 '인화'의 과정을 담당하는 것이 바로 포토샵을 비롯한 그래픽 프로그램이다. 왜 이런 귀찮은 짓을 하냐고 묻는다면, 디지털 사진에서 가장 좋은 화질을 얻는 법이기 때문이라고 대답하겠다. RAW 파일은 촬영 당시의 모든 색과 형태의 정보를 고스란히 가지고 있어 가능성이 무궁무진하다.

거의 모든 종류의 DSLR과 미러리스, 상급 기종의 콤팩트 카메라에서 RAW 파일 저장이 가능하다. '사진 사이즈' 메뉴를 보면 RAW라고 쓰여 있을 것이다. 파일 크기는 엄청 크다. 외장하드를 몇 테라씩 들고 다니는 가장 큰 이유가 바로 이놈의 RAW 파일 때문이기도 하다.

### ③삼각대를 쓰자

1/30초. 셔터스피드가 이 아래로 떨어져야 하는 상황이 온다면 무조건 삼각대를 펼치자. 실내 촬영이나 흐린 날, 야경 등 광량이 부족한 상황이나 노을, 일출, 파도, 별, 인파 등 장노출을 사용해야 하는 경우는 일명 '손각대'로는 절대 좋은 사진을 건질 수 없다. 사진만 찍으면 강력한 수전증을 발휘하는 사람이라면 평소에도 꼭 삼각대를 쓰는 것을 권한다.

### ④3분할 모드를 이용하자

잘 찍은 사진과 못 찍은 사진을 가르는 가장 큰 분수령은 구도이다.

실제로 존재하는 세상을 어떤 식으로 화면 안에 잘라 넣을지 결정하는 것으로, 구도를 어떻게 잡느냐에 따라 기록으로 남을 수도 있고 작품으로 승화할 수도 있다. 구도를 잡는 방법에는 여러 가지가 있지만, 화면을 세 개로 잘라 그중 한 선에 주제를 위치시키는 이른바 '황금분할' 구도는 언제나 유효하다. LCD나 뷰파인더 내의 화면에 3분할 선을 만들어주는 모드를 이용하면 된다.

### ⑤ 어도비와 친하게 지내자

어도비Adobe란 그래픽 프로그램을 만드는 미국의 소프트웨어 개발 회사다. 이 회사에서 만든 가장 대표적인 프로그램이 그 이름도 찬란한 포토샵Photoshop. 그렇다. 포토샵 익히라는 말이다. 좋은 사진을 만들고 싶다면 더더욱.

사진은 찍는 것만큼 보정도 중요하다. 디지털 사진의 최종 완성은 보정이라고 말하는 사진가들도 적지 않다. 사진을 찍을 때는 미처 담지 못했거나 데이터 어딘가로 숨어버린 디테일들을 보정 과정에서 다 찾을 수 있다. 살짝 날아가버린 초점이나 어딘가 어색한 노출, 물 빠져버린 듯한 색감이나 살짝 틀어져버린 구도 등을 바로잡는 것도 보정 과정에서 할 일이다.

좌우회전, 선예도, 선명도, 색감·명암조정, 노출, 화이트밸런스 정도의 기본 보정은 반드시 하는 편이 좋다. 보정 프로그램으로 가장 널리 쓰이는 것은 단연 포토샵이지만, 배우기 힘들다면 좀 더 단순한 사진 보정 전문 프로그램인 라이트룸Lightroom을 권한다. 이 또한 어도비에서 출시된 프로그램이다.

## 서툰 솜씨로 풍경 사진을 건지는 6가지 방법

여행 사진의 대부분은 풍경 사진이다. 블로그나 사진집 등에서 보던 너무도 근사한 풍경 사진들처럼 찍을 수 있다면 참 좋겠지만, 그런 솜씨는 아직까지 아스라이 멀리 있다. 프로 사진가들이 쓰는 카메라가 아닌 그럭저럭 괜찮거나 평범한 카메라로, 아름다움을 포착하는 눈을 타고나지 못한 그냥 그런 재능으로도 괜찮은 풍경 사진을 건지는 몇 가지 방법을 소개해본다.

①**풍경 사진의 기본은 언제나 옳다**: 한 프레임 안에 적절한 거리를 지켜 근경-중경-원경을 담는다. 풍경 사진, 특히 여러 요소와 다양한 거리의 사물을 한 프레임에 담는 경우는 이 원칙을 지키면 거의 틀림없이 쓸 만한 사진을 건진다.

②**심도를 고민하자**: '피사계 심도'란 초점이 맞은 범위와 그 범위의 표현에 대한 개념이다. 조리개를 많이 열면 심도가 얕아져서 초점 맞은 곳을 제외하고는 전부 뿌옇게 날아가버리고, 조리개를 좁게 조이면 심도가 깊어져서 전체적으로 또렷한 사진이 나온다.

사진 초보들은 심도나 아웃 포커싱이라면 인물이나 음식 사진을 찍을 때 주변을 뿌옇게 날리는 것만 생각하는데, 풍경을 찍을 때도 아웃 포커싱을 적절히 활용하면 세련되고 입체감 있는 화면을 만들 수 있다.

③**머리로 익히고 발로 뛰어라**: 어느 도시나 장소나 대표적인 풍경이 있다. 예를 들어 일본 교토의 기요미즈데라淸水寺는 사진 찍는 포인트가 딱 하나라서 누가 찍든 구도가 대동소이하다. 파리 개선문을 가장 드라마틱하게 찍을 수 있는 곳은 개선문 앞 샹젤리제 첫 번째 횡단보도 부근

이고, 피렌체는 두오모 꼭대기가 아니라 종탑 꼭대기로 올라가야 비로소 두오모를 포함한 풍경을 찍을 수 있다.

이러한 포인트를 찾아낼 것. 해당 도시나 장소에 대한 사전 조사를 철저히 하며 사진을 많이 보면 '어디서 찍었을까?' 고민하게 되는 곳이 생긴다. 보통은 어느 건물의 꼭대기나 언덕 위일 경우가 많다. 발로 뛰어서 그곳을 찾아가자.

④ **빛과 구름의 변화를 주목하라** : 똑같은 건물이나 풍경을 똑같은 구도로 찍어도 구름이나 빛의 조화에 따라 사진은 천차만별이다. 특히 구름 뒤에 가렸던 해가 반짝 나왔을 때의 기가 막힌 콘트라스트는 포토샵을 신의 손으로 다룬다고 해도 얻을 수 없다. 해가 떠오를 때, 중천에 떴을 때, 이제 막 지기 시작할 때, 뉘엿뉘엿할 때 모두 색이 다르다. 사진은 빛이 만들어주는 선물이므로 그 혜택을 마음껏 즐기자.

■ 구름이 다했다.

⑤ **기다려라** : 풍경이란 고정된 것이 아니다. 바람이 불고, 해가 하늘을 가로지르고, 구름이 흐르고, 사람과 차가 지나가고, 새와 동물과 햇살이 움직인다. 이 모든 변수들이 가장 아름다운 그림을 이룰 때까지 기다리자.

⑥ **사람은 언제나 꽃보다 아름답다** : 제아무리 아름다운 자연이든 도시 풍경이든 그것만으로는 허전하다. 구도 안의 적절한 지점에 사람의 모습을 넣어라. 그것이 화룡점정이 되어 화면 전체에 생동감을 부여한다. 아름다운 풍경 속에 아이의 해맑게 웃는 모습을 담는 것만으로도 좋은 사진이 되곤 한다.

■ 캄보디아 씨엠립의 다일 공동체에서. 저 찌그러진 웃음이 너무 예뻐서 많이 아끼는 사진이다.

## 취재 중 놓치면 안 될 정보성 사진

포토그래퍼가 아닌 여행작가로서 사진을 찍는다면 아름답고 예술적인 사진 이상으로 각종 실용적인 사진들을 찍어야 한다. 정보서 작업에는 의외로 소소하게 찍어야 할 사진들이 많다. 꼭 찍어야 할 사진과 염두에 둘 부분은 다음과 같다.

① **객관적인 풍경 사진** : 가이드북을 비롯한 정보서에는 있는 그대로의 풍경을 찍어둔 객관적인 사진이 반드시 필요하다. 기차역, 버스 정류장, 길잡이가 될 수 있는 랜드마크 등은 가급적으로 심도 깊게, 평범한 화각의 정면 사진을 찍어둘 것.

② **외관 사진** : 맑은 날 낮에 취재를 한다면 유명한 랜드마크 및 레스토랑, 상점의 외관 사진은 보이는 대로 찍어둘 것. 나중에 정식 취재를 갔을 때 날이 흐리거나 밤이 늦을 경우를 대비해서다. 또한 외관만이라도 잔뜩 찍어두면 나중에 페이지에 펑크가 났을 때 임시로 정보를 넣을 수 있다.

③ **장식 사진** : 예쁜 찻잔, 귀여운 인형, 세련된 소품, 독특한 장식물들이 보이면 놓치지 않고 사진을 찍어두자. 여행의 내용에도 상관없고 딱히 정보가 될 것 같지 않아도 꼭 찍어두자. 책을 만들거나 잡지 등에 기고를 할 때 장식 사진으로 쓸 수 있다. 주로 테두리를 빼고 알맹이만 남긴 일명 '누끼 사진'으로 쓰는데, 지면에 발랄함을 더해주는 요소로 즐겨 쓰인다.

④ **음식 사진** : 여행작가는 모든 끼니를 사진으로 남겨놓을 의무가 있다. 당장 쓸 데가 없을지라도 언젠가는 쓸 때가 온다. 잡지나 요리책에

서 보는 화사하고 예쁜 음식 사진을 취재 중에 기대할 수는 없지만, 적어도 주변을 정돈하고 그릇을 닦아 최소한 깔끔하게 찍을 필요는 있다. 여러 컷을 찍되 한 컷 정도는 그릇이 다 나오는 컷을 찍을 것. 음식도 누끼 사진으로 쓸 때가 많다.

⑤ **숙소 사진**: 내가 묵는 숙소는 가장 생생한 숙소 정보를 주는 취재원이다. 숙소에 체크인 하고 방으로 들어가는 순간 모든 디테일을 찍어두자. 딱히 숙소 취재를 하는 것이 아니라면 완벽하게 정돈된 방을 찍을 기회는 체크인 하는 딱 그 순간뿐이다.

# "이야기가 시작되는 사진이 더 좋다"

여행 콘텐츠에서 사진은 글과 거의 대등한 위치를 갖는다. 여행 콘텐츠 얘기를 하면서 사진에 대한 심도 있는 이야기를 하지 않는 것은 독자에 대한 예의가 아니라고 생각해서, 사진가 박초월 인터뷰를 진행했다. 사진가 박초월은 본인 이름 그대로 여러 장르와 분야를 초월하여 활동 중인 사진가로, 사진 멘토링 여행을 진행하고 풍경 사진으로 개인전을 열 정도로 여행 및 풍경 사진에 일가견이 있다. 맥주 한잔을 기울이며 그에게서 전해 들은 여행 사진의 오의奧義는 이러하다.

**__우선 내 사진 좀 평가해주세요.**

나쁘진 않아요. 충분히 '좋은 사진'이라고 해도 될 것 같아요. 그런데 사실 저는 늘 이렇게 얘기하거든요. 세상에는 좋은 사진이 많지만, 그것을 뛰어넘는 '더 좋은 사진'이라는 게 있다고요. 전문가의 테크닉이나 좋은 카메라로 '더 좋은 사진'을 만드는 건 아니에요. 그것을 위한 시선과 태도를 갖추고 있다면 휴대전화 카메라로도 결정적인 한 컷을 만들어낼 수 있어요.

__좋은 사진과 '더 좋은 사진'의 결정적인 차이는 무엇일까요?

좋은 사진이란 이미지를 예쁘게 담아낸 사진이에요. 눈에 보이는 세상을 예쁘게 잘라내서 사진 프레임 안에 담은 거죠. '더 좋은 사진'은 거기에 결정적인 한 가지 요소가 더 들어가요. 바로 '이야기'예요. 단순히 이미지를 전달하는 것에 그치지 않고, 그 순간의 이야기를 담아서 보는 이에게 한 번 더 생각하고 상상하게 만드는, 그런 '소통'하는 사진이 '더 좋은 사진'인 거죠. 이미지로 보고, 이야기로 찍으라고 늘 말해요.

__얘기가 다소 어렵고 관념적인데요.

쉽게 얘기해볼까요? 제 사진을 예로 들어서 설명할게요. 일본 홋카이도 비에이에서 찍은 사진인데요. 푸른 하늘에 넓은 설원에 나무가 아름답게 배치되어 있고 그 위로 햇살이 내려오는 풍경이죠? 이런 '이미지'는 비에이를 찍은 사진 중에는 몹시 흔해요.

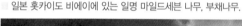
일본 홋카이도 비에이에 있는 일명 마일드세븐 나무, 부채나무.

©박초월

날씨와 기다림이 있다면 만들어낼 수 있는 기록이죠.

이 사진이 조금 더 특별한 이유는 사진의 오른쪽 하단에 보이는 한 줄의 발자국이에요. 여기서부터 이 사진의 이야기가 시작되는 거예요. 단순히 현장을 보여주는 것이 아니라 보는 이에게 말을 거는 거죠. 저 발자국의 사연은 무엇일지, 누구의 발자국일지, 보는 사람으로 하여금 상상할 수 있는 마음의 여지를 한번 만들어주는 거예요.

**__여행 사진에서는 진짜 중요한 얘기인 것 같아요.**

그렇죠. 여행 사진이라는 게 내가 그곳에 있으면서 보고 느낀 것의 가장 확실한 증거잖아요. 여행의 순간이란 인생에서도 손에 꼽을 만한 특별하고 희열 넘치는 순간이고요. 누구나 이 감정을 타인에게 전달하고 싶다는 욕구를 느끼잖아요? 그 욕구를 사진으로 구현하고 싶다면 '이야기'에 대해서 한 번 더 고민을 하라고 권하고 싶어요. 눈에 보이는 것을 그냥 담아내는 기록 차원의 사진을 넘어, 내가 느끼는 것을 이 화면 안에 어떻게 담아서 보여줄 것인가를 고민하는 것. 그것이 진짜 '더 좋은' 여행 사진을 만드는 시작이라고 생각해요.

**__여행 사진에서 '이야기'를 만드는 구체적인 방법이 궁금합니다.**

일단 가장 중요한 것은 구도예요. 구도의 기본은 '선'이고요. 세상의 선은 딱 네 종류예요. 수평, 수직, 사선, 곡선. 그중에서도 가장 기본이 되는 선은 수평과 수직이죠. 이건 꼭 맞춰야 해요. 수평과 수직이 맞지 않는다면 위치를 몇 번이라도 바꿔서 맞는 자리를 찾아야 돼요. 둘 중에 하나는 포기해야 한다면 수평을 택하는 쪽을 권해요.

안정적인 구도를 잡았다면, 그다음에는 화면 안의 요소들을 점검하고 연결을 해봐야 해요. 잘 보면 전체의 밸런스를 무너뜨리지 않으면서 혼자 독특한 주장을 하고 있는 요소가 보일 거예요. 그런 요소가 사진에서 이야기를 만드는 주인공이 되는 거죠.

중심 피사체를 주인공이라고 생각하지 않았으면 좋겠어요. 오히려 중심 피사체가 전하지 못하는 그 시공간의 입체적이고 생생한 이야기를 하는 주인공은 따로 있기 마련이에요.

## __주인공은 어떻게 찾아야 할까요?

그 무엇이라도 주인공이 될 수 있지만, 여행 사진에서 가장 쉽게 찾을 수 있는 주인공이라면… 음, 당장 생각나는 몇 가지만 얘기해볼게요.

우선은 선을 찾아보기를 권해요. 수평과 수직으로 맞춰놓은 안정적인 구도 안에서 자유롭게 놀고 있는 사선이나 곡선. 제 사진 속 발자국이 바로 그런 '선'이라고 할 수 있어요. 다음은 글자. 간판이나 안내판 등을 사진 안에 적절히 배치하면 그 공간이 어디인지 확실하게 주장하는 주인공 노릇을 하곤 하죠. 그리고 인물. 여행 사진에서 가장 실감나게 욕망을 자극하는 요소가 아마도 인물일 거예요.

## __전문 사진가만 할 수 있는 고차원적인 영역 같기도 하네요.

저는 사진가를 '천천히 걷는 사람'이라고 생각해요. 세상을 바쁘게 살아가다 보면 못 보는 풍경을 천천히 가다가 보는 사람인 거예요. 새로운 세상을 보여주기보다는 사람들이 놓치고 못 보는 것을 보여주는 사람인거죠. 거꾸로 말하면 놓치고 못 볼 뿐이지, 걸음의 속도를 늦추고 관점을 달리하면 누구나 볼 수도 있는 거죠.

글을 쓰는 여행작가나 일반 여행자가 여행의 모든 순간에 이런 사진을 찍을 수 있을 거라고는 생각하지 않아요. 하지만 가장 특별한 풍경을 만났을 때, 이 여행의 하이라이트라고 생각하는 지점에서는 꼭 이런 관점으로 사진을 찍어보길 바라요. 딱 한 컷만이라도요. 텍스트 없이도 모든 것을 설명하고 욕구를 불러일으킬 수 있는, 그리고 이 여행에서 얻었던 감상을 가장 드라마틱하게 설명할 수 있는 사진을 모든 여행의 순간에서 딱 한 컷만 만들어보라고 권하고 싶어요. 나중에 책이나 블로그 등으로 여행 스토리를 구성할 때도 이렇게 찍은 한 컷은 엄청난 위력을 발휘할 거예요. 수많은 잽 사이에 위치한 카운터펀치처럼요.

**사진작가 박초월**
starc23@naver.com
**www.sidesee.kr**
바람의 흐름과 사람의 흐름 그리고 시간의 흐름을 담는 3流 사진가.
제15회 대한민국 건축사진 공모전 최우수상, 제2회 지구인류현안 RGB 사진 공모
전 대상 외 다수 사진 공모전에서 입상했다. 건축과 인테리어, 제품, 출판, 음식, 인
물, 여행 등 전 분야에 걸쳐서 활동 중이다.

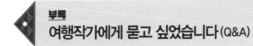

지금까지 활동하며 압도적으로 많이 받았던 질문은 '여행작가는 어떻게 되나요?'였지만, 그 밖에도 이 직업에 관한 다양하고도 세부적인 질문들이 많았다. 워낙 희한해 보이는 직업이다 보니 질문도 다양하고 기발했다. 그 질문들을 모아 Q&A 형식으로 꾸며보았다. 평소 본인이 궁금해하던 것도 있을지 한번 찾아보길 바란다.

**Q. 여행작가라고 하면 엄청 여행을 많이 다닐 것 같은데요, 보통 몇 개국이나 가나요?**

사람들이 내가 다녀온 나라의 숫자를 얘기하면 대부분 깜짝 놀란다. 많이 다녀서냐고? 그 반대다. 생각보다 적어서다. 나는 지금까지 약 30개국을 다녔다. 이것도 모나코 같은 소국이나 홍콩, 마카오 같은 자치구, 당일치기 투어로 다녀온 몬테네그로 같은 나라까지 모두 포함했을 때의 숫자다. 호주나 미국, 남미 같은 소위 '신대륙'은 아직 발도 들여놓지 못했다. 뉴욕에 사는 친구가 법정 체류기간이 만료될 때까지 재워줄 테니 몸만 오라고 몇 년 전부터 얘기하고 있건만 한번 갈 기회가 없다. 친한 출판사 편집자에게 '인도 한번 가봐야지 싶다'고 했더니 '잘 알지도 모르는 인도는 뭣하러 가냐. 그냥 늘 가던 유럽 가서 아이템 좀 뽑아봐라'라는 말만 들었다.

■ 당일치기 투어로 다녀오는 바람에 몇 시간 머물지도 못했지만 나의 30여 개국 리스트에 당당히 이름을 올리고 있는 몬테네그로의 오래된 도시 코토르의 풍경.

몇 개국씩 다니느냐는 작가마다, 작업 방식마다 천차만별이다. 특히 가이드북을 비롯한 정보서 중심으로 활동하는 작가들은 전문 지역이 정해져 있어서 한 지역을 여러 차례 여행하게 되는 경우가 많다. 계속 관련 의뢰가 들어오기도 하거니와 기획을 할 때도 잘 아는 곳을 다루는 것이 아무래도 편하다. 그런 연유로 나는 매년 유럽 장기여행을 하고, 일본은 몇 번째인지 세는 걸 포기할 정도로 들락거리고 있다.

일이 아닌 여행을 떠나는 경우도 많지만, 그럴 때도 가본 나라의 숫자를 늘릴 것인지 아니면 가본 나라에서 다른 여행지를 택할지는 오로지 개인의 선택이다. 얼마나 많은 나라, 많은 도시를 가봤는지가 관록을 인증하는 수단이 되기는 하는데, 능력을 판단하는 척도는 되지 않는다. 100개국을 갔어도 죄다 '거기 참 좋더라'라는 얘기밖에 할 수 없다면 결코 좋은 작가라고 할 수 없다.

개인적인 체감으로는 여행기자나 칼럼니스트 등 여행 저널리즘 분야가 나라 숫자 늘리기에는 훨씬 더 좋은 것 같다. 매체의 자체 취재도 많거니와 언론사 공동취재며 팸투어 등 출판 중심으로 일하는 작가들에게는 잘 돌아오지 않는 기회를 많이 얻는다. 여행 콘텐츠 만드는 일을 해보고 싶은 이유가 다양한 나라와 문화권을 고루 체험하고 싶은 거라면 여행 관련 신문·잡지 등에 입사하여 저널리스트로 커리어를 쌓는 걸 권하고 싶다.

## Q. 여자가 나은가요, 남자가 나은가요?

단언컨대 성별은 아무 상관없다. 여행을 사랑하고, 체력이 받쳐주고, 기본적인 문재文才와 시각적 재능이 있으며, 자신이 보고 들은 세상의 모습들을 기꺼이 남에게 보여주고 들려주고 싶은 마음이 있는 사람이면 된다. 실제로 현재 필드에서 활동 중인 작가들은 남녀의 숫자가 엇비슷한 정도로 알고 있다. 출판사나 방송국에서 여행작가들을 모으는 자리에 불려 나가보면 남녀 동수 내지는 여성의 숫자가 약간 더 많은 정도였다.

거칠게 보자면 남성 작가들은 저개발국 배낭여행이나 다소 위험을 동반하는 산악, 레포츠, 오지여행 쪽으로 활동하는 경향이 강하고, 여성 작가들은 도시 여행 중심으로 작업하는 경향이 있다. 이것도 사실 편견이고 소용없는 분류다. 그 위험하다는 인도나 남미, 아프리카를 누비면서 글을 쓰는 여성 작가들이 얼마든지 있고, 여성 여행자들이 그토록 동경하는 프랑스 파리에 대해 현재 국내 최고로 통하는 작가는 남성이다. 성별은 필요 없다. 그냥 사람이면 된다.

**Q. 심한 길치도 여행작가가 될 수 있을까요?**

얼마나 심한 길치여서 묻는 걸까. 혹시 20년째 서울에서 지하철을 타면서 아직까지 2호선을 거꾸로 탄다거나, 대학 다닐 때 졸업하는 그날까지도 수업 받을 건물을 제대로 못 찾았다거나, 살고 있는 동네에서도 다른 골목으로 들어가면 길을 잃는 정도는 곤란하다. 이 정도 길치라면 여행작가를 할 수 없을 뿐더러 본인이 관심도 안 보일 것이다.

지도 읽는 게 서툴고 처음 가는 곳에서 좀 헤매는 정도라면 여행작가로서 실격은 아니다. 여행작가 중에 그 정도의 길치는 은근히 많다. 솔직히 말하자면 나도 동서남북 방향감각이 없다. 현재 시각과 해의 위치를 보고 어렴풋이 감을 잡을 뿐이다. 예전에 라오스에서 만난 남성 여행자가 발로 그린 것 같은 지도 한번 쓱 보더니 '저쪽이 남쪽이네요'하면서 길을 척척 찾아가는 것을 보고 신기해한 적도 있다.

타고난 방향감각이나 길 찾는 능력이 떨어진다면 지도 읽기를 연습하는 것을 권한다. 지도는 내가 여행할 곳의 지리적 정보를 담고 있는 위대한 지침이다. 게다가 요즘은 구글 신께서 세상 어디에서도 너무도 확실하게 인도를 해주신다.

어쩌면 길치란 여행작가에게 어떤 면에서는 꼭 필요한 소양일 수도 있겠다. 방향에 대한 탁월한 감각이 있는 사람보다 그 부분이 아쉬운 사람들이 오히려 더 좋은 길잡이가 되려고 노력할 수도 있으니까.

**Q. 저는 내성적인 성격입니다. 여행작가는 외향적인 성격이 적합할 것 같은데, 내성적인 사람은 많이 힘들까요?**

여행작가는 아무래도 까다롭지 않은 성격이 낫긴 하다. 입맛, 취향, 잠

자리, 화장실 등등 가리지 않는 게 많을수록 좋다. 넉살이 좋아 아무나 쉽게 친구가 되고 겁도 없으며 매사에 긍정적인 성격이라면 타고난 여행가라고도 할 수 있다.

'내성적'이라는 것이 낯가리고 소심하고 예민하며 뒤끝 긴 것을 말하는 것이라면 일단 한 가지는 확실하다. 여행하면서 괴로운 순간이 남들보다 몇 배는 많을 것이다. 익숙하지 않은 비일상의 공간을 지나다 보면 상식인 줄 알았던 것들이 전혀 통하지 않을 때도 수없이 겪게 되고 언어와 가치관 등의 차이로 사람들과 트러블 생길 일도 많다. 이런 순간마다 모두 상처받고 오랫동안 원망하는 성격이라면 여행이 결코 즐겁지 않을 것이다.

다만 내성적이고 까칠하고 예민할지라도, 이것을 십분 살려서 글맛과 여행맛을 살리는 글을 쓸 수 있다면 오케이다. 오히려 소심하고 내성적인 사람들의 소소하면서도 예민한 시선이 좋은 여행 에세이를 만들 때도 많다. 정보서 작가 또한 꼼꼼하게 정보를 수집하고 이것을 섬세하게 배열해야 하기 때문에 지나치게 외향적이고 덤벙거리는 사람보다는 차분한 사람에게 더 잘 맞는다. 다만 직업적으로 여행을 하고 싶다면 조금은 털털해지는 것이 좋지 않을까 생각한다.

내성적이나 까칠한 것보다 여행작가에게 더 치명적인 성격적 단점은 게으름이 아닐까 싶다. 게으른 여행자는 여행의 순간에서 너무 많은 것을 놓치게 되고, 게으른 작가는 먹고살기에 좋지 못하다. 억지로라도 부지런해지기를 권한다.

**Q. 여행작가 하면서 결혼할 수 있나요? 다들 싱글일 것 같아요.**

내 경우만 얘기하자면, 싱글이다. 1년 365일이 마감인 날과 아닌 날로 구분되고, 마감이 아닌 날의 대부분은 여행 중으로 살아가면서 연애에 결혼끼지 해낼 수 있는 근성이란 처음부터 내가 갖고 태어나지 못한 소양이라고 말하고는 있지만, 사실 핑계다. 결혼은 하고 싶고 인연 닿는 사람 있으면 다들 하는 거다. 그냥 나는 결혼 생각이 없다. 그리고 지금까지 안 했으면 평생 안 하지 않을까 생각하고 있다.

　여행작가들 중 기혼자의 비율은 꽤 높은 편이다. 30대 중반 이상의 여성 작가들은 기혼 비율이 상당히 높고, 부부가 팀을 이루어 작업하는 경우도 적지 않다. 그러나 기혼과 비혼의 정확한 비율은 모르기도 하거니와 별로 의미도 없다. 불가의 수도승처럼 결혼이 금지된 것도 아니고, 세간의 기혼, 비혼과 똑같이 자기가 하고 싶으면 하고 안 하고 싶으면 안 하고 산다. 다만 여행 좋아하는 사람 특유의 보헤미안 기질과 이 직업의 불안정성을 볼 때 아주 좋은 배우자감은 아니지 않나 조심스럽게 말해본다.

**Q. 여행 중 원고를 쓰나요, 아니면 여행이 끝난 뒤 정리하면서 쓰나요?**

　압도적으로 후자다. 취재 여행 중에는 기본적으로 하루 2만 보 정도를 걷기 때문에 숙소에 들어오면 배터리가 모두 방전된다. 사진을 백업해서 리뷰하고 친구들과 소소하게 수다를 떨다가 캔디 크러쉬를 몇 판 하고 나면 나도 모르게 기절하듯이 잠드는 일이 많다.

　현지에서 원고를 쓰는 경우도 없지는 않다. 기고가 급하게 들어온다거나, 취재가 장기라 현지에서 샘플을 뽑아야 하는 일정이라거나, 이전에 작업했던 원고의 수정이 들어온다거나. 그럴 때는 가급적 하루 이틀 아예 일정을 빼고 원고에 매진한다. 숙소 주변의 카페에서 글을 쓰고 있노라면 요즘 각광받는 '디지털 노마드'가 된 기분이 들어 괜히 뿌듯하기도 하지만 그보다는 화장실에 가고 싶은데 소지품 봐줄 사람이 없는 비애가 더 크다.

여행을 마친 후 원고 작업을 하는 큰 이유가 또 하나 있다. 숲 안에 있을 때는 숲의 전체 모습을 볼 수 없듯, 여행 중일 때는 여행지의 전체적인 맥락이 한눈에 들어오지 않는다. 여행을 마친 후 사진과 메모를 정리하고, 몰랐던 부분을 다시 하나하나 공부해나가면 비로소 이곳은 어떤 곳이며 내가 어떤 얘기를 해야 하는지 제대로 된 가닥이 잡히곤 한다.

### Q. 여행작가로 살면서 가장 행복한 순간이 있다면 언제인가요?

여행 중에는 대충 다 행복하다. 날씨가 좋아서, 음식이 맛있어서, 우연히 발견한 낙서가 근사해서, 그림이 멋져서, 이전에 보았을 때보다 공사가 더 많이 진척된 것 같아서 등등 여행 중에는 행복해야 할 이유 천지이다. 이렇게 행복할 수 있는 순간을 누구보다 많이 누릴 수 있는 직업을 가진 것에 늘 감사하고 있다.

행복까지는 몰라도 작가로서 뿌듯할 때는 아마도 독자와 소통할 때가 아닌가 싶다. 여행 중에 내 책을 읽었다는 독자를 만날 때가 종종 있는데, 그때 듣는 '여행에 용기를 주셔서 감사합니다'라거나 '좋은 가이드북 써주셔서 편하게 여행할 수 있었습니다'라는 말은 상당한 힘이 된다.

### Q. 늘 그렇게 혼자 여행 다니면 외롭지 않나요?

나는 주로 혼자 취재 여행을 떠난다. 장기 여행이 많은데다 당장 2~3주 전에 준비하고 떠나는 일이 많아 누군가와 일정을 맞추기 쉽지 않기 때문이다. 하지만 외로울 틈은 거의 없다. 하루 종일 일정에 쫓기고 숙소에 들어가 다음 일정을 점검하다 보면 외롭고 자시고 할 틈도 없이 곯아떨어지기 일쑤다.

또한 취재 중에는 머릿속이 언제나 복잡하다. 그날그날의 취재 계획, 동선, 다음 취재지로의 이동, 카드값, 엄마와 친구들이 사오라고 시킨 물건, 꼭 가고 싶은 레스토랑의 오픈 시간 등등이 머릿속을 떠나지 않고 뱅뱅 돈다. 여행 중 내 머릿속에는 약 50여 명의 정숙영이 눈뜨고 있는 시간 내내 자기들끼리 컨퍼런스를 열고 있다.

그래도 가끔씩은 사람하고 말하고 싶은 욕망이 울컥울컥 올라오기 마련이다. 그럴 때면 나와 함께 이야기하고 웃고 맞장구쳐줄 사람을 만나기 위해 조금의 노력을 한다. 여행자들이 많이 모이는 곳으로 숙소를 옮기거나, 카페나 기차 안에서 주변 자리에 앉은 사람에게 말을 걸기도 한다. 한국 사람이면 가장 좋지만 기본적인 소통이 가능하고 마음이 열린 사람이라면 어느 나라 사람이라도 좋은 친구가 될 수 있다. 여행 중 만난 친구는 오래가지 않는다는 편견도 있지만, 지금 꽤 오랫동안 관계를 지속하고 있는 가까운 친구들 중에 영국, 태국, 캄보디아를 여행할 때 만난 친구들이 있는 걸 봐서는 내게는 그저 편견에 지나지 않는다.

### Q. 여행작가로서 내 인생의 여행 책이 있다면 추천해주세요.

미국의 여행작가 빌 브라이슨의 여행기를 좋아한다. 특히 애팔래치아 트레일 종주를 그린 《나를 부르는 숲》을 엄청나게 좋아하는데, 일정 중에 마주치는 모든 풍경과 인물에 대한 묘사가 너무도 생생하고 고생담조차 얼마나 실감나게 그려놨는지 이거 읽으면 평생 애팔래치아 트레일은 안 가도 그만이겠다는 생각이 들 정도였다.

그 외에도 좋아하는 여행서를 꼽자면 본문에서 언급한 《우리는 몰바니

아로 간다》를 빼놓을 수 없을 것이고, 최영미 시인이 쓴 유럽 여행기《시대의 우울》은 세 번 잃어버리고 세 번 다시 사는 기염을 토하기도 했다. 고故 이윤기 님의《길 위에서 듣는 그리스 로마 신화》는 10여 년 전 내가 유럽 여행을 결심하게 된 하나의 계기이기도 했고, 그 여행 내내 그 책의 관점으로 사물을 바라봤던 기억이 있다.

가이드북으로는 영국의 〈아이위트니스 트래블 가이드Eyewitness Travel Guide〉 시리즈를 좋아한다. 국내에서는 〈디키 해외여행 시리즈—가자, 세계로〉라는 시리즈로 출간되었다. 단순히 여행 정보뿐 아니라 인문학적 지식 배경이 상세하게 설명되어 있는데다 아름답고 상세한 일러스트가 많다. 내가 가이드북의 이상향으로 여기는 시리즈다.

이 세계가 궁금한 당신에게 하고 싶었던 이야기

    얼마 전, 나는 모종의 제의를 받고 지난 작업들을 하나하나 정리하다가 한 가지 사실을 깨닫고 살짝 놀랐다. 여행 글을 쓰기 시작한 지 꽤 됐다고 막연히 생각했는데, 따져 보니 벌써 10년이 된 것이었다. 정확히 말하자면 2014년 11월이 딱 10년이 되는 지점이었다.

    10년. 강산이 한 번 변한다는 시간 단위. 깨닫고 나니 아무렇지 않게 지나쳐버린 것이 살짝 아쉬워졌다. 하다못해 페이스북에서 친구들에게 좋아요 구걸이라도 할걸(하긴 나는 내 생일도 그냥 지나치는 일이 흔하다). 사실 10년 된 건 맞긴 한데 날짜가 언제지는 정확히 기억나지 않는다. 더 솔직히 말하면 11월인지 12월인지도 잘 모르겠다.

    어쨌든 2004년 11월 또는 12월, 그러니까 그해의 겨울이 시작되려던 시점, 나는 여행 콘텐츠를 만드는 직업에 첫발을 디뎠다. 1년 반 정도 여행 웹진에서 기자로 일했고, 그 이후로는 쭉 프리랜서로 일하고 있다. 세계 곳곳으로 여행을 다니고, 정보를 모으고, 사람을 만나고, 감동을 받고, 이런 것들을 글로 옮기고, 다시 책으로 펴내는 일이 나의 직업이다.

10년 동안 나는 총 14권의 여행 책을 작업했다. 9권을 단독 저자로 펴냈고, 2권을 공저로 냈으며, 그 외에도 기획·집필·사진 등 어느 식으로든 내 손을 거친 책이 3권 더 있다. 14권의 책들 중에는 출간된 해 각 서점 여행 부문 1위를 휩쓸며 종합 순위에도 이름을 건 책이 있는가 하면, 몇 년이 되도록 초판 재고조차 다 떨지 못한 책도 있다. 지금 이 글을 쓰면서 대충 계산을 해보니까 총 10만 부 좀 넘게 팔았다. '10년'에 '10만'까지 보태니 좀 더 있어 보이는 게 꽤 뿌듯하다. 사실 진짜 베스트셀러 작가 분들은 한 타이틀에 10만 부씩도 팔기 때문에 14권에 10만 남짓이면 그럭저럭 성적이 나쁘지 않은 중견 정도라는 의미이긴 하다. 그러나 내가 나를 축하한다는데 누가 말리겠는가.

한 2~3년 전부터 같이 일하던 출판사들에서 슬슬 여행 에세이를 하나 내보지 않겠냐는 제의가 들어오는 중이었다. 그동안 여러 작업을 하면서 여행 이야기들이 꽤 쌓였을 텐데, 한번 풀어놓으라는 얘기였다. 나 또한 한동안 정보서나 기획서 중심으로 작업을 했던 터라 가능하다면 내 이야기를 한번쯤 쓰고 싶다는 생각을 하고 있기는 했다. 다만 어떤 얘기를 써야 할지 감이 안 잡혔을 뿐.

그런데 여행작가 10년이라면, 쓸 거리가 하나 있었다. 10년쯤 경력이 쌓이고 책도 한 10권쯤 작업하고 나면 써보고 싶었던 얘기. 딱히 여행 에세이는 아니지만, 그래도 하고 싶었던 얘기가.

10년 동안 책을 내고 작가로 활동하면서, 종종 독자들의 메일이나 쪽지를 받았다. 대개는 책 잘 읽었다는 따뜻하고 인정 넘치는 응원의 인사고, 여행에 대한 조언이나 용기를 부탁하는 글도 가끔씩 온다. 장르 소설을 쓰는 내 친구는 '작가님의 글이 너무 재미있어서 그러니까 파일 좀 보내주세요'라는 메일도 받아봤다는데 나는 다행히 그런 어이없는 일까지는 안 겪어봤다.

독자 분들이 나에게 보내오는 사연 중에 꽤 많은 비중을 차지하는 것이 하나 있다. 요즘은 뜸해졌는데, 한때는 스팸 메일 다음으로 많이 오던 게 이런 종류의 메일이었다. 아마 '저자'인 나에게 가장 보내고 싶은 사연이 응원이고, '여행자'인 나에게 보내는 것이 조언을 구하는 글이라면, '여행작가'라는 직업인으로서의 나에게 가장 하고 싶었던, 묻고 싶었던 이야기가 이것인 것 같다. 자못 진지하고 절실한 어조로 적혀 있는 문장들. 그러나 예의 바른 문장 속 행간 곳곳에서 배어나오던 '이거 물어볼 데라고는 당신밖에 없으니 성실하게 대답해달라'는 깍듯한 강요.

바로, "여행작가는 어떻게 되나요?"다.

음, 근데 이거, 사실 예전엔 나도 궁금해하던 거였다. 기자에게는 언론고시를 비롯한 공채 과정이 있고, 소설가나 시인은 신춘문예나 문예지 추천 등 '등단'이라는 과정을 거쳐서 데뷔한다. 화가나 만화가는 각종 공모전이 있고, 드라마 작가는 공모전을 통하거나 교육원 수료 후데뷔한다. 그런데 여행작가는? 알 수 없었다. 공채가 있는 것 같지도 않고, 공신력 있는 교육기관도 없어 보이는데다, 딱히 권위 있는 공모전이 있는 것도 아니었다.

그렇다면 도대체 이 사람들은, 너덜너덜해질 때까지 읽고 또 읽으며 내 여행의 교과서로 삼고 있는 이 가이드북을 쓴 사람들은, 쉬는 날 침대 속에 번데기처럼 틀어박힌 나를 해박한 지식이나 놀라운 글솜씨 또는 근사한 사진으로 지구 반대편 내가 가보지 못한 세계로 데려가주는 이 사람들은, 도대체 어떤 루트로 이런 일을 하게 된 거란 말이냐. 예전에 알고 지내던 패션 디자이너 언니는 입사하고 싶은 브랜드 현관 앞에서 포트폴리오 들고 두 달 동안 서 있었다던데, 여행 책 써보고 싶으면 출판사 앞에서 삼보일배라도 해야 되는 것인가.

아아. 부럽다. 이렇게 매력적인 일이 또 있을까. 전 세계를 여행하며 글을 쓴다. 심지어 그걸로 돈도 번다. 어쩌면 여행하는 비용도 다 대줄지도 모른다. 내가 자격과 소양만 된다면, 그래서 나를 발탁해주는 곳만 있다면 한번 일해보고 싶다… 라고 생각했던 시절이 나에게도 분명 있었고, 나는 올챙이 시절 기억을 포맷해버리는 배은망덕한 개구리가 아니다. 그러므로 나는 가능한 성심성의껏 답장을 해주었다. 그렇게 한 몇 년 메일을 받고 답장을 써주는 걸 반복하다 보니 '이렇게 맨날 똑같은 얘기를 구구절절 되풀이할 바에는 책을 하나 내는 게 나을 수도 있겠다'라는 생각이 들기도 했다.

이런 생각을 하던 중 제의를 받았다. 나와 비슷한 직업에 종사하는 사람들 몇 명의 글을 엮어 책을 만드는데, 필자로 참여해달라는 것이었다. 제의 자체는 무척 감사했지만 결국 거절했다. 그 해가 2008년, 여행 글을 본격적으로 쓰기 시작한 지 만 4년도 되지 않았을 때였다. 하고 싶은 얘기가 없는 건 아니었지만, 막상 쓰려니 할 수 있는 얘기가 많지 않았다. 안 해본 것도 많고, 못 겪어본 것도 많으며, 아직 닿지 못한 경지도 많았다. 아무리 내 직업일지라도, 그 직업에 대해 타인에게 '이건 이런 거야!'라고 확신하며 왈가왈부하기에는 내게 모자람이 너무 많았다. 그리고 다짐했다. 언젠가 여행작가가 무엇이고 어떻게 하는 것인지 어느 정도 자신 있게 얘기할 수 있게 되면, 책으로 한번 써보겠다고. 아마 경력이 10년쯤 차면 쓸 수 있지 않겠냐고.

그게, 지금이다.

어린 시절에 스무 살짜리 언니오빠를 보면 무지 어른 같고 뭐든지 할 수 있을 것처럼 대단해 보였지만, 막상 내가 스무 살이 되어보니 그냥 여전히 애라서 할 수 있는 게 생각보다 많지 않더라는 경험, 여행작가 10년 해보니까 딱 그런 기분이다. 여행이든 글쓰기든 10년 갖고는 어디서 명함 내밀기 참 힘든 분야다. 내가 다 알고 내 말이 다 맞다며 호기롭게 떵떵거릴 자신도 아직 없다. 그러나 내가 지금까지 여행하고 글을 쓰고 사진을 찍고 그것을 책으로 만들어왔던 과정에서 쌓여온 이야기가 책 한 권 치는 충분히 되고, 그 이야기가 이 세계에 관심 있는 누군가에게 살짝 맛을 보여줄 수 있는 정도는 되지 않을까, 감히 생각해본다.

그래서 썼다. 되도록 내가 알고 겪고 느낀 대부분을 업계 일급비밀이나 지나친 주책 정도만 제외하고 가감 없이 기록해보려고 노력했다. 나는 주로 해외여행 쪽만 작업해왔기 때문에 국내여행 글쓰기의 특수성이나 노하우는 잘 모른다. 또한 주로 책 중심으로 활동했기 때문에 매체 기고나 강연 부분은 상대적으로 약하다. 감안해서 봐주기를 바라는 바이다. 최근 글쓰기 책이 붐이라고 하니 그 바람에 편승할 수 있으면 참 좋겠지만, 그보다는 경제가 어려워서 여행 글쓰기에 대한 관심이 예전보다 많이 시들한 느낌이 더 강하다. 이런 한 치 앞도 보이지 않는 어려운 세상에서 여행자의 삶을 꿈꾸거나 여행작가라는 직업을 염두에 두고 있는 사람들에게 꼭 도움이 되기를, 또는 이 세계가 궁금했던 사람에게 단편적이나마 실감을 전해주기를, 또는 그냥 읽을거리가 필요했던 사람들에게 잠시 좋은 심심풀이가 되었기를 바란다.

내가 쓴 글의 행간에서 독자들이 그 어떤 예상치 못했던 메시지나 뉘앙스를 읽어내든 말든, 내가 분명히 말할 수 있는 건 하나다. 나는 진짜 이 직업을 사랑한다. 그리고 여행작가라는 직업은 세상에서 가장 매력적인 직업 중 하나임에 분명하다.

세상 어느 직업이나 마찬가지겠지만 여행작가도 힘들고 서글픈 부분이 적지 않다. 그럼에도 불구하고 나는 내가 다른 일을 한다는 것은 생각하지 못하겠다. 아마 다시 태어나면 좀 더 빨리 이 길로 오기 위해 영악한 지름길을 밟을 것 같다.

내가 지금까지 여행작가라는 직업을 영위하며 용케 굶어 죽지 않고 살아있도록 성원해주신 내 주변 안팎의 모든 분과 앞으로 도와주실 많은 분들께 감사 인사를 드리려 한다. 언제나 나의 가장 든든한 힘이 되어주는 가족과 친구들에게도 사랑과 감사를 전한다. 그들의 이름을 일일이 적었다가는 원고 분량이 미친 듯이 늘어날 것이고, 그러면 위즈덤하우스 편집부의 김은주 분사장님과 담당 편집자 이지은 씨의 얼굴에 빗금이 그어질 것이기 때문에 참기로 한다.

2016년 2월
정숙영

국립중앙도서관 출판시도서목록(CIP)

여행자의 글쓰기 / 지은이: 정숙영. -- 고양 : 위즈
덤하우스, 2016
    p. ; cm

권말부록: 여행작가에게 묻고 싶었습니다(Q&A)
ISBN 978-89-5913-001-6 03810 : ₩12800

글쓰는 법
여행기[旅行記]

802.6-KDC6
808-DDC23                    CIP2016004068

베테랑 여행작가의 비밀노트

# 여행자의 글쓰기

초판 1쇄 발행 2016년 2월 26일  초판 2쇄 발행 2016년 12월 9일

지은이 정숙영
펴낸이 연준혁

출판 7분사 분사장 김은주
편집 이지은
디자인 김준영

펴낸곳 (주)위즈덤하우스  출판등록 2000년 5월 23일 제13-1071호
주소 경기도 고양시 일산동구 정발산로 43-20 센트럴프라자 6층
전화 031)936-4000  팩스 031)903-3893  홈페이지 www.wisdomhouse.co.kr

값 12,800원
ISBN 978-89-5913-001-6 03810